M.F.Reinhardt

Hipster Viking
Zweiter Band

© 2024 M.F. Reinhardt
Verlag: BoD · Books on Demand GmbH,
In de Tarpen 42, 22848 Norderstedt, bod@bod.de
Druck: Libri Plureos GmbH, Friedensallee 273,
22763 Hamburg
ISBN: 978-3-7693-2604-8

ROM

Ich wachte auf und konnte nichts sehen. Nur mühsam bekam ich Luft und mein Körper fühlte sich schwer an. »Bin ich tot? Ist das hier Hel?«, fragte ich mich. Dann jedoch merkte ich, dass ich einfach nur unter Hipster Viking lag. Mit einiger Anstrengung gelang es mir, mich unter ihm hervor zu arbeiten. Mühsam erhob ich mich und schaute mich um. Wir waren auf einer grünen Wiese, die Sonne schien warm vom Himmel und ein Fluss plätscherte vor sich hin. Das Schlachtfeld, das Blut, die Toten, das Alles war weit weg. Das Portal von Björn und Olaf hatte uns eingesogen und an diesem Ort wieder herausgeworfen. Aber wo waren wir bloß? Bevor ich weiter über unseren Aufenthaltsort nachdachte, schaute ich erstmal nach Hipster Viking. Er lag ruhig da. Zu ruhig. Ich ging zu ihm und sprach ihn an. Keine Reaktion. Angst überkam mich. Er konnte doch nicht die Schlacht und Captain Hammers Wurf überleben und jetzt durch so einen Portalsprung sterben! Ich packte ihn an den Schultern und schüttelte ihn. »Hipster Viking! Wach auf!«, schrie ich ihn an. Er gab einen Laut von sich, drehte sich und nuschelte: »Nur noch fünf Minuten, Mama…« Ich richtete mich auf und schüttelte den Kopf. Wir fliegen durch so ein Portal irgendwo hin und er macht erstmal ein Nickerchen. Ich packte ihn an den Füßen, zerrte ihn zu dem Fluss und warf ihn hinein. Platschend schlug er um sich und stand schließlich im hüfthohen Wasser.

Du hättest mich da wirklich ein bisschen netter wecken können...

Mit Küsschen und Guten-Morgen-Kaffee?

Das Küsschen kannst dir klemmen, aber Rührei wär geil gewesen.

Weil man nach einem Portalsprung ins Unbekannte auch erstmal Rührei im Kopf hat!

Ja man, Portalsprünge machen hungrig.
Egal, nachdem jedenfalls Finnboy meinen Schönheitsschlaf so rüde unterbrach, checkte ich erstmal die Lage. Ich sah eine Wiese, blauen Himmel und den Fluss in dem ich stand. Es war ziemlich warm, also waren wir wohl weit weg vom Schlachtfeld und Captain Hammer. »Diggi, welcher Teil von Midgard soll das denn sein? Ist ja verdammt heiß hier.«, sprach ich zu Finnboy und zog erstmal meine Fellweste und Tunika aus. Finnboy trug schon nur noch ein Handtuch.

Wieso musst du dich eigentlich ständig ausziehen? Bist du heimlicher Nudist?

Das Saunen ist ein wichtiger Teil der finnischen Kultur und gesund außerdem!

Alter, wir waren in keiner Sauna, es war einfach nur verdammt warm!

Ja, was auch immer.

Oh man, Finnboy. Da wir jedenfalls keine Peilung hatten, wo wir waren, beschlossen wir erstmal, dem Fluss zu folgen und hoffentlich eine Stadt oder Siedlung zu finden. Glücklicherweise hatte ich in meiner Tasche einen Reiseschinken eingepackt, sodass wir auf dem Weg was futtern konnten. Wir brauchten aber nicht allzu lange durch die Wildnis zu laufen, als wir die ersten Türme einer Stadt sahen. Bald waren wir nahe genug um die gesamte Stadt zu sehen. Und was das für eine Stadt war, Alter! Riesig! Ich dachte ja immer, Uppsala wäre krass, aber das...

War schon echt beeindruckend. Sah aber irgendwie auch anders aus als die Städte, die wir so kannten. Die hatten so eine Brücke wo das Wasser langfloss, voll abgefahren.

Ja man, ziemlich nice. Diese Stadt zog uns natürlich an. Erstens aus reiner Neugier und zweitens um zu erfahren, wo wir eigentlich waren und wie wir nach Hause kommen. Wir waren auf eine Straße gekommen, die zur Stadt führte und folgten ihr. Bald konnten wir erkennen, dass am Tor zwei Wachen standen in ziemlich seltsamer Gewandung.

EY! Ihr könnt doch nicht einfach mit dem zweiten Band anfangen und mich da rauslassen!

Hast du meine SMS etwa nicht bekommen? ;)

Ne, Akku war alle.

Ach so, na dann. Willst du fortfahren?

Gerne.
Als Hipster Viking und Finnboy sich dem Stadttor näherten,
sahen sie, dass die Wachen nur eine etwas längere Tunika und
Sandalen trugen, aber keine Hosen. »Alter, die Typen haben
keinen Hosen an!«, stellte Finnboy erstaunt fest. »Die sind
doch hier nicht zu Hause!«

Sagte der Typ, der nur mit einem Handtuch bekleidet war…

Bei mir war das das Ausleben meiner Kultur!

Ja Finnboy, ist ja gut.
Hipster Viking und Finnboy kamen zu dem Tor und die
Wachen kreuzten die Speere um ihnen zu signalieren
anzuhalten. »HALT STOP!«, rief die eine Wache mit rotem
Gesicht und offensichtlich cholerischer Natur. Die beiden
stutzten. »Andreas?«, fragten die Beiden wie aus einem
Mund. »Was machst du Sack denn hier?«, fragte Finnboy ihn.
» DU SOLLST DIE SCHNAUZE HALTEN!«, schrie die
Wache ihm entgegen. »Außerdem heiße ich Andrearum!«
Finnboy blinzelte kurz. Er sah zu der anderen, wesentlich
jüngeren Wache und sprach: »Und du heißt?« Der Junge
straffte sich und sprach: »Ich bin Kevinus! Und außerdem,
wir stellen die Fragen!« Finnboy wandte sich wieder zu
Andrearum und sah ihn an. »Wie heißt diese Stadt hier?« -
»Also entweder bist du blöd oder auf beiden Augen blind, das
ist Rom hier! Und jetzt halt die Schnauze, sonst hol ich
Centurio Hammero!« Finnboy nickte kurz. »Willst du dich

nicht erstmal beruhigen und dann weiterreden?«, fragte er ihn, doch Andrearums Gesicht wurde nur noch röter. Finnboy ging einen Schritt zurück, um einer Spucklawine besser ausweichen zu können. »AAAAAAAAAAH!«, schrie Hipster Viking und schlug Andrearum bewusstlos.

Das war echt unerwartet gewesen in dem Moment.

Ja ich weiß, aber das Alles mit der Schlacht, dem Portal ins Irgendwo und die ersten Typen, denen wir begegnen, sind Verwandte von Jarl Andreas und Kevin? Sorry, da konnte ich nicht an mich halten.

Verständlich. Als Andrearum zu Boden ging und Kevinus diesen anstarrte, zuckte ich kurz mit den Schultern und schickte Kevinus mit einer Kopfnuss ebenfalls zu Boden. Also Rom. Ich hatte keine wirkliche Ahnung wo das war, außer dass es weit im Süden sein musste. Rom war eine riesige Stadt mit beeindruckenden Gebäuden, aber schnell fiel uns auf, dass fast alles verfallen oder beschädigt war. Man sah auch nicht viele Leute und die, die uns sahen, verschwanden sehr schnell.

Ich sagte doch, du sollst dir was anziehen…

Das ist aber meine Kultur!

Was auch immer. Die Stadt war also echt abgefuckt. Überall Trümmer und kaputte Häuser. Als hätte hier gerade ein Krieg stattgefunden. Wir liefen durch die Straßen auf der Suche nach jemanden, der uns erklären konnte was hier abgeht. Bald kamen wir zu einem leeren Marktplatz, auf dem so ziemlich das Einzige stand, was in dieser Stadt nicht beschädigt war. Ein verdammt großes Monument. Ich war zwar kein Fachmann der Steinmetzkunst, so wie Cap, aber das Ding war ziemlich neu. Machte irgendwie keinen Sinn, eine zerstörte Stadt und das Wichtigste ist erstmal, so eine Statue aufzustellen? Voll strange.

Jungs, will einer von euch was zu essen besorgen? Kriege gerade voll Hunger.

Na sichi mach ich das ;) Dann erzähl du mal weiter.
Gut, danke dir!
Das Monument war geschätzt fünf Meter hoch und zeigte zwei Gestalten, die auf einem Berg Toter stolz und aufrecht standen. Der eine hielt einen Schädel hoch, der andere stand auf seinen Speer gestützt. Hipster Viking und Finnboy waren verwirrt von der Darstellung und gingen näher um die Tafelinschrift zu lesen. »Zur Mahnung Aller. Lasst euch nicht aufstacheln von den giftigen Worten der Zerstörer der Welten, Bjornum und Olaffus.« Hipster Viking runzelte die Stirn. »Bjornum und Olaffus.«, sprach er. »Die Leute hier haben echt komische Namen. Müssen zwei miese Typen gewesen sein, wenn man ein Denkmal dafür aufstellt.« Finnboy zuckte mit den Schultern. »Jupp. Aber lass mal eine Kneipe suchen, ich krieg Durst. Und vielleicht redet da ja auch einer mal mit uns.« Hipster Viking nickte und die Beiden wandten sich von dem Mahnmal ab auf der Suche nach einem Gasthaus.
Wenig später fanden sie eine Taverne, die noch halbwegs intakt und anscheinend auch in Betrieb war. Drinnen war es dunkel, doch augenblicklich wurde die Taverne von einem orangen Licht erhellt. Alle Anwesenden wandten sich geblendet zum Eingang, um zu erkennen wer dort stand.

»Boys are back in town!«, rief Hipster Viking und trat ein.

Warum eigentlich kein »Wer will mit mir über Äppel reden?«?

Weil die Leute doch genau das erwartet haben. Ich wäre ja nicht hip, wenn ich das machen würde, was die Leute denken und erwarten.

Ah ja. Egal, jedenfalls traten wir in die Taverne und die Leute starrten uns an. Sie folgten buchstäblich jedem unserer Schritte. Obwohl ich mir inzwischen was angezogen hatte. Wir gingen von Schweigen begleitet zum Tresen und setzten uns auf zwei Barhocker. »Jo Diggi, gib uns mal zwei Metchen.«, sprach Hipster Viking. Der Wirt, der uns mit offenen Augen anstarrte, sprach langsam: »Dies ist kein Freudenhaus, das ist eine Taverne.« - »Ja, wissen wir ja, aber was gibt's denn hier nu zu trinken?«, sprach ich zum Wirt. »Also, wir hätten Vinum, wenn ihr das meint.« - »Ja geil, gib her, was auch das immer ist.«, erwiderte Hipster Viking. Der Wirt nickte nur und wandte sich ab, um zwei Becher zu füllen. Mir wurde etwas unbehaglich, denn die Leute starrten uns immer noch an, das spürte ich. Es herrschte auch immer noch komplette Stille. Kein gutes Zeichen. Dann hörte ich Schritte hinter uns, doch wir blieben sitzen, als hätten wir nichts bemerkt. »Wir mögen keine Fremden hier.«, sprach eine Stimme hinter uns. Wir drehten uns langsam auf unseren Hockern um. Ein großer und kräftiger Mann stand vor uns und musterte uns eingehend. »Fremde bringen nichts Gutes.«, sprach der Mann weiter. Ich sah

ihn ruhig an. »Wir wollen nichts Schlechtes, wir wollen nur etwas trinken.«, antwortete ich ihm. »So fing es mit den beiden Anderen auch an.«, erwiderte er. »Welche Anderen?«, fragte ich ihn. »Die, die wir Bjornum und Olaffus nennen. Die, die dieses Elend hier verursacht haben.« Ich nickte kurz. »Wir sind zwar Fremde, das stimmt, aber wir haben trotzdem nichts Böses wir. Wir wissen einfach nur nicht, wo wir sind und wie wir zurück nach Norwegen kommen.« Der Mann sah uns verwirrt an. »Norwegen? Was soll das sein?« - »Unser Heimatland, was denn sonst? Und wo sind wir hier?« Der Mann schüttelte leicht den Kopf. »Ihr seid in Rom im römischen Reich. Oder zumindest was davon übrig ist.« - »Und wo in Midgard liegt das römische Reich bitte?«, fragte ich ihn, ebenfalls verwirrt. »Was soll Midgard denn nun wieder sein?«, erwiderte der Mann leicht ärgerlich. »Die Welt, in der wir leben?«

Jetzt kommt die Antwort, die uns voll geflasht hat.

Ja man. Erzähl du das.

Yo. Finnboy unterhielt sich also mit dem Typen der uns eigentlich loswerden wollte und ich hab eigentlich nicht zugehört, aber dann sagte der Typ: »Es gibt kein Midgard. Das römische Reich ist die Welt.« Ich fiel fast von meinem Hocker. »Was?«, brachte ich mich nun ins Gespräch ein. Der Mann sah nun mich an und wiederholte: »Es gibt keine Welt namens Midgard. Diese unsere Welt ist und heißt das römische Reich.« Ich schwieg. Das hatte mich härter getroffen, als eine Tüte reinen Stoffes. Das scheiß Portal hatte uns nicht einfach irgendwo hingebracht, es hatte uns in

eine andere Welt geschleudert! Mir wurde Angst und Bange
um mein Gras, wer soll das denn jetzt gießen? Und meine
armen Zerschmetterlinge!
Götter, wenn ich daran denke, muss ich erstmal einen buffen.
War keine geile Erkenntnis.

Ich bin dabei, der Schock saß tief.

Okay, dann muss ich wohl wieder.
Hipster Viking und Finnboy starrten den Mann mit offenem
Mund an. Dass das Portal sie in eine andere Welt geworfen
hatte, war ein schwerer Schock für die Beiden. Finnboy fasste
sich als Erster wieder und fragte den Mann: »Die Fremden,
die du erwähntest, Bjornum und Olaffus, was haben die
genau getan?« Die Züge des Mannes verfinsterten sich. »Sie
kamen aus dem Nichts hierher. Erst einfach nur als Fremde in
Rom. Doch schon bald trat Bjornum in die Dienste unseres
Kaisers und wurde schnell sein engster Vertrauter. Olaffus
dagegen wurde ein Mitglied des Senates und gewann an Rang
und Ansehen. Als beide eine hohe Stellung hier in Rom
hatten, stachelte Olaffus den Senat dazu an, den Kaiser
abzusetzen, Bjornum ermutigte den Kaiser, hart
durchzugreifen und die Verräter hinzurichten. Dass damals
Olaffus daran beteiligt war, wusste keiner. So scharte dieser
neue Verräter um sich, die nun dazu bereit waren, offen gegen
den Kaiser zu kämpfen. Erneut riet Bjornum dem Kaiser zu
harten Maßnahmen und dieser sandte die Truppen unter
Centurio Hammero, um den Verrat niederzuschlagen. Olaffus
wusste natürlich davon, der Senat hatte eine eigene Armee
aufgestellt und so brach in Rom der Bürgerkrieg aus. Tage
des Mordens und des Todes vergingen. Als der Kaiser selber
auf dem Forum angegriffen wurde, beschützt von Hammero

und seinen besten Männer, tötete Olaffus den Kaiser. Hammero wollte ihn rächen, doch Bjornum schlug ihn nieder. Da wurde die elende Niederträchtigkeit der Beiden offenbart. Die verbleibenden Männer waren drauf und dran, die Beiden zu töten. Bjornum und Olaffus lachten jedoch nur und verschwanden in einem schwarzen Loch, das mitten in der Luft erschien. Damit waren sie entkommen und ließen Rom in Schutt und Asche zurück.« Hipster Viking und Finnboy hörten die ganze Zeit schweigend zu. Als der Mann fertig war mit erzählen, nickten sie. »Bjornum und Olaffus kamen auch in unsere Welt. Dort versuchten sie das Gleiche und es ist ihnen auch fast gelungen. Sie entkamen durch ein Portal und wir wurden hereingezogen. So kamen wir hier her.« Der Mann schwieg einen Augenblick, betrachtete Hipster Viking und Finnboy eingehend und nickte dann nur. »Verstehe. Ich glaube euch. Hier gibt es eh nichts mehr, was man noch zerstören könnte. Ich bin Brutus.« Brutus reichte ihnen die Hand und so schlossen sie Freundschaft. »Dann lasst uns trinken auf unsere gemeinsame Feindschaft gegen Olaffus und Bjornum!« Das nahmen Hipster Viking und Finnboy gerne an und verbrachten den Abend in der Taverne mit Brutus zusammen.

Dieses Vinum war schon sehr lecker! Wenn mir nicht so der Schädel gebrummt hätte am nächsten Tag…

Japp, war schon hart. Aber nur das zweithärteste an dem Morgen.

Was genau meinst du damit, Hipster Viking?

NEIN! Frag ihn das nicht auch noch!

Ich werds dir nachher mal erklären ;)

Ah okay.

EGAL! Jedenfalls waren wir immer noch in Rom und damit in der falschen Welt. Also fragte ich Brutus: »Nichts gegen dich Brutus, aber wir würden gerne wieder in unsere Welt gelangen. Hast du eine Ahnung, wie wir das schaffen könnten?« Brutus überlegte eine Weile. »Ich habe keine Ahnung von solchen Dingen, wie Bjornum und Olaffus sie beherrschen. Aber redet mit Centurio Hammero, er hatte schon immer ein wachsames Auge auf Bjornum gehabt, vielleicht weiß er etwas.« - »Machen wir. Danke dir, Diggi!«, sprach Hipster Viking und schlug Brutus auf die Schulter. Dann machten wir uns beide auf den Weg in die Kaserne, wo Centurio Hammero wohl zu finden war. Die Kaserne selber war schwer beschädigt, aber auch schon zu Teilen wieder repariert. Sie diente nun der zentralen Organisation der Versorgung der Bevölkerung und des Wiederaufbaus der Stadt. Geschäftiges Treiben herrschte, jedoch auch die allgegenwärtige Trauer lag in der Luft. Wir kamen zu Centurio Hammeros Raum, in dem er über eine Stadtkarte Roms gebeugt an seinem Schreibtisch stand.

Und das war schon wieder der nächste Schock! Das hat da einfach nicht aufgehört!

Jupp. War schon echt krass.

Ja man. Wir kommen also in den Raum von Centurio

Hammero und wen sehen wir da? Einen Typen, der voll aussah wie Cap! ABER OHNE BART! Fuck man, das war krass. Wir stehen da also mal wieder voll geflasht und dann bemerkt er uns und spricht: »Salve Crassus, wer seid ihr und was wollt ihr?« Dann musterte er uns genauer und kniff die Augen zusammen. Seine rechte Hand wanderte zu seinem Gürtel. »Woah, bleib locker!«, sprach Finnboy und hob die Hände leicht. »Wir sind nicht Bjornum und Olaffus auch wenn wir Fremde sind.« Centurio Hammero starrte uns an, dann nickte er und entspannte sich. »Wer seid ihr dann und was wollt ihr?« - »Ich bin Hipster Viking und das ist mein Kumpel Finnboy und wir wollen zwei Dinge: Bjornum und Olaffus den Arsch aufreißen und dann nach Hause in unsere Welt Midgard gelangen.« Hammero wurde ein bisschen chilliger und erwiderte: »Glaubt mir, ich würde Bjornum und Olaffus auch gerne bestrafen. Aber was ist Midgard?« - »Unsere eigene Welt. Wir sind durch ein Portal von Bjornum und Olaffus hierher gelangt und würden gerne zurück. Brutus sagte uns, dass du vielleicht wissen könntest, wie wir zurück gelangen.«, erwiderte Finnboy.

Der bartlose Cap nickte und sagte dann: »Verstehe. Also seid ihr auch ein Opfer dieser widerwärtigen Kreaturen geworden. Und nun in einer anderen, also unserer Welt gestrandet. Vielleicht kann ich euch helfen. Also nicht unbedingt zurück nach Midgard, aber zumindest in eine andere Welt.« - »Wie nicht unbedingt nach Midgard? Wir wollen aber nach Midgard!«, entgegnete ich Hammero. Er schwieg einen Moment und erwiderte dann: »Vielleicht kann ich euch helfen ein Portal zu öffnen, das euch hier wegbringt, aber ich kann nicht kontrollieren wo es hinführt.« Jetzt schwieg ich. Nicht kontrollieren wo es hinführt? Hörte sich irgendwie nicht so geil an. »Und wie sollen wir dann nach

Hause kommen?«, fragte ich ihn. Finnboy, der olle Miesepeter, meinte nur bitter: »Wahrscheinlich gar nicht. Wir müssen zufällig durch die Welten reisen und hoffen, dass irgendwann ein Portal uns mal nach Hause bringt.« Das war eine beschissene Feststellung!

Darauf holte ich erstmal mein absolutes Notpäckchen Gras aus meiner Tasche und baute einen Björn. Ich gönnte mir hart ein paar Züge, reichte ihn weiter an Finnboy, welcher den Björn unserem neuen Diggi anbot. »Gönn dir, die Sorte heißt Krasser Knut. Eine meiner Besten!« Hammero sah mich kurz an, zuckte mit den Schultern, sagte »Ach was solls.«, und nahm einen Zug, als hätte er in seiner Jugend nichts Anderes getan.

Ernsthaft? Ihr seid in einer anderen Welt gestrandet und ihr hattet nichts Besseres im Sinn als erstmal zu kiffen?

Ja, wieso?

Hättet ihr nicht lieber der Situation entsprechend reagieren sollen?

Haben wir doch. Ruhe bewahren und keine Panik aufkommen lassen.

Ich glaube das ist damit nicht gemeint.

Egal. Jedenfalls so drei Björns später fragte ich den kräftigen, aber durchaus nicht mächtigen Hammero, wie man so ein Portal öffnet. Er blickte hoch, sah mich relaxt an und meinte dann: »Das verrate ich euch, nachdem ihr mir geholfen habt.« Hipster Viking nickte und erwiderte:

16

»Verstehe. Wir kriegen zurzeit aber leider nicht so viel Zeug heran und vor allem nicht das gute Eigene.« Hammero sah ihn kurz verwirrt an und meinte dann: »Unfug, ich brauch keinen Stoff. Ich bin der ranghöchste Legionär hier und habe eine zerstörte Stadt wiederaufzubauen. Aufgrund der mangelnden Wachen gibt es allerdings Leute, die meinen das nutzen zu müssen. Ich mag solche Leute nicht und ihr werdet mir helfen, sie verschwinden zu lassen.« Ich nickte. »Ein paar Deppen was auf die Fresse geben für eine Reise ins Ungewisse. Hört sich gut an.« - »Gut. Dann treffen wir uns nach Sonnenuntergang vor der Taverne. Seid bewaffnet, aber nicht auffällig.« Hipster Viking lachte. »Nicht auffällig? Diggi, ich bin so hip, das fällt jedem auf! Wie soll ich denn nicht hip sein?« - »Nicht auffällig bewaffnet.« - »Ah. Ach so. Nicht geil, aber machbar.« Wir verabschiedeten uns von Centurio Hammero und begaben uns zurück zur Taverne, um bis zum Abend einen zu heben.
Heben ist ein geiles Stichwort, ich hol Bier!

Gönn uns Diggi!

Ich nehm auch!
Als der Abend nahte und die Sonne langsam am Horizont des zerstörten Roms unterging, machten Hipster Viking und Finnboy sich bereit für ihre Aufgabe. Da sie die Reise durch das Portal nicht geplant hatten, gab es eh nicht viel über die Ausrüstung nachzudenken. Lediglich Finnboys Speer und

Hipster Vikings Langaxt waren zu auffällig, weshalb diese bei Brutus zurückgelassen wurden, der sie entsprechend hütete.

Draußen wartete schon Centurio Hammero, ohne Uniform, die Rüstung unter normaler Kleidung verborgen. »Da seid ihr ja.« Hipster Viking erschrak. »Alter! Wer bist du und was willst du von uns?« - »Ich bin es. Centurio Hammero?« Hipster Viking nickte. »Ah ja. Hab dich ohne Bart nicht erkannt.« - »Ich hatte auch vorhin keinen Bart.« - »Ja, ist ne lange Geschichte. Also wo fangen wir mit prügeln an?«, fragte Hipster Viking mit Vorfreude. »Moment. Niemand darf wissen, dass ich nachts durch die Straßen schleiche um Verbrecher zu vermöbeln. Nennt mich daher Capt-« - »NEIN!«, unterbrachen Hipster Viking und Finnboy ihn gleichzeitig. »Das geht nicht.«, erklärte Finnboy. »Ebenfalls lange Geschichte. Wie wäre es mit Hammerman?« Centurio Hammero nickte. »Anonym genug. Dann lasst uns loslegen. Hier die Tarnung.«, sprach er und reichte den Beiden jeweils einen Humpen Bier. »Geil! Saufen und prügeln, genau wie zu Hause!«, sprach Finnboy.

Zu dritt liefen sie durch die Straßen des zerstörten Roms, redeten, tranken und begaben sich langsam aber sicher in die abgelegeneren Bereiche und die dunkleren Straßen der Stadt. Sie brauchte nicht lange zu warten, bis in einer Gasse Schritte hinter sich hörten. »Ihr bleibt besser ganz ruhig und gebt uns eure Wertsachen freiwillig, dann dürft ihr mit dem Leben davonkommen.«, sprach eine der Gestalten. Centurio Hammero grinste und antwortete: »Ihr solltet aufpassen, dass ihr mit dem Leben davonkommt, denn ich bin-« - er drehte sich um und zog die Kapuze nach hinten - »HAMMERMAN!« Schweigen.

Also ich fand den Auftritt voll cool.

Ja man, er hat sich sogar so eine Augenmaske aus einem Stoffstreifen gebastelt und sich »JUSTICIA« auf die Stirn gemalt. Definitiv nicht der Held, den Rom verdient hatte, aber der Held, den es brauchte.

Oh ja. Nach der peinlichen Pause jedenfalls zog Hammero zwei so kurze Schwerter wie sie dort gerne benutzt wurden und dann gings los. Keine Ahnung, wie viele das eigentlich waren, aber es ging fix. Auch ohne Bart war Hammero ein ganz schön kräftiger, wenn auch nicht mächtiger Kämpfer. Er bewegte sich schnell und schlug hart zu. Echt ein krasser Typ. Also nicht, dass wir nicht auch krass wären, aber von uns weiß man das ja.
Und als wir fertig waren, haben wir angestoßen und sind weitergezogen. Als Helden der Nacht liefen wir durch die Gassen wie drei Diggis und haben böse Jungs verdroschen. Geil. War definitiv eine der besten Nächte ever.

Und schon hatten alle Schiss vor Hammerman und es wurde deutlich ruhiger in Rom. Wie man mit ein bisschen Gewalt doch Probleme lösen kann.
Jedenfalls war Cap ohne Bart uns echt dankbar für unsere Hilfe und führte uns am nächsten Morgen außerhalb der Stadt zu einem Hügel. Dort stand ein einzelner Obelisk. »Dies ist der Ort, wo Bjornum und Olaffus herkamen. Nach ihrem Verschwinden habe ich mit einem Schafhirten gesprochen, der sah wie hier das Portal entstand und zwei Gestalten daraus hervorkamen.« - »Gut, und wie öffnet man jetzt so ein Portal?«, fragte ich ihn. Centurio Hammero kramte in

seinen Taschen und holte ein Stück Kreide hervor. Hipster Viking staunte. »Komm mir jetzt bloß nicht mit Mathematik, da hab ich mit Kater noch weniger Bock drauf als sonst.« Hammero grinste. »Hatte ich auch nicht vor, damit öffnet man das Portal.«

Ich dachte in dem Moment echt nur, der will uns verarschen. Lässt sich helfen Räuber zu verhauen und kommt uns dann mit einem Stück Kreide.

Ja, ich hatte auch irgendwas Abgefahrenes erwartet. Eine Schriftrolle, unbekannte Wörter, magische Kristalle, aber ne. Ein Stück gewöhnliche Kreide tuts auch.

Aber hat ja funktioniert. Hammero hat damit ein Oval auf den Obelisken gemalt und zack! Öffnet sich so ein Portal. Nicht so ein krasses Ding mit viel Sog wie bei Björn und Olaf, aber es war ein Portal. Und unsere einzige Hoffnung irgendwann mal wieder unser eigenes Gras zu rauchen. Hammero und wir umarmten uns zum Abschied männlich und er meinte noch: »Eines noch: Da das Portal recht klein ist, werdet ihr nicht nebeneinander durchkommen. Ihr müsst nacheinander und euch die Hand halten, damit ihr in der gleichen Welt landet.« Finnboy sah mich an und ich ihn. Dann machten wir dreimal das #nohomo-Zeichen und gaben uns die Hand. Bevor wir durch das Portal schritten sagte ich noch zu Centurio Hammero: »Und vergiss nicht Hammerman: Mit großer Kraft kommt große Unvernunft!« Dann schritten wir hindurch und wieder einmal begann die beschissenste Attraktion des beschissensten Vergnügungsparks.

Der Immerhungrige Bart

Liebe Leser,
Willkommen zurück in der verrückten Welt von Hipster
Viking und Finnboy.
Die beiden haben euch im ersten Kapitel ja ganz schön ins
kalte Wasser geschmissen, daher hier ein paar Worte der
Aufklärung.
Im ersten Kapitel landeten die beiden in Rom.
Wobei hier zu ergänzen ist, dass es sich um einen ganzen
Planeten Rom gehandelt hat.
In den kommenden Geschichten landen unsere Protagonisten
in parallel Universen, welche jeweils aus einem oder zwei
großen Fraktionen bestehen.
Das Kaiserreich Rom sollte einmal ein Weltreich werden und
in der letzten Geschichte hatte es dies geschafft.
In diesem Kapitel kommen die beiden in einer Welt an, in der
die Slawen die Oberhand haben.
Immer wieder versuchen sich kleinere Gruppen zu verbreiten
und auch hier herrschte die kalte Nachkriegszeit. Ostslawen
und Westslawen kämpften angestachelt von Björno und
Olafen gegeneinander und löschten sich beinahe gänzlich
aus.
Ein friedliebendes Volk waren die Slawen bis zu dem Tag an
dem die beiden mit ihren Weltherrschaftsplänen auftauchten.

Die Einflüsse der beiden sorgten für Machtansprüche.
Fürsten ernannten sich, Sklavenhandel etablierte sich und
immer weiter wuchs der Neid des kleinen Mannes, welcher
friedlich seine Acker bewirtschaften wollte.
So kam es zu mehreren Bürgerkriegen.
Diese Geschichte begann, als Hipster Viking und Finnboy
mitten in einen Laubwald krachten.

KRACHTEN!!!
Im Ernst, dieses Portal warf uns aus dem Himmel.
Mitten in der Luft, weit über den Wipfeln der Bäume, tat
sich ein Riss auf, aus dem wir fielen.

Finnboy hat geschrien wie ein Mädchen als er mit dem
Schritt voran auf einen Ast krachte.

Es war eine Tanne! Ja, die einzige verdammte Tanne in
diesem „Laubwald"!

Ist das dann per Definition nicht eher ein Mischwald?

Deswegen ja die Anführungszeichen!

Verstehe.

Und du erzähl nichts vom Schreien wie ein Mädchen,
Mister „Ich bin allergisch gegen Bienenstiche".

Ich bin mit dem Gesicht voran durch dieses verdammte
Bienennest gefallen. Und die waren davon gar nicht
begeistert!

Sein Gesicht sah aus wie der Mond.

Nicht lustig.

Jetzt ist aber auch gut. Erzählt doch endlich mal, was dort geschah.

Tun wir doch.
Wir sind aus dem Himmel in einen Wald gekracht und sind beinahe draufgegangen.

Ich wünschte mir in diesem Moment tot zu sein.
Wochenlang quälten mich die Schmerzen im Schritt.
Als hätte ich versucht ne Wand zu rammeln.

Woher weißt du wie sich das anfühlt?

Ich… ach lass mich in Ruhe.

She Spider war nicht immer da! XD

Du **** *******.**

Haha, die Zensurfunktion ist noch aktiv. Bähm!

Jungs, würdet ihr bitte auf den Punkt kommen?

Ist ja gut.
Also nachdem wir damit fertig waren zu Fallen und aufzuschlagen, suchten wir unser Zeug zusammen, welches sich beim Sturz von unseren Gürteln löste.
Das dauerte eine Weile, denn es dämmerte schon.

Also leuchtete ich mit meinem Cappi den Weg aus.
Finnboy sammelte Feuerholz und wir schlugen ein
provisorisches Camp auf.
Ein Feuer, einen Donnerbalken, eine Palisade und ein Zelt in
drei Stunden.

In drei Stunden? Eine Palisade?

Naja, wir rammten drei Äste in den Boden und spitzten diese
an... nach dem dritten verloren wir die Lust.
Die anderen zwei Stunden bauten wir das Zelt.
Ein Meisterwerk. Naja, also sagen wir es war genug, um
darin schlafen zu können. Regen hätte es wohl nicht
standgehalten. Eben so wenig Wind.
Aber war auch egal, kaum stand es, kroch ein Stinktier hinein
und pinkelte auf den Boden.
Wir schliefen also am Feuer.

Am nächsten Morgen knurrten unsere Mägen.
Also griff ich nach meinem Reiseschinken, doch er war nicht
mehr existent. Dort lag nur noch der Knochen.
Also lief ich Finnboy hinterher zum Donnerbalken und
donnerte ihm eine.

Da sitzt man gemütlich beim morgendlichen WC-Gang
und bekommt aus dem nichts eine Schelle, die wohl die
Götter noch hören konnten. Welche Götter das hier auch
immer waren.

»WO IST MEIN SCHINKEN?«, brüllte ich Finnboy
entgegen. »Gestern Abend lag er noch da. Gib zu, ihn
gegessen zu haben.«

Finnboy war verwirrt und bestand darauf meinen Schinken nicht angefasst zu haben.
Nach einigen Minuten wütender Ausbrüche machten wir uns auf die Jagd nach Frühstück.

Und das ist gar nicht mal so einfach mit einer Langaxt.
Den Rest hatten wir nicht mehr finden können.
Letztendlich entschieden wir uns Pilze und Beeren zu sammeln. Doch auch davon war weit und breit nichts zu finden.
Es war zum verrückt werden.
Uns blieb nichts anderes übrig als nach einem Dorf oder einer Stadt oder irgendeinem Fastfood Restaurant zu suchen.

Mittlerweile war es Mittag.
Wie ein paar Halbtote krochen wir immer weiter mit dem Gesicht nach unten und auf der Suche nach einer Schnecke, einem Käfer oder irgend etwas essbares.

Ihr hattet erst wenige Stunden lang nichts gegessen und hättet schon Käfer und Schnecken gegessen?

Fressflash!

Genau.
Das Gras, welches wir zwei Tage zuvor geraucht hatten, wirkte mit Verzögerung.

Zwei Tage Verzögerung?

Ja. War nen Kundenauftrag. Die Züchtung kostete mich

Monate.

Alles klar.
Aber ihr fandet ein Dorf.

Japp.
Naja, Dorf ist vielleicht übertrieben.
Es war eher ein großes Lager, umgeben von kleinen Feldern und mit einer durchdachten Infrastruktur.

Oder anders formuliert: alles war niedergebrannt und die Überlebenden hatten zwischen Ruinen Zelte aufgeschlagen.
Weitaus bessere Zelte als das unsere, aber auch nur Zelte.

Wir sahen die Felder und stürmten los, doch bevor wir diese erreichen konnten, schlugen Pfeile in den Boden vor unseren Füßen.
»Dicker, ist mir egal. Nen paar Pfeile kann ich wegstecken, aber ich muss was essen.«
Finnboy nickte mir zu und wir liefen weiter.
Und dann klappten Palisaden aus dem Boden.
Angespitzte Baumstämme ragten uns entgegen.
»Wollen die mich verarschen? Keine Häuser aber ne Palisade die ne Armee abhalten könnte?«, sprach Finnboy.
Aber wir hatten eine Langaxt und Hunger.
Ich schlug also mit der mir übrigen Kraft auf die Stämme ein.

Dann plötzlich rief ein Mann über die Palisade:
»Verschwinde, chud!«
»Chud? Mein Name ist Hipster Viking und ich verhungere!«
»Dein Name ist mir egal, verschwinde. Du hast genug von

uns genommen!«

Finnboy und ich waren verwirrt.

»Aber wir waren doch noch nie hier. Bitte, wir sind erst gestern in dieser Welt gelandet. Unsere Vorräte wurden geplündert und weit und breit findet sich nichts essbares.«

Schweigen.

Dann schaute ein Kopf über die Palisade.

»Ihr seid nicht der Bjes!«, sprach dieser.

»Ne man, wir sind nur ein paar Hipster auf der Suche nach Gastfreundschaft.«

Und dann senkte sich die Palisade wieder.

Hinter ihr standen vierzig bis fünfzig Bauern und Bäuerinnen mit Harken und Dreschen in den Händen.

»Tretet ein, Fremde. Bitte entschuldigt diese Feindseligkeit, doch ihr seid nicht die ersten, die es auf unsere Felder abgesehen haben.«

»Ja, Björn und Olaf. Wir wissen davon. Sie haben die abgebrannten Häuser zu verantworten, nicht wahr?«, sprach Finnboy.

»Björno und Olafen waren die Zerstörer unseres Dorfes, doch seit dem Krieg sucht uns ein anderes Unheil heim. Doch nun kommt, es gibt Kürbisseintopf.«

Das ließen wir uns nicht zweimal sagen und in kürzester Zeit leerten wir einen riesigen Kessel davon.

Das die dich nicht gleich erschlagen haben, mit dem angeschwollenen Gesicht, wundert mich jetzt im Nachhinein doch ziemlich.

Ich bin immer wunderschön.

Immer wunderschön? Na wer's glaubt.

Jetzt bin ich dran.

Ich war noch nicht fertig.

Egal. Jedenfalls aßen wir, nein wir verschlangen den Eintopf.
Doch als der Topf leer war, unterhielten wir uns mit Velo, dem Dorfältesten.
»Also, was für ein Unheil sucht euch denn heim?«
»Er ist ein Dämon. Ein Wesen, dessen Hunger nie endet.
Der Krieg muss ihn hergetrieben haben. Wir vermuten, er kam mit den Flüchtenden aus dem Osten.«
Die Frauen im Raum griffen nach ihren Kindern, welche vor Angst anfingen zu zittern.
»Wir boten ihm ein Dach über dem Kopf und gaben ihm alle Liebe, die wir hatten, denn er war verwundet und in unserer Kultur helfen wir den Kranken.
Er wurde von Tag zu Tag kräftiger und eines Abends feierten wir ein kleines Fest, der Krieg war vorbei.
Wir saßen an einer Tafel, tranken und aßen.
Dann näherte er sich der Tafel und setzte sich zu uns.
Wir waren alle vollgefressen und auf dem Tisch standen noch die Reste eines Schweins und einige Krumen Brot.
Er fragte: „Esst ihr das noch?".
Er war höflich. „Greif zu, mein Freund!", sprach ich.
Und so begann es.«

Ein schaudern ging durch den Raum.
»Begann was?«
»Es war wie ein Fluch, den wir aussprachen. Als hätten wir dem Teufel persönlich eine Einladung gemacht.
Zuerst aß er nur die Stücke, die über blieben, doch er

28

wurde kräftiger und sein Hunger wuchs.
Ein nettes Wort hier und eine helfende Hand dort.
Wir ahnten nichts.
Vor den Dorfreserven standen meine beiden Söhne Wache und er kam vorbei.
„Gibt es hier etwas zu essen?", fragte er die beiden.
Sie lachten und antworteten ihm: „Nimm dir was du brauchst." Und er verschwand in der Kammer.
Die Jungs schwören, er hätte nur einen Apfel entwendet doch als die Frauen kamen, um Zutaten für das Abendmahl zu holen, war das Lager leer.

Wir sahen ihn eine Weile lang nicht mehr.
Dann fehlten Rüben von den Feldern. Kein Reh wart weit und breit mehr gesehen und die Vögel verschwanden auch.«

Bei dem ganzen Gerede bekommt man ja Hunger.

Schon etwas.

Warum schreibst du eigentlich nicht mal einen Teil, meine Liebe?

Ich finde diese Geschichte solltet ihr erzählen.

Na dann...
Nun ja, das ganze wurde scheinbar immer schlimmer, laut den Geschichten des Alten.
Erst die Tiere, dann die Früchte und Pilze. Bis nichts mehr übrig war.
»Und wer genau ist dieser Kerl jetzt?«, fragte ich.

»Der Immerhungrige Bart!«, riefen die Kinder im Chor.
»Der.. was?«
»So nennen sie ihn. Ein Rabenschwarzer Vollbart schmückt
sein Gesicht und sein Hunger scheint nie gestillt zu sein.«,
sprach der Alte.
»Okay, ich will ja jetzt nicht unhöflich sein, aber das klingt
alles sehr erfunden.«
»Ihr habt es doch selber gesehen, die Wälder sind leer. Alles
essbare wie vom Erdboden verschluckt.«
»Hipster Viking, vielleicht hat der Kerl deinen Schinken
geknabbert!«, sagte Finnboy.
»Aber ich habe ihm nicht erlaubt MEINEN Schinken zu
essen. Und so wie ich das verstehe, muss man ihm erlauben
sich zu bedienen, um den Fluch an der Backe zu haben.«
»Da hat er Recht. Wir haben es niemandem erlaubt unsere
Vorräte zu verspeisen.«
Der Alte Mann grübelte.
In dem Moment knallte das Gras.
Ich kippte um.

Wie jetzt?

Hipster Viking war drei ganze Tage aus dem Rennen.
Er schlief und schlief und schlief.

Und was geschah währenddessen?

Naja, ich half den Dorfbewohnern bei den Reparaturen
an den Hütten. Und den Abend, bevor Hipster Viking
aufwachte, feierten wir ein kleines Erntefest.

Wieso hast du dich nicht um ein weiteres Portal gekümmert?

Ich meine, ihr wolltet doch wieder heim?

Hipster Viking war breit wie der Grand Canyon.
Ich gab ja mein bestes einen Weg zu finden, aber egal mit
welcher Kreide ich Ovale zeichnete, nichts passierte.

Aber…

ABER…
Wir feierten ein Erntefest.
Ziemlich lustig. Die Slawen waren nicht so trinkfest wie
die Römer, doch das Essen war phänomenal.
Es war zwar alles Vegetarisch, doch so lecker, dass es
mich nicht kümmerte.

Aber wieso hast du niemanden nach Hilfe gefragt?

Jetzt lass mich doch mal ausreden.
Ich saß dort, trank und speiste vor mich her, als sich
jemand neben mich setzte.
Ihm schien kalt zu sein. Scheinbar hatte er noch nichts
von dem heimischen Wodka getrunken, also schob ich
ihm meinen Becher zu.
»Trink etwas, dann wird dir warm ums Herz!«, sagte ich.
Mein Sitznachbar nahm den Becher und leerte diesen in
einem Zug.
»Endlich jemand, der saufen kann!«, rief ich und klopfte
ihm auf die Schulter.
»Hey, isst du das da noch?«, fragte der Mann.
»Nein, gönn dir diggi. Ich hatte schon genug.«, antwortete
ich und schob meinen Teller rüber.
»CHUD!", rief Velo und sprang von seinem Hocker.

Dann hob der Kapuzenmann seinen Kopf und die Kapuze rutschte ihm herunter.

Ein dichter, rabenschwarzer Vollbart breitete sich über sein Gesicht aus, ein kahler Fleck war auf seinem Kopf. Eine alte Narbe, wahrscheinlich der Grund für die wochenlange Pflege durch die Dorfbewohner.

»Du bist dieser Nimmersatte Bart?«

»Immerhungrige Bart!«, brüllte Velo.

»Ach so. Okay. Immerhungrige Bart. Du bist also ein Dämon? Hab mir Euch irgendwie anders vorgestellt… Mehr Schuppen und irgendwie modriger.«

Er schaute mich an.

»Dämon?«, fragte er.

»Ich bin nur ein Mann und ich schulde diesen Menschen mein Leben!«

»Aber du nimmst ihnen alles essbare! Du plünderst die Wälder und Felder! Das sieht nicht nach freundlichen Taten aus. Das ist ziemlich uncool.«

Das Dorf brüllte auf: »JA!«

Viele von ihnen zogen die Heugabeln und Messer.

»Aber ihr meintet, ich soll mir nehmen so viel wie ich brauche.«

Er blickte in die Runde. Verwirrt.

Doch war das nur eine Tarnung?

»Wie kannst du eigentlich so viel essen?«

»Ich bin eben immer hungrig. Ich kann doch nichts dafür.«

Was sollte ich jetzt tun? Ihn fertigmachen? Ihn verteidigen? Oder mich komplett raushalten?

»Woher weiß ich, dass du kein Dämon bist?«

»Ein Dämon kann unseren Wodka nicht trinken!«, rief ein Mann.

»Aber, er hat einen ganzen Becher davon getrunken!«
»Dämonen können kein Silber vertragen!«, rief ein
anderer.
»Nun denn.« Ich griff nach meiner Axt. Der Schaft war
mit einem dünnen Silberdraht umwickelt.
»Greife diese Axt und wenn du es kannst, bist du kein
Dämon.«
Der Immerhungrige Bart griff nach der Axt und alle
warteten auf eine Reaktion, doch er hielt die Axt wie jeder
normale Mensch auch.

Also kein Dämon?

Nein.

Was denn dann?

Ich wusste es nicht.
Mir blieb nichts anderes übrig, als ihn darauf
hinzuweisen, dass es besser wäre, wenn er sich eine
andere Gegend zum Leben sucht.
Und wie reagierte er?

Er stand auf und ging.

Echt jetzt?

Jo. Einfach so.

Und das war es?

Ne. Am nächsten Morgen weckte mich ein lauter

Frauenschrei. Ich stürmte aus dem Zelt und was ich sah, war unglaublich.

Und was sahst du?

Dort standen Wagen voll mit Essen.
Wild, Beeren, Eimer voller Pilze, Früchte, Getreide.
Alles was die Dorfbewohner brauchten, um zu leben.

Also doch ein Dämon?

Ich wusste es echt nicht. Aber die Dorfbewohner dankten mir. Dabei tat ich nichts.

Ja, da wurde ich wieder wach.
Sie trugen Finnboy auf den Händen und tanzten.

Nun gut aber, seid ihr von dort weggekommen?

Klar.
Und wie?

Nach einem ausgewogenen Frühstück fragte ich laut über
den Tisch, ob Finnboy einen Weg in die nächste Welt
gefunden hätte. Das hörte Velo.
Er sagte: »Warum habt ihr denn früher nichts gesagt?«
Wir begleiteten ihn zu einem kleinen Tümpel.
»Was soll das werden? Wo sollen wir hier ein Oval
anmalen?«, fragte Finnboy.
»Ein Oval? Nein, ich muss einen Portalstein in das Wasser
werfen.«
Velo nahm einen schwarz schimmernden Stein aus der Tasche
und warf ihn auf die Wasseroberfläche.

Dort öffnete sich tatsächlich ein Riss.
Wir dankten ihm und bekamen von den Dorfbewohnern einen
großen Versorgungsbeutel mit.
Dann sprangen wir in das kalte Nass.

So einfach?

Jo. War echt nichts bei.

Und was wurde aus dem Dorf?

Anklam.

Anklam?

Jo.

Aber…

Is so.
Bei dem ganzen gequatsche von Essen kommt mir das
Sabbern. Ich hol nen Döner. Noch jemand?

JAAAAA MAAAAAAAANN!!!

Eine vegetarische türkische Pizza, bitte.

Okay, deinen Dönergeschmack müssen wir nochmal bereden.

Gebt mir ne halbe Stunde.
Ciao.

Und was machen wir hübschen jetzt?

Ich weiß nicht. Wie wäre es mit einer Folge Game of Thrones?

Ich liebe dich!!!

Strange

Was zum Henker war da los?
Gerade ins Wasser gesprungen, landeten wir in einer
skurrilen Ausstellung.

Skurril ist gar kein Wort dafür.
Dort waren lauter Menschen, die Farbflecken und
komisch geformte Skulpturen betrachteten.

Wir landeten in einer Toilette.
Die erste Toilette, die wir je sahen.

Ja. All diese Fliesen und der gewischte Boden.
Das war kurios. Es roch nach Zitrone mit einem Spritzer
Urin.

Zum Glück waren wir nicht wieder aus dem Himmel gefallen.
Aber so wirklich wohl fühlten wir uns in diesem Raum ohne
Fenster auch nicht.
Wir gingen auf die Tür zu, als plötzlich ein Gerät fürchterlich
aufheulte.

Ich weiß bis heute nicht was es war, aber ein gekonnter
Tritt schaltete es aus.

Wie sah es denn aus?

**Naja, es war ein Kasten mit einer Art Rohr. Aus dem
Rohr kam das Geräusch.**

Das ist ein Handtrockner.

**Ein Handtrockner?
Wozu braucht man so etwas?**

Zum Hände abtrocknen, nachdem man sich diese gewaschen
hat.

**Warum? Ich meine, dafür gibt es doch die Hose, die
Tunika, den Rücken vom Vordermann.**

Ja, nun ja in der zivilisierten Welt benutzt man eben diese
Geräte.

So ein Schwachsinn.

*Jedenfalls zertrat Finnboy diesen Handtrockner vor lauter
Schreck und wir traten durch die Tür.
Da standen all diese Menschen vor den schon erwähnten
Farbflecken und Skulpturen.
Wir wollten keine Aufmerksamkeit erregen, also gingen wir
unauffällig hinter zwei jungen Kerlen hinterher.
Wir drehten uns und begutachteten die Räumlichkeiten,
Personen und was auch immer diese Farbflecken auch sein
sollten.
Alle trugen Stoffe, welche ich nie zuvor gesehen hatte und*

hielten Gläser in der Hand.
Was da wohl drin war?
Dann erblickten wir eine kleine Menschenansammlung und
wir stellten uns dazu. In der Mitte stand ein Mann in
komischem Kostüm, welcher fragte: »Ist dieses Glas halb
leer, oder halb voll?«
In der Hand hielt er ein fein gearbeitetes, durchsichtiges
Glas.
Die Leute grübelten, bis einer sagte: »Es ist halb leer!«
Eine Dame war jedoch anderer Meinung und es entstand
eine Diskussion.

Es lief alles ziemlich entspannt ab. Obwohl die Menschen
unterschiedliche Auffassungen vom Zustand des Glases
hatten. Meine Hand wich nicht von der Langaxt.
Gerade wollte ich Hipster Viking etwas ins Ohr flüstern,
da drückte er sich durch die Menschen zu dem Kerl mit
dem Glas.
»Junger Mann, was ist Ihre Auffassung zum Zustand
dieses Glases? Ist es halb voll, oder halb leer?«
Hipster Viking antwortete prompt: »Ob das Glas halb
leer oder halb voll ist, ist mir scheißegal. Ist da Wodka
drin?«
Doch der Mann kam gar nicht dazu, ihm zu antworten,
da packte Hipster Viking das Glas schon und trank es in
einem Zug aus.

Ich war durstig.

Egal. Jedenfalls blieb die Diskussion stehen.
Alle blickten auf uns. Der Plan unauffällig die Lage zu
checken, war damit hin.

Hipster Viking spuckte den Inhalt des Glases aus, direkt ins Gesicht des Mannes.
»Scheiße verdammt, was ist das?«
Die Leute waren erschrocken.
»Das ist, nein das war, ein Glas Leitungswasser.«,
antwortete der Mann, während er sich das Gesicht mit
einem Tuch abtupfte.
»Wenn das Wasser sein soll, solltet ihr diesen Fluss
Leitung trocken legen.«

Hahaha.
Hat er das wirklich gesagt?

Ja habe ich. Wieso?

Ach ich finde es nur immer wieder komisch, wie wenig ihr
von unserer Zeit wisst.

Wusstet! Ich habe mir letzte Woche eine Waschmaschine
zugelegt.

Und dennoch verstehst du so wenig von unserer Zeit.

Das ist unfair. Wir sind doch erst seit einem Jahr in diesem
Universum und dieser Zeit. Was müsst ihr auch alles so
kompliziert machen? Früher haben wir unser Essen auch
ohne Mikrowellen, unsere Besorgungen ohne Supermärkte
und unsere Wäsche ohne Waschmaschinen gemacht.
Ging auch. Und Rasierer... ich meine, was ist aus den
Männern geworden? Nur noch kahle Gesichter. Kein einziges
Haar mehr am Körper. Wie kommt es, dass ihr Frauen euch

überhaupt noch fortpflanzt mit solchen Milchbubies?

Es ist nun mal eine weltweit verbreitete Mode sich zu
rasieren.
In gewisser Weise gehört es zur Körperhygiene.

Bullshit.

**Wenn rasieren zur Körperhygiene gehört, dann will ich
weiter in das nächste Universum.**

Ach kommt schon.
Lasst doch jeden Menschen machen, was er möchte.
Und wenn jemanden die Körperbehaarung stört, dann soll er
sich diese abrasieren dürfen.

Von mir aus. Aber ich mach das nicht!

Dann lass es.
Möchte jemand weiter schreiben?

Jo.
**Wir verließen das Gebäude, in der Hoffnung draußen
etwas über diese Welt zu erfahren, doch als wir den
Ausgang öffneten, wurden wir in ein Portal gesogen.**
Scheinbar war die Tür ein weiteres Portal.
Ziemlich cool eigentlich, ein Portal dient als Portal.

**Kurze Zeit später standen wir auf einer riesigen Mauer.
Sie war so lang, dass man die Enden nicht erkennen
konnte. Kaum hatten wir uns umgeschaut, standen lauter
kleine Männer um uns.**

Mit Schwertern umzingelten diese Winzlinge uns.
Im Ernst, einer von denen ging Hipster Viking gerade mal
bis zur Hüfte.
»Hey, wir sind bei den Zwergen! Endlich daheim!«, rief
ich, doch dann stach mir einer dieser Männer in die Seite.
»Aua! Pass doch auf, du Idiot!«, schrie ich und zwei
weitere Männer stachen mir in den Rücken.
Dann begann einer der kleinen an zu reden, doch wir
verstanden kein Wort. Er benutzte ziemlich viele
Zischlaute. Aufgrund seiner Handbewegungen
mutmaßten wir, wir sollten ihm folgen und das hätten wir
auch getan, wären wir in dem Moment nicht in ein
weiteres Portal gefallen, welches sich unter uns auftat.

Aber wieso?
Ihr habt doch gar nichts getan?!

*Das fragten wir uns auch, doch wer versteht diese Portale
und ihre Funktionen schon.*
*Jedenfalls wurden wir von dem Portal mitten in einer
zerbombten Stadt gespawnt. Vor uns standen tausende
Menschen und schauten in eine Richtung. Dort stand ein
Mann auf einem Podest und rief Worte wie Krieg und total
und Endlösung. Langweiliges Programm. Zum Glück stand
das Portal noch offen und wir konnten diesem Szenario
entkommen. Kleine, schreiende Menschen mit erhobenen
Händen und Flaggen um sich herum kannten wir.*
*Jarl Andreas und dieses Kerlchen sahen sich ziemlich
ähnlich und eine Welt die von Andreas regiert wurde, war
unsere Zeit nicht Wert. Wie dumm müssen Menschen sein die
solchen Figuren entgegen jubeln.*
Jedenfalls sprangen wir zurück in das Portal und landeten...

ja, was genau war das?

Wackelpudding!

Wackelpudding?

**Ja. Habe ich erst gestern im Fernseher gesehen. Werbung
für Wackelpudding. Genau so sah diese Welt aus.
Der Boden, die Bäume... alles außer der Menschen und
der Luft bestand aus Wackelpudding. Grüner, roter,
brauner, gelber...**

Es gibt eine Welt aus Wackelpudding?
Jupp.

Und wie entkamt ihr dieser?

**Hipster Viking sprach den nächst besten Typen an und
fragte ihn, ob dieser ein Portal gesehen hätte.**

Und?

**Hatte er nicht, aber er lud uns zu einer Schale
Wackelpudding ein. Und aus einer Schale wurden viele
und aus den vielen wurde ein Wackelpudding-
Fresswettbewerb.**

Aber wie entkamt ihr dieser Welt?

*Keine Ahnung.
Wir schliefen ein und wachten in einer anderen Welt auf.*

Ich verstehe nicht.
Ihr meintet anfangs, es bedurfte eine Art Ritual, um ein solches Portal zu öffnen und jetzt öffnen sich diese Portale von ganz allein?

Wir hatten doch keinen Plan, wie diese Portale funktionierten.
Es war vielleicht Zufall, dass sich diese Portale spontan öffneten und schlossen.
Es hörte dann ja auch irgendwann wieder auf.

Also musstet ihr in der nächsten Welt wieder ein Ritual durchführen?

Nein. Nicht in der nächsten.
Es gab noch eine Welt voller Hühner. Jedes Lebewesen war ein Huhn.

Dann die Welt, in der alle schliefen.

Genau. Eine Welt war die große Version einer Modelleisenbahn.
Und eine andere bestand vollkommen aus Wasser und darauf schwimmenden Schiffen.

In der einen Welt hatten Hunde und Katzen die Kontrolle und gingen mit ihren Menschen Gassi.
Und dann gab es noch die ewige Wüste. Ein Sandsturm diente dort als Portal in die nächste Welt, es dauerte Tage den Sand aus allen Taschen und Körperöffnungen zu kratzen.

In der einen Welt sangen und tanzten die Leute ständig.

Und eine Welt war voller Menschen mit zwei Köpfen. Das war lustig, jeder dieser Köpfe hatte seine eigene Meinung. Das hättest du sehen müssen.

Okay, ich habe verstanden. Es gab viele komische Welten. Wann hörte das auf?

Olympia.

Olympia?

Japp. Eine Welt in der Götter namens Zeus und Poseidon herrschten.

Das klingt doch interessant.
Erzählt davon!

Ich habe eine bessere Idee, wieso gehen wir nicht alle in den Park. Da spielen heute Abend ein paar gute Bands.

Klingt verdammt nice!

Aber ihr habt mich neugierig gemacht.

Wir können es dir ja unterwegs erzählen.

Und die Leser?

Mhm.

Leute, geht mal raus.
Setzt euch in den Park und lauscht etwas gute Musik oder

geht in die nächste Kneipe und knüpft neue Kontakte.
Die ganze Zeit lesen ist doch auch nicht gesund.
Feiert euer Leben solange ihr es könnt.
Macht was cooles.
Trinkt Bier!
Wir sollten Leute nicht zum Alkoholkonsum verführen.

Ach, unsere Leser sind doch alle schon volljährig, oder!?

Ich denke nicht, dass jeder Leser volljährig ist.

Mhm. Passt auf... Wir haben ne eigene Page im Netz.
Schreibt uns doch einmal wie alt ihr seid.
Dann können wir das Thema später nochmal bereden.
Wir lassen uns jetzt zulaufen und feiern das Leben.

Hyper, Hyper!

Äh?

Kein Techno? Dann halt nicht.
Wer als letztes unten ist, zahlt das Bier……..

Olympus

Akropolis.
Eine Volksversammlung drängte Menschenmassen zusammen.
An den Ruinen ihrer Göttertempel stand das Volk versammelt und beriet sich über die Zukunft.
Bis vor kurzem herrschte Krieg in dieser Welt.
Tausende gaben ihr Leben für ihre Herrscher und Sklaventreiber.
Doch die Zeit der Sklaverei war vorbei.
Die Zeit von Aufstand und Bürgerkrieg beendet.
Es gab keinen mehr, der das Volk führte, doch ohne Führung waren die Menschen frei.
Niemand verlangte nach Soldaten. Baumeister zum Wiederaufbau der Städte und Tempel wurden gebraucht.
Friedlich redeten die Menschen und versuchten eine Lösung für jedes Problem zu finden.
Als erstes wollte man die Wohnhäuser und die Felder wieder aufbauen. Danach die Tempel und Statuen reparieren, die zerbrachen bei den Schlachten der letzten zwei Jahre.
Olafon und Björneus hießen Björn und Olaf in dieser Welt.
Auch hier sorgten sie für Verwirrung und Verderben, stachelten Parteien gegeneinander auf und zogen ab, als die Welt in

Flammen stand.

Hipster Viking und Finnboy beobachteten das Geschehen aus sicherer Entfernung. Die vergangenen Welten hatten gezeigt, dass es nicht klug war in ihren Gewandungen herum zu ziehen

und so hatten sie sich aus Stoffresten Umhänge gebastelt, welche der hier getragenen Mode glichen.

Sie mischten sich unter das Volk und analysierten die Umgebung und Situation.

Sie blieben unauffällig.

Das mag unglaubwürdig klingen, doch die beiden hatten keinerlei Lust mal wieder in Gefangenschaft zu geraten oder um ihr Leben zu rennen. Sie waren müde.

In einer provisorisch aufgebauten Halle schliefen sie gemeinsam mit zweihundert Obdachlosen.

Die Geschichten der Menschen zogen sich von Krieg, über Unglück und Krankheit, bishin zur Entlassung aus der Sklavenhaltung.

Kinder und Frauen waren hier am meisten vertreten, eben jene, welche ihre Männer und Väter im Krieg verloren hatten.

Tagsüber war jeder Bewohner auf Baustellen oder Feldern arbeiten. Ein jeder Überlebende in dieser Welt musste und wollte seinen Beitrag zum Wiederaufbau leisten.

Damit ihre Tarnung nicht aufflog suchten sich auch Hipster Viking und Finnboy ein Projekt, bei dem sie helfen konnten.

Direkt neben einer ausgebrannten Bibliothek bauten sie, gemeinsam mit anderen, Gemeinschaftsheime auf.

Diesen Ort wählten die beiden natürlich nicht zufällig aus.

Finnboy hatte den Plan entwickelt, täglich einige Schriftrollen

der Bibliothek zu lesen.

Einige dieser konnten gerettet werden und wurden im

Nachbargebäude der Bibliothek gelagert.

Hierbei handelte es sich um ein ehemaliges Badehaus, in welchem nun die geretteten Schätze und Kunstwerke gelagert wurden.

Bei Einbruch der Nacht gingen die Arbeiter und Obdachlosen dann zurück in ihre Unterkünfte.

Im Lager der beiden gab es jeden Abend einen Eintopf, gekocht von den Frauen, die Kinder trugen, oder zu alt und zu

schwach waren um Tagsüber auf Baustellen zu arbeiten.

Nach dem Essen stellte sich jeden Abend ein anderer Bürger auf ein Podest und erzählte Geschichten von den Göttern, von Helden und der Hoffnung.

Heute Abend jedoch, stellte sich ein verwundeter Soldat auf das Podest und berichtete von den Schlachten, in welchen er gekämpft hatte.

Doch weder er, noch ein anderer wurde als Held dargestellt, keine Hoffnung lag den Geschichten inne und die Götter verfluchte der Soldat.

Die Gesichter der anderen Obdachlosen verfinsterten sich.

Alte Frauen riefen Schimpfwörter, Kinder weinten und die wenigen jungen Leute brüllten dem Soldaten entgegen.

Der Soldat hörte nicht auf und erzählte seine Geschichten.

Als er fertig war, verließ er das Podest und ein älterer Mann stellte sich hinauf.

Mit aller Kraft erklomm er das Podest mitsamt seines Krückstocks, dann erhob er seine Stimme.

»Kinder, hört mir zu.«, die Leute beruhigten sich und lauschten den Worten des Alten.

»Viele Winter habe ich überlebt, viel Elend gesehen und viele Qualen gelitten. Ich sah jedoch auch Liebe und Menschen die einander halfen, egal wie schlimm die Lage war.«

Der Mann hielt inne und durchquerte mit seinen Augen die Halle.

»Es gibt Hoffnung. Es gibt Hilfe.«

Hipster Viking und Finnboy hatten sich auf ein Podest am anderen Ende der Halle gesetzt und überblickten die Menschen. Mit einem Äppel in der Hand sprach Hipster Viking: »Zehn Mücken, dass der Kerl davor heute noch vermöbelt wird.«

»Shhh.«, antwortete Finnboy: »Ich möchte hören was der Alte
zu sagen hat.«

»Die Götter kamen schon häufig zu mir und berieten mich, gaben mir Hilfestellungen und führten mich auf den richtigen Weg. Und gestern Abend erschien mir Hermes mit einer Botschaft an uns alle.«

»Glaubst du, dass irgendjemand in der Halle hier etwas Gras bei sich hat?«

»Shhhh.«

»Hermes sprach: Einer ist unter euch, einer, der die Macht hat das Gleichgewicht wiederherzustellen. Einer, dem es möglich ist die Übeltäter zu fassen und sie zu bestrafen.«

Die Menschen schauten angespannt zu dem alten Mann.

»Er kommt aus einer anderen Welt und trägt etwas an sich, das ihm den Zutritt zum Göttertempel gewährt. Ein glänzendes
Symbol der Freiheit. Verbreitet das Wort und schickt den Helden zur Spitze des Vulkans Methana, dort soll er von den Göttern empfangen werden.«

Der alte Mann schaute noch einmal durch den Raum, nickte dann und drehte sich um, um vom Podest zu steigen.

Doch bevor er dies tat, drehte er sich um und erhob noch einmal das Wort.

»Ach ja. Hermes sagte noch etwas. HASHTAG YOLO!«
Finnboy erschrak sich und griff nach Hipster Viking.
»Alter, der meint uns!«
Doch Hipster Viking war weg. Mal wieder.

*Ist euch mal aufgefallen, dass ich verdammt oft nicht da war,
wenn etwas wichtiges erzählt wurde oder geschehen ist?*

**Ja. Du hast ein Talent dafür in den ungünstigsten
Momenten zu verschwinden oder zu schlafen.**

*Komm schon. Bei alten Männern die Geschichten erzählen,
langweile ich mich nun mal. Wir waren in einer fremden
Welt,
da will ich was sehen. Ich möchte wissen, wie die Menschen
dort leben und...-*

**Du bist herum gelaufen und hast Leute nach Gras
gefragt.**

*Ach komm. Du wolltest genauso gerne einen Zeus zischen,
wie
ich.*

**Ja, aber ich wollte auch nach Hause. Da wartete nun mal
meine große Liebe.**

*Sie hat dich belogen und ausgenutzt... Warum wolltest du zu
solch einem Menschen zurück?*

Na weil wegen Gefühle und so.

Als ob. Andauernd hast du gesagt: Gut, dass die Alte nicht bei ist. Was war denn mit dem Harem in Istanbul? Hast du sie da
etwa auch vermisst?

Das sind Geschichten, über die wir nie wieder reden wollten. Und ja habe ich. Aber ich war von einem Flaschengeist verhext.

Dein erster Wunsch war: Bitte gib mir die Ausdauer mit hundert Frauen nach einander zu schlafen.

Themenwechsel.

Hundert Frauen? Definiert ihr Männer euch wirklich nur darüber wie viele Partnerinnen ihr im Bett hattet?

ICH HABE GESAGT THEMENWECHSEL!!

Okay, kommt Leute... ich erzähle weiter.
Ich stand gerade in einer dunklen Gasse und entleerte meine Blase, als Finnboy hektisch angerannt kam.
»Dicker, Alter, Homie, du bist es!«, brüllte er.
»Alter, ich pisse.«
»Du bist es! Der Schlüssel, der Auserwählte, der Typ den die Götter wollen!«
»Eher die Göttinnen! Aber Schlüssel? Auserwählt? Was laberst
du?«

Danach erklärte mir Finnboy was der alte Mann erzählt hatte.
»Ich soll auf nen Vulkan klettern? Sind die bescheuert? Was ist
wenn der ausbricht? Wir beide wissen, dass ich, was sowas angeht, immer Glück habe. Das kannst du vergessen!«
Ich war absolut nicht begeistert.
Finnboy redete die kommenden Tage von nichts anderem und auch im Rest des Volks ging die Geschichte des Alten herum. Es ging mir tierisch auf die Nerven, also verschwand ich.

Du verschwandest?

Jo.

Wohin?

An den Arsch dieser Welt, zu einer ekelhaften Kreatur.

Ich verstehe nicht, davon weiß ich gar nichts. Laut meiner Kenntnis hast du Hipster Viking überredet und er ist doch auf den Vulkan gestiegen.

Überredet? Ich habe ihn wochenlang gesucht! Dachte er wurde von irgendnem Halsabschneider um die Ecke gebracht.
Aber dem war ja nicht so…
Wo warst du Hipster Viking?

Ach naja, ich war mal hier, mal da. Habe komische Gestalten getroffen und mir ne schöne Zeit gemacht.

Und wo warst du zum Schluss? Erzähl schon!

Naja, ich hatte von einer Frau gehört.
Eine Frau, so schön wie keine zweite und doch Single.

Also hast du versucht sie zu erobern?

Und geschafft.

Wie?

Oh man.
Dann erzähle ich es halt.
Also man berichtete, sie würde am Ende der Welt leben und
dass niemand den Versuch, zu ihr zu gelangen, überlebte.
Klang nach einer Herausforderung und so machte ich mich
auf
die Suche. Auf dem Weg dahin musste ich durch ein elend
langes Labyrinth. Da habe ich Kuh-Boy kennengelernt.

Kuh-Boy???

Ja. Ein total netter Typ. Naja, er sieht etwas merkwürdig aus.
Wahrscheinlich lebte er deswegen allein in nem Labyrinth.
Ziemlich haarig war er und sein Kopf sah aus wie der eines
Ochsen. Sein Nacken war dicker als jeder andere Nacken,
dem ich je begegnet bin. Da hält nicht einmal George Fisher
mit.

Warte mal.
Du bist einem Mann mit Stierkopf in einem Labyrinth

begegnet? Du redest vom Minotaurus!

Nein, kein Stierkopf. Ochsenkopf.
Und er hieß Kuh-Boy und nicht Minosaurus.

-Taurus.

Von mir aus. Er war Kuh-Boy und zusammen durchquerten
wir das Labyrinth und machten uns zu dieser Single-Braut
auf.
Kuh-Boy und ich hatten einen Draht zueinander. Er war, so
wie ich, ein Freund von dummen Witzen und
leidenschaftlicher Kiffer.

Oh man. Der Minotaurus war Kiffer? Komm schon, das
ganze denkst du dir gerade aus.

Ey! Ich schick dir nachher nen Bild von uns Beiden. Wir sind
immer noch Freunde und waren letztes Jahr sogar zusammen
im Urlaub.

Ich glaube es einfach nicht. Na gut, fahre fort.

Kuh-Boy und ich erreichten die Bude der Single-Tante und
erkannten keinerlei Schwierigkeiten diese zu betreten. Die
Kerle vor uns waren wohl einfach zu faul den ganzen Weg zu
gehen. Wir betraten das schlossähnliche Gebäude und
schauten uns um.
Es schien niemand dort zu sein und sollte dort tatsächlich
jemand wohnen, so hatte er eine noch dreckigere Bude, als
Finnboy und ich. Überall lag Stroh.
Eine große Halle war es, in der wir standen und überall

verteilt standen komische Statuen von Menschen.

Ich fragte Kuh-Boy ob dies Abbilder ihrer Götter waren, doch

Kuh-Boy konnte mit den Figuren ebenso wenig anfangen, wie ich. Reihenweise standen sie dort. Bei einer Gruppe von Figuren, hätte ich schwören können die Backstreet Boys zu erkennen.

Dann hörten wir ein Geräusch aus den oberen Räumlichkeiten

des Gebäudes. Es klang nach einem Zischen.

Unser erster Gedanke war: „da raucht einer Bong", also stürmten wir die Treppen empor. Auch auf der Treppe standen

Figuren. Wer auch immer diese ganzen Statuen gesammelt hatte, war scheinbar süchtig.

Oben angekommen stießen wir die Tür auf und blickten in einen Wasserfall aus Lava… ein Lavafall.

Aufgrund des krassen Helligkeitswechsel waren wir geblendet

und ich zog mir eine Sonnenbrille über.

Diese hatte ich aus der Welt am Anfang vom letzten Kapitel mitgehen lassen.

»Sowas brauchen wir auch in der Hipster Cave!«, dachte ich.

Dann wieder dieses Zischen und plötzlich stand sie vor uns.

Kuh-Boy hielt sich die Augen zu, er war scheinbar noch immer

geblendet von der Lava.

»Jo. Du bist also die arme Seele, die hier allein lebt!?«, fragte

ich die Dame.

Diese schaute mich an, ich konnte ihre gelben Augen aus

dem
Schatten blitzen sehen.
»Komm doch ein Stück näher, ich beiße nicht!«, sagte ich.
Sie schien schockiert, doch nach einigen Sekunden kam sie
auf
mich zu.
»Whoaaa, krasse Dreadlocks! Die sehen ja richtig lebendig
aus!«
Ihre Haare wirkten, als hätten sie ein Eigenleben. Hin und
her
bewegten sie sich.
Kuh-Boy hielt sich immer noch die Augen zu.

»Das ist mein Kumpel Kuh-Boy, ich bin Hipster Viking... und
wie heißt du?«
Sie blieb stehen, sprach dann: »Medusa.«, und sprang mir
entgegen.
Kurz vor meinem Gesicht blieb sie mit ihrem stehen.
»Hey hey hey, ganz langsam. Du hast es aber eilig. Lass uns
doch erst einmal reden, bevor wir rumknutschen.«

Wow.

Was denn?

Du warst bei Medusa und hast überlebt?

Klar, wieso denn nicht?

Medusas Blicke versteinern Menschen.

So ein Quatsch.

Ich meine, ihre Blicke lassen so einiges steinhart werden, aber versteinern? So etwas geht doch gar nicht.

Die Statuen? Das waren die Männer, die vor dir kamen um sie
zu umgarnen. Deswegen hat der Minotaurus sich auch die Augen zugehalten.

Nenn ihn nicht so! Er heißt Kuh-Boy!
Aber warum bin ich denn nicht versteinert, wenn es so ist wie du sagst?

Vielleicht hat die Sonnenbrille dein Leben gerettet. Hattest du die bei jedem Gespräch auf?

Mhm. Jetzt wo du es sagst.
Sie bestand darauf, dass ich die Brille aufbehalte während wir...

Während ihr, was?

Naja, wir... äh.

Sie habens getrieben!

Was?

Ja also... ja.

Du begegnest einem griechischen Monster und kopulierst erst einmal mit ihm?

Sie war doch kein Monster. Sie war nur allein.
Hatte keine Freunde und viele Probleme mit Männern.
So hat sie es zumindest berichtet.

Sie war allein, weil sie eine verfluchte Kreatur war, die alle
tötete, denen sie in die Augen guckte.

Außer mir und Kuh-Boy!

Und wie hat der Minotaurus das überlebt?

Er heißt Kuh-Boy, verdammt nochmal.
Und ich lieh ihm eine Sonnenbrille. Zufälligerweise hatte ich
Finnboys auch in meiner Tasche.
Warte mal, du meintest die Brille sei kaputt gegangen, als
du einen Berg herunter gefallen bist... hat Mino- ich
meine
Kuh-Boy die etwa noch?

Ähm. Jo.

Warum lügst du andauernd?

Weil du nervig wirst, wenn ich Sachen von dir an andere
verschenke.

JA! Weil es MEINE Sachen sind.

Siehst du, da fängt es schon wieder an.

Okay, wie ging es weiter?

*Nun ja. Medusa, Kuh-Boy und ich hatten eine Menge Spaß
die Nacht über und-*

Moooment…
Medusa, du UND Kuh-Boy??

*Ja. Naja, sie wollte es so.
Und solange man nicht die Schwerter kreuzt und keinen
Augenkontakt hat-*

Okay, okay, okay…
Bitte, hör auf. Erzähle wie es nach der Nacht weiterging.

*Gut.
Wir lagen alle im Bett und als ich aufwachte, stand da noch
ein
Typ vor dem Bett. In seiner Hand hielt er ein Schild und in
der
anderen ein Schwert. Noch bevor ich etwas sagen konnte,
schlug er Medusa den Kopf ab.*

Du warst dabei, als Medusa der Kopf abgeschlagen wurde?

*Ja man. Das war das skurrilste `Guten Morgen' meines
Lebens.
Ich sprang sofort auf und wich nach hinten aus.
Der Mörder meiner nächtlichen Liebe schaute mich entsetzt
an
und sprang dann aus dem Fenster.
Kuh-Boy wurde wach und wollte sich gerade an Medusa ran
kuscheln, als er bemerkte das ihr Kopf fehlte.*

Mit einem hohen Schrei sprang er auf.
»Alter! Die hat keinen Kopf mehr! Hipster Viking, die hat
keinen Kopf mehr!«, rief er panisch.
»Ich weiß! Da war gerade ein Typ, der ist mit ihrem Kopf
abgehauen!«
Wir benötigten einige Zeit, um den Schock zu verdauen.
Dann kehrten wir zurück nach Athen, um Finnboy zu finden.

Also noch mal in kurz…
Du bist abgehauen um mit einem Monster zu schlafen,
welches am Morgen des nächsten Tages enthauptet wurde.

Jupp.

Und du wolltest nicht einmal heraus finden wer der Mörder
war?

Ja, naja.. wollte ich. Dann war da dieses Pferd.

Pferd?

Ja. Der kopflose Körper von Medusa fing an zu zappeln und
dann riss er auf und plötzlich stand da nen Pferd.

Ich komm nicht mehr mit.

Im Ernst. Ab dem Moment dachte ich, ich wäre zu high vom
Gras von Kuh-Boy. Wir beide dachten das.
Vielleicht war das alles nur nen komischer Trip gewesen.
Da stand nen Pferd… mit Flügeln!!!

Ein Pferd mit Flügeln… Hipster Viking, du bindest uns hier

doch einen Bären auf. Sämtliche bekannte Fabelwesen der griechischen Mythology in einer Geschichte. Das kann nicht wirklich passiert sein.

Nach all unserer gemeinsamen Zeit glaubst du mir immer noch nicht?

Nein.

Finnboy, bin ich mit Kuh-Boy auf einem geflügelten Pferd nach Athen gekommen oder nicht?

Ja, das ist er wirklich.
Ich habe meinen Augen und Ohren auch nicht getraut aber
da war ein geflügeltes Pferd und Kuh-Boy.

Nun gut. Wenn ihr meint. Also, was ist laut eurer Geschichte noch so geschehen? Habt ihr das Rätsel der Sphinx erfunden und ihr gesagt? Oder habt ihr Troja erobert?

Was? Nein.
Wir sind zum Methana geflogen.

Zu dritt.. auf einem geflügelten Pferd?

Jo.
Oh man.
Und dann?

Nun ja, ich stand dort und schaute mich um, als plötzlich so

ein Bube mit Flügelschuhen angeflogen kam.
Er meinte, er sei Hermes und würde mich auf den
Olymp
bringen.
Ich sagte: »Na klar», und wir flogen los.

Der Olymp ist episch as fuck.
Heller Marmor überall. Wein in riesigen
Behältern.
Und die Frauen…

Jedenfalls erwarteten uns einige von diesen
Göttern der Griechen. Sie saßen auf ihren Thronen
und erzählten etwas
von Aufgaben und Verantwortung und so weiter.
Ich muss ehrlich zugeben, es hat mich gelangweilt.

Aber als es was zum looten gab, warst du wieder
Feuer und Flamme.

Klar, diese Götter boten mir epische Ausrüstung.

Wovon redet ihr?

Nun, in unserer Welt war Hipster Viking der
hippeste Typ
aller Zeiten. In ihrer Welt gab es auch einen
Hipster, dieser wurde jedoch während des
Krieges getötet, da er während des Kampfes
seinen wichtigsten Hipster Gegenstand verlor.

Das Cappi?

Nein.
Das Cappi gibt und gab es nur in unserer Welt.
In dieser Welt besaß der hippste Typ ein Tank-Top.
Ein Hipster Tank-Top.

Ein Hipster Tank-Top… das Tank-Top, dass du jeden Tag trägst?

Jo.

Und das gaben die Götter dir einfach so?

Jo.

Naja, er musste ein Gelübde ablegen.
Er musste sich verpflichten Björneus und Olafson zu jagen und gefangen zu nehmen.
Danach sollte er die beiden in die Gefangenschaft des Olymp übergeben.

Und da hast du einfach ja gesagt?

Guck dir dieses Tank-Top an! Geiler geht ja wohl nicht!

Er hat ohne Zögern zugesagt und das Tank-Top kassiert.

Und hast du dich an das Gelübde gehalten?

Hallo? Sollen wir echt spoilern?

Nein. Du hast recht.
Wie seid ihr aus dieser Welt entkommen?

Das war easy.
Nachdem wir unsere Aufgabe erhielten, mussten wir uns von Kuh-Boy verabschieden, da die Götter uns mit ihrer Macht in das Universum schicken konnten, in dem Björn und Olaf sich zuletzt befanden.

Ja, das war doch-

EY! Nicht spoilern.
Das können die Leute ja im nächsten Kapitel lesen.

Im ersten Buch habt ihr jedes Kapitel gespoilert und jetzt ist es ein Problem?

Immer das gleiche zu machen ist nicht hip.
Abwechslung muss sein!

Genau, außerdem hat dieses Kapitel schon beinahe 3000 Wörter. Ich will ins Bett!

Ich auch.

Aber…

Gute Nacht.

Gute Nacht Leute.

Ihr seid das Letzte! Gute Nacht.

Bärlin

Berlin, heim der Dichter und Denker, Liebe meines Lebens.
Zwischen Drogen, Prostitution und Spielplätzen findet sich
immer irgendein Spätverkauf, in dem man für seine
nächtlichen Hunger und Durstattacken alles bekommt.
Der Geruch von Döner an jeder Ecke.
Fuck! Du bist so wunderbar Berliiiiin!

Ist es nicht ziemlich Mainstream, Berlin zu lieben?

Berlin ist das Mekka der Hipster!
Die bestmögliche Welt, die jemals geschaffen wurde.

Ähm. Berlin ist eine Stadt, Hauptstadt von Deutschland.

Berlin ist nicht nur eine Stadt, Berlin ist eine Welt, ein
Universum...

Okay, du bist von Berlin angetan.
Was ist euch in Berlin denn geschehen?

Du meinst wohl eher: Was ist uns dort nicht geschehen!?

Oh man. Finnboy, könntest du bitte erzählen?
Ich befürchte Hipster Viking trägt die rosarote Liebesbrille.

Jo. Gib mir drei Minuten.

Drei Minuten wofür?

Fail Compilation Video auf YouTube!

Kannst du das nicht später gucken?

**Da hat gerade jemand versucht rückwärts, von einem Dach, in einen Pool zu springen.
Ihm muss doch klar sein, dass das nicht klappt!?**

So sind die Menschen nun mal. Voller bescheuerter Ideen.

Ouuuuuuuuuuhhhhhh.

Mhm?

Voll auf die Kante geklatscht. Jetzt ist er tot.

Nein, diese Videos haben immer ein Happy End und die Idioten schaffen es.

Aber wo ist denn dann der Witz?

Es geht wohl eher um das Fremdschämen.

So eine Zeitverschwendung. Ich lasse mal nen Daumen nach unten da… das soll heißen, er sollte hingerichtet werden!

Würdest du nun den Schreibpart übernehmen und uns von
Berlin berichten?

Jo.
Also Berlin.

BERLIIIIIIIIIIIN!!!!

Halt die Fresse.
Berlin.
Nachdem uns die Götter aus dem Olymp geportet hatten,
wurden wir in mitten eines Parks wach.
Im ersten Moment dachte ich, es wäre ein Wald, doch
dann
bemerkte ich die Menschenmassen, die sich auf den
Wiesen
verteilten.
Einige hatten kleine Feuerstellen vor sich, einige tranken
aus Glasgefäßen und wiederum andere bügelten einen
Berliner.

Was? Sie bügelten Berliner?

Fällt dir etwa ein besserer Begriff im Zusammenhang von
Gras und Berlin ein?
Nein? Siehste.
Darf ich dann weiter schreiben? Danke.
Also die Leute saßen da und bildeten kleine Gruppen.
Kein Mensch beachtete uns.
Wir lagen dort, in unserer Standardbekleidung.
Also bis auf Hipster Viking, der hatte ja dieses neue Tank
Top.

Aber keine Sau interessierte sich für uns.
Ich meine, es hätte doch auffallen müssen, dass da plötzlich
drei Gestalten auftauchten.
Einer von uns hatte nen verdammten Ochsenschädel!!!

Vielleicht konnten die Gehirne der Menschen, dieses plötzliche
erscheinen nicht verarbeiten?

Doch!
Kuh-Boy, Hipster Viking und ich rafften uns auf und
schauten verwirrt durch die Gegend.
»Keine brennenden Gebäude, kein Gestank von Leichen in
der Luft. Finnboy, wo sind wir?«, fragte Hipster Viking
berechtigter Weise.
»Kein Plan.« - war die einzige Bemerkung, die ich
wiedergeben konnte.
Dann kam einer der Menschen auf uns zu.
Erschrocken griffen wir an unsere Waffen, doch bevor wir
diese ziehen konnten, sprach der junge Mann: »Diggis, ihr
lebt ja doch noch. Wollt ihr nen Bier?«
Wer war dieser Kerl und warum bot er uns ein Bier an?
War dies eine Falle von Björn und Olaf? War dies eine
Illusion? Ich traute dem Frieden nicht.
Doch Hipster Viking und Kuh-Boy stürmten vor und
lachten dabei laut.

Nun saßen wir mit diesen Gestalten gemeinsam am Feuer

und tranken Bier.
Tyskie nannten sie es. Genial.
Und nicht nur das, sie gaben uns Fleisch von ihren
Feuerstellen, welche sie Grill nannten.
‚Sehr Gastfreundlich‘, dachte ich mir, doch trauen wollte
ich dem Frieden immer noch nicht.
Doch dann…

WEEEEEEEEEEEEEEDD!!!

Ja. Sie boten uns Gras an und in allen Welten ist bekannt,
dass Kiffer friedliche Lebensformen sind.
Also rauchten wir.

Man muss euch nur etwas zum rauchen geben und ihr traut
eurem Gegenüber?

Kiffer sind alle Freunde!

Und was, wenn sie euch irgendetwas untergemischt hätten?

So etwas macht doch niemand!

*Mäuschen, kiffen ist ein universeller Begriff für Frieden.
Menschen, die dir ihr Gras anbieten, bieten dir ihre
Freundschaft an.*

Ihr seid ziemlich leichtgläubig.

Und das ist jetzt was neues für dich?

Da hast du recht, schreib weiter.

Wir saßen bis zum nächsten Morgen beisammen und
unterhielten uns über diese Welt und die Welten, die wir
bereist
hatten. Unsere neuen Freunde waren begeistert.
Wie sich herausstellte, gab es in dieser Welt keinen Krieg.
Doch wollten uns die Götter nicht in die Welt schicken, in der
Björn und Olaf das letzte mal aufgetaucht waren?
Vielleicht hatten sie gerade erst begonnen die Politik und das
Volk anzustacheln.
Doch es gab keinerlei Anzeichen dafür.
Die Themen der Parkmenschen waren: Musik, Partys, Essen
und die neusten Kinofilme.
Kino.
Wir wussten nichts damit anzufangen, also schleiften uns
unsere neuen Freunde am nächsten Tag in ein Kino. Dort
spielte ein Film über nen Typen, der sich als Fledermaus
verkleidete und Leute verprügelte. So lernten wir Batman
und Comics kennen. Ich liebe Comics!
Nichts versüßt den Toilettengang mehr, als ein Comicheft.

Diese Welt hatte so viel zu bieten.
Kuh-Boy und ich rannten von einem Laden zum nächsten,
von
einem Imbiss aßen wir uns zum nächsten und Finnboy hatte
Probleme uns zu folgen.
Niemanden störte Kuh-Boy, überall wurde er akzeptiert.
Wir fragten eine Gruppe Jugendlicher, wieso sich keiner über
Kuh-Boy unterhielt.
»Wir sind offen für alles und jeden hier. Jedes Lebewesen hat
dasselbe Recht auf Leben und Frieden.«
Nun, in unserer Welt hätte man Geschichten über ihn

erfunden
und dumme Sprüche an jeder Ecke gehört. Hier war niemand
der sich über meinen Kumpel lustig machte. Er war überaus
glücklich.

Wartet mal Jungs.
Was war denn nun mit Björn und Olaf?

Das kommt später.

Also waren die beiden doch dort und sorgten für Ärger?

Kann man so sagen. Jetzt Ruhe, ich möchte schreiben...

Warte mal.
Lass mich weitermachen.

Aber ich bin gerade warm geworden...

Egal. Jedenfalls gingen wir shoppen.
Uppsala war ein kleiner Laden im Gegenteil zu den
Kaufhäusern in Berlin.
Zwischen all den hohen Gebäuden, den Schienen und
Parks
erstreckten sich riesige Shoppingmeilen.
Gebäude, in denen Laden an Laden geengt war, aber wem
erzähle ich das?
Unsere Leser kennen so etwas sicherlich.

Fuck. Stimmt. Unsere Leser leben ja im Hier und Jetzt.
Also DIESEM hier und jetzt und keinem anderen. Sie kennen
die Imperien von denen wir berichten.

Warum erklären wir dann eigentlich so viel?

Würden wir das nicht tun, wären die Kapitel ziemlich kurz.

Da hast du recht.

Mit riesigen Brillen und komischen T-Shirts zogen wir durch die Stadt.
Seit über einer Woche waren wir unterwegs, doch schliefen
wir nicht eine einzige Minute.
Die Zeit hier schien so schnell und gleichzeitig doch so langsam zu vergehen.
Dann standen wir vor einem großen Laden, dessen Logo ein
abgebissener Äppel war.
Hipster Viking rastete aus und stürmte hinein.
Nach zehn Minuten kam er wieder heraus mit dutzenden Tüten unter den Armen.
»Diggi, DAS ist der Wahnsinn. Mobile Telefone, einklappbare Computer, Bildschirme und Soundsysteme und guck mal hier-«, er zeigte mir eine Art Armbanduhr.
»Und das ganze heißt Apple!!! Endlich wollte jemand mit mir über Äppel reden! Finnboy, ich möchte hier nie wieder
weg!«
»Hipster Viking,«, erhob ich: »Woher nimmst du das Geld
für all diese Äppel Computer und Mobiltelefone?«
»Geld?«, fragte er und in dem Moment stürmte ein Mann in blauem Hemd aus dem Laden.

»Junger Mann, sie müssen noch bezahlen!«
»Lauft«, sprach Hipster Viking und rannte los.

Einige Kilometer später blieb Hipster Viking stehen.
»Bist du bescheuert? Du hast das alles geklaut!«
Ich war ziemlich sauer, denn diese Klauerei von Hipster
Viking führte meistens zu Problemen.
»Alter, hast du die Preise gesehen? So viel Geld existiert
doch gar nicht!«
Mit einiger Zeitverzögerung kamen unsere Freunde an.
»Whoa, Alter. Ihr seid ja mal der Burner. SELFIE!!!«
Der Begriff war uns zu dem Zeitpunkt unbekannt und als
er dann eines dieser Mobiltelefone anhob und wir uns in
dessen Bildschirm spiegelten, erschraken wir.
Plötzlich stellten sich alle um uns herum komisch gestellt
hin, mit Blick in die Richtung des leuchtenden Spiegels.
Die folgenden Tage waren eine einzige Feier.
Abends setzten wir uns in einen Park und grillten,
tranken
und bügelten nen Berliner nach dem anderen.

Das mit dem Berliner bügeln finde ich immer noch nicht gut.

Dann schlag was vor, verdammt!!!

Wie wäre es mir: einen Berliner barzen?

Barzen?

Einen Berliner blubbern...

Einen Berliner bröseln.

Ich weiß nicht.
Lasst uns die Leser entscheiden.

Bitte kreuzt an welches Synonym ihr am besten findet
und setzt diesen in der restlichen Geschichte selber ein.

    O   **Berliner bügeln**
    O   **Berliner barzen**
    O   **Berliner blubbern**
    O   **Berliner bröseln**

Interaktives Lesen, das ist hip!

Nun gut, jetzt können die Leser selber entscheiden.
Wer erzählt nun weiter?

Mach du mal ich geh eben mal einen Berliner _____.

Im ernst? Mal wieder mitten in der Geschichte?

Hey, _____ den Berliner nicht ohne mich!!!

Dann mach ich halt weiter.
Komisch, am Anfang habe ich mich noch beschwert immer
unterbrochen zu werden, mittlerweile lese ich lieber, als
selbst
zu schreiben.

Die Weltenbummler Hipster Viking und Finnboy reisten
gemeinsam mit Kuh-Boy durch die Welt Berlin. Sie waren

begeistert. Kein einziger Makel war zu erkennen, als wäre diese Welt für unsere Protagonisten gemacht.
Durch den fehlenden Schlaf, fiel ihnen nicht einmal auf, dass sie
schon seit mehreren Wochen in dieser Welt steckten. Doch hatten sie nicht das Verlangen zu stoppen und so wurden die Nächte zum Tag und die Tage blieben Tage.
Nach all den Strapazen der letzten Welten, war dies ein Urlaub
für ihre Seelen.
Essen, trinken und rauchen war alles, was die beiden wollten.
Alles, wofür sie lebten.

Die Hipster Cave bauten sie mit dem Ziel, den entspanntesten Ort ihrer Welt zu schaffen.
Doch in dieser Welt war einfach alles entspannt.
Die Leute feierten gemeinsam und teilten einfach alles.
Partner,
Nahrung, Unterkünfte, einfach alles.

Eines Abends beschlossen Hipster Viking, Finnboy und Kuh-Boy ohne Begleitung ihrer Freunde durch die Gegend zu streifen und so trennten sie sich von der Partygruppe, welche sie nie wieder sahen.
Die drei setzten sich in eine U-Bahn und fuhren herum.
Nach einigen Stunden Fahrt, stiegen sie aus, um sich etwas zu
essen zu besorgen.
Eine düstere Ecke wählten sie dafür. Überall lag Müll und in den Ecken saßen zusammengekrümmte Menschen.
Hipster Viking ging zu einer dieser Gestalten und tippte ihr auf

die Schulter.

»Jo Diggi, wo jibt's denn hier nen juten Döner?«

Die Sprache der Berliner bekommt er bis heute nicht mehr aus
seinem Wortschatz.

Die Gestalt blickte empor.

»CAPTAIN HAMMER???«

Finnboy und Kuh-Boy kamen angerannt.

»Jo Captain, was ist denn mit dir los?«

Die Gestalt schaute verwirrt. »Captain Hammer? Leute, ihr seid doch alle breit!«

Das stimmte, denn die drei hatten in der U-Bahn mit ein paar anderen Kiffern einen Berliner _____.

»Habt ihr vielleicht ne Mark für mich und meinen Hund?«, fragte der zusammen gekauerte Captain Hammer verschnitt.

»Hund? Welcher Hund?«, fragte Finnboy.

»Na mein Hund!«

»Aber hier ist kein Hund.«, entgegnete Kuh-Boy.

»Ja, der ist gerade Gassi.«

»Ach so. Ja klar, hier Diggi!«, sprach Hipster Viking und warf
dem Mann eine Mark zu.

»Also, weißt du wo es hier nen Döner gibt?«, fragte er.

»Jo.« Captain Hammer deutete mit einer Hand in eine dunkle Gasse.

»Danke dir, Bro!«

Und so begaben sich die drei in Richtung der Gasse.

Ein langer dunkler Gang erstreckte sich vor ihnen und am Ende
war eine beleuchtete Tür, vor dessen Pforte zwei Männer mit dem Türsteher stritten.

77

Langsam näherten sich unsere Freunde dem Geschehen.
»Weißt du eigentlich wen du vor dir hast, Freundchen?«
»Mach den Weg frei oder wir nehmen dir das Leben!«
So pöbelten die Beiden Männer mit dem Türsteher.
Dieser war jedoch äußerst unbegeistert und blickte stur
geradeaus.
Dann griffen die beiden Männer an ihre Gürtel und zogen
Schwerter.
»Hipster Viking, da sind sie!!!!«, rief Finnboy und deutete
auf
die Männer.
Bevor Hipster Viking reagieren konnte…

*Griff der Türsteher an seinen Gürtel, zog eine Pistole und
schoss den beiden in den Kopf.*

Warte. Nein, das kann so nicht gewesen sein.

Doch.

Aber ihr hattet doch später noch viele Kämpfe mit Björn und
Olaf!
Nö.
Die haben wir nie wieder gesehen, sie waren ja Tod.

Aber…
Die beiden sind doch eure Erzfeinde.

Waren…
Sie waren unsere Erzfeinde.

Aber ihr wart doch in so vielen anderen Welten.

Jupp.

In denen herrschten Krieg und Schrecken, ausgelöst von
Björn
und Olaf.

Jupp.

Aber dann können die doch nicht einfach in einer Berliner
Gasse erschossen worden sein.

Doch, steht doch da.

Also waren sie tot?

Jupp.
*Mausetot. Absolut nicht mehr lebensfähig mit so einer
Schussverletzung in der Stirn.*

Ich verstehe nicht.
Wie kam es denn dann zu den Kriegen in den anderen
Welten?

Na sie waren vorher schon da.

Also war dies die letzte Welt auf ihrer Liste?

**Wenn ich dazu auch etwas sagen dürfte, wie wir später
erfuhren waren die beiden schon des öfteren in der Welt
Berlin gewesen, jedoch brachten ihre Attacken und
Intrigen in dieser Welt nichts.**

Wie, sie brachten nichts?

Nun ja, Berlin war wohl schon immer irgendwo zwischen Krieg und Frieden gefangen.
Immer wieder kamen Leute in komischen Kostümen, mit komischen Akzenten und versuchten die Welt zu zerstören,
doch die Berliner waren zu sehr damit beschäftigt zu feiern,
zu trinken, Berliner zu _____ und zu shoppen, als das sie sich mit solchen Witzfiguren auseinander setzten.

Also war es das mit Björn und Olaf?

Jo.
Ende im Gelände.
Terminiert.

Ich hatte etwas spektakuläreres erwartet, als erschossen in einer
Gasse. Wer ist denn dann euer Feind gewesen?

Warum müssen wir denn immer Feinde haben?

Genau, gönn uns doch mal den Frieden.

Aber eine Heldengeschichte ohne Widersacher ist doch witzlos.

Menschenskinder, jetzt mach dir mal keine Platte, wir sind geübt darin uns Feinde zu machen.

80

*Und die kommenden Geschichten sind auch ohne Björn und
Olaf zum feiern.*

Ich bin verwirrt.
Aber gut…
Wie ging es weiter?
Das Kapitel ist beinahe zu Ende, wo seid ihr denn nach
Berlin
gelandet?

Hey hey, nicht so schnell.

**Genau, es passierten noch einige denkwürdige Sachen in
Berlin.
Mit einem Kapitel ist das nicht gemacht.**

Das heißt, ihr wart noch länger dort?

Du hast ja keine Vorstellungen.

Also erzählt, wie ging es weiter?

*Ehrlich gesagt, habe ich keinen Bock weiter zu schreiben.
Finnboy, du?*

Ne. Bier und nen Döner?

Ich liebe dich, Diggi! #nohomo

So könnt ihr das Kapitel doch nicht beenden.

Erst sagt ihr, dass Björn und Olaf getötet wurden und dann,
dass ihr noch länger dort geblieben seid.
Wie ging es weiter?

Hallo?

Verdammt.Björn und Olaf, einfach so erschossen. Ich glaube
es nicht.

Bärlin die Zweite

Jo, Leute.
Ich mache dann mal weiter.
Irgendwelche Einwände?

Im Gegenteil!
Bitte fahre fort.

Okay.
Berlin hatte uns mittlerweile schon seit Wochen in seinem
Bann.
Nachdem Olaf und Björn kein Problem mehr darstellten,
versackten wir umso mehr in den Straßen der Weltmetropole.
Eines Nachmittags trafen wir auf ein paar Leute, die in noch
komischeren Gewandungen als wir umher zogen.
Irgendwie hatte es etwas von Heimat, nur in viel zu sauber
und
sehr bunt.
Also beschlossen wir die Gruppe anzusprechen.
Nach einigen Minuten Small-Talk fanden wir heraus, dass
diese Personen zu einem sogenannten „Mittelaltermarkt"
wollten.
Da wir neugierig wurden beschloss unsere Gruppe sich den
komisch gekleideten anzuschließen.

Mit einer Bahn fuhren wir also los.
Diese Bahnen waren das beliebteste Transportmittel in dieser
Welt, außerdem war es verdammt gut strukturiert. Beinahe an
jeder Ecke konnte man eine S- oder U-Bahn finden und so
gemütlich von einem Event zum nächsten fahren.
Naja, es gab des häufigeren Ausfälle mit immer denselben
Ausreden der Bahnangestellten.
„Kabeldiebstahl" - „Polizeieinsatz!" - „Unvorhersehbare
Umwelteinflüsse!" - „Streik!"
Das waren die Standardausreden, ab und an kam noch ein
„Arzteinsatz!" oder ein „Weichenstörung" daher.
Kein System ist perfekt.
Jedenfalls waren wir auf dem Weg in einen der Vororte der
Hauptstadt Berlin, des Reiches Berlin, der Erde Berlin.
Dort angekommen standen wir in einer Massenansammlung
von Menschen, die sich ihren Weg bahnten. Auf den Straßen
zog eine große Parade entlang. Viele der Leute hier waren
ebenso komisch gekleidet, wie die Gruppe, der wir uns
anschlossen.
...łĸ·myt vbfkl

Was ist denn jetzt?
Hipster Viking?

Sorry, meine Katze ist über die Tastatur gelaufen.

Seit wann besitzt du eine Katze?

Ich... ähm... sie ist mir zugelaufen.

Zugelaufen? Versuch es noch mal.

Ich... habe sie geschenkt bekommen!?

Hipster Viking…..

Okay, okay…
Da war so n kleines Kind mit der Katze an der Leine.
Ich habe ihm nen Eis gekauft und dann war es so abgelenkt,
dass ich die Katze entwenden konnte.

Du hast einem kleinen Kind die Katze gestohlen?

Ich habe sie befreit!!!
Katzen gehören nicht an die Leine.

Schon, aber das ist Diebstahl.
Mal wieder…

Dr. Schnurrbart fühlt sich bei mir viel wohler als bei der
Göre.

Dr. Schnurrbart? So hast du deine Katze genannt?

Ich dachte zuerst an Captain Schnurrbart, aber damit könnte
sich auch Cap angesprochen fühlen.

Seit wann hast du die denn?

Gestern.
Der kleine Tiger fühlt sich bei mir Pudelwohl.
Wobei kann sich eine Katze überhaupt Pudelwohl fühlen?

Die Katze ist getigert?

Jupp.

Oooooooooooh… kann ich euch besuchen kommen?

Klar, bringst du ein Kilo Rindfleisch mit?

Ein Kilo Rindfleisch?

Ja, Dr. Schnurrbart hat Hunger.

Du kannst deiner Katze doch kein Kilo Rindfleisch zu essen geben!

Aber sie hat Hunger!

Ich bringe dir Katzenfutter mit.

Wie du möchtest, beeile dich sonst frisst Dr. Schnurrbart noch mehr von meinen Zerschmetterlingen.

Ich mach so schnell wie ich kann.

Dann übernehme ich wohl.

Dort waren also überall diese komisch gekleideten Leute und wir folgten ihnen.
Einige Meter weiter befanden wir uns an einem Eingangstor zu besagtem „Mittelaltermarkt".
Wir bezahlten also den Eintritt, welcher meiner Meinung nach sehr überteuert war, jedoch bekamen wir einen Rabatt wegen unserer Kleidung. Hipster sind halt überall

gern gesehen.

Auf dem Gelände angekommen sahen wir einen großen Platz, auf dem gerade ein Turnier stattfand. Auf einem Flyer stand Turney… warum auch immer. Wahrscheinlich
schrieb eine Person mit Rechtschreibschwäche die Flyer.

Dort auf dem Platz ritten zwei gerüstete Männer aufeinander zu und versuchten sich mit Lanzen von ihren Rössern zu stoßen.

Ziemlich witzig anzusehen, jedoch nicht gerade so interessant wie die unzähligen Stände, an denen man diverse Gerichte und alkoholische Getränke zu kaufen bekam.

Etwas nervig waren auch diese Typen, die mit ihren Sackpfeiffen durch die Gegend zogen und einen riesigen Lärm verbreiteten.

Doch zwischen Mutzbraten und Honigfleisch, zwischen Johannisbeermet und dem
ortsansässigen Brauereistand war ich vollkommen zufrieden mit jeder Art von Lärm.

Essen und trinken muss ein Mann und nichts soll dem im Weg stehen.

In dem Massengedränge von Menschen verlor ich Hipster Viking und Kuh-Boy, also
erkundete ich das Getümmel allein.

Piroggen, Knobi-Brot, Bier, Schnitzereien, Seifen, Hörner und ansehnliche Lagerstätten
standen eng an eng auf dem Gelände.

Dann erblickte ich mitten unter ihnen ein bekanntes Symbol.

»Heiliger Bimmbamm!«, dachte ich und machte mich sofort auf die Suche nach Hipster Viking und Kuh-Boy.

Dort erspähte ich das orange Cappi meines Waffenbruders.

»Diggi! Hipster Viking! Bleib stehen!«

Ich rannte zu ihm und packte ihn bei der Schulter.

»Alter, Bro, Diggi, da drüben ist nen Stand der Schmiedeeisernen Gilde!!!«

Hipster Viking drehte sich um und antwortete mit: »Jo, weiß ich. Hast du nen Auftrag für uns?«

»Vielleicht wissen die, wie wir nach Hause kommen!«

»Wo wohnst de denn?«

Hipster Viking hatte scheinbar schon ein paar Met zu viel getrunken.

»Zuhause? In der Hipster Cave? Da wo du auch wohnst?«

Er blickte mich verdutzt an.

»Alter, was talkst du? Ich wohne hier in Berlin. Was zum Henker ist die Hipster Cave?«

Wie viel hatte der Typ schon getrunken und warum nuschelte er noch nicht, wie sonst wenn er betrunken war?

»Jetzt hör auf mit der Scheiße! Komm mit!«

Ich nahm ihn am Arm und zog ihn zum Schmiedezelt zurück.

»Da! Schmiedeeiserne Gilde!«

Hipster Viking riss sich los: »Alter, was hast du denn geraucht? Ja das ist die Schmiedeeiserne Gilde. Was genau
willst du jetzt von mir?«

Bei Odins Barte, der musste wirklich weit weit weg sein mit
seinen Gedanken.

Dann klopfte mir jemand auf die Schulter.

»Jo, Finnboy Bro. Wir haben dich überall gesucht!«

Ich drehte mich um und sah… Hipster Viking.

»Was? Ich meine.. DU.. aber ER.. was ist hier los? Überall Hipster!«

Vor und hinter mir stand ein und die selbe Person. Das war

wie in einem Horrorfilm.

Dann kam Kuh-Boy und sprach: »Jo, Finnboy. Wir haben dich überall gesucht, wo…

Ach du scheiße. Seit wann gibt es Hipster Viking doppelt?«

Er riss sein Maul auf und starrte abwechselnd von einem zum anderen Hipster Viking.

»Wovon redet ihr eigentlich? Ich bin Hipster Viking, wo ist

denn noch einer?«

Ich ging einen Schritt beiseite, sodass Hipster Viking den anderen Hipster Viking sehen

konnte. Die beiden starrten sich an und musterten sich von

der Sohle bis zum Kopf.

»Fuuuuuck. Geilen Fummel trägst du da und dieser Bart. Geil!«

Sprachen die beiden Hipster Viking's und gaben sich ein High-Five.

Kuh-Boy und ich waren verwirrt. Wir wussten nicht was hier abging.

Dann eine Stimme aus dem Hintergrund: »Jo, Marcus Diggi. Willst du auch nen Knobi-

Brot?«

Ich drehte mich um und starrte in mein Gesicht.

»AAAAAAAAH!«, brüllten ich und das andere ich. Wir

sprangen in die Luft und fielen in uns zusammen.
Langsam erhoben wir uns wieder und gingen aufeinander
zu.»Tetrahydrocannabinol, Lysergsäurediethlamid,
Quadraturamplitudenmodulation«
Es war, als würde ich in einen Spiegel blicken.
Ein denkwürdiger Augenblick in unserer Vergangenheit.
Dann wurde es noch verrückter.
Hinter meinem anderen Ich stand plötzlich die Liebe
meines Lebens.
»She-Spider!!!«, rief ich, lief auf sie zu und gab ihr einen
langen und liebenden Kuss.
»HEY! Brüllte mein anderes Ich und ehe ich mich versah
hatte ich meine, also seine, Faust im Gesicht.
»ALTER! Finger weg von meiner Freundin, klar?«,
sprach
ich, also er.
»Warte mal, die sieht ja aus wie She-Spider und du wie
Finnboy und er da wie ich.«
Hipster Viking schien auch endlich verstanden zu haben
was mich und Kuh-Boy so verwirrte.
Nun standen wir alle in einem Kreis vor dem Zelt mit
dem
Schmiedeeisernen Gilde Wappen
auf einem Schild.
»Okay Leute, ich glaube wir sollten uns unterhalten!«,
sprach das andere Ich und so kam es.
Viele Stunden saßen wir gemeinsam im Zelt der Schmiede
und unterhielten uns.
Wir erzählten unsere Geschichte und sie ihre.
Wie sich herausstellte, hatte diese Truppe nichts mit der
anderen Schmiedeeisernen Gilde zu tun.
Sie suchten nur einen Namen für ihre Gruppierung und

fanden diesen passend, das Wappen malten der Hipster Viking2.0 und ihr Meister gemeinsam.

»Wo ist denn dieser Meister, von dem ihr redet?«, fragte Kuh-Boy.

»Der muss noch arbeiten, aber er müsste demnächst hier auftauchen.«, antwortete Ich2.0.

»Ich glaube es wird Zeit, den Troll rauszulassen.«, sprach Hipster Viking2.0 und fing an sich zu entkleiden.

»Woooohaa. Bitte nicht!«, riefen Ich2.0 und She-Spider2.0

mit uns in einem Chor.

»Ich meine der Geruch geht ja noch...« - »...aber das brennen in den Augen!«, vollendete ich den Satz von Ich2.0.

Als wir merkten, dass wir den selben Humor teilten, wurde

der Tag immer lustiger.

Das ist ganz schön verwirrend mit diesen Hipster Viking und Hipster Viking2.0 Kram.

Ach, erbarmt sich die Schreiberin auch mal wieder an eine Tastatur?

Ich bin seit einigen Minuten bei Hipster Viking und wollte mal schauen, ob du weitergeschrieben hast.

Habe ich.

Ja das sehe ich. Finnboy, hast du Dr. Schnurrbart schon

kennen
gelernt?

Ich wohne in derselben Bude wie Hipster Viking.
Natürlich habe ich sie gesehen.

Ist er nicht süüüüüüüüß?

Naja, er könnte sich öfter waschen...

Ich meine Dr. Schnurrbart!

Ach so, sag das doch gleich.
Ja er ist ganz nett.

Oooooh und wie er schnurrt.

Ja, ich höre es.
Ich stehe neben dir.

Haha, ihr schreibt euch, aber seid im selben Raum.
Smombies!

Du sitzt neben mir.

Ich.. ja.
Okay, einer sollte weiterschreiben.

Ich kann nicht, Dr. Schnurrbart will kuscheln.

Aber du schreibst doch jetzt auch.

Ich kann nicht!

Na gut, Finnboy?

Alter, ich habe die ganze Zeit geschrieben. Du bist dran.

Aber die Katze möchte kuscheln!

Die Katze kuschelt aber mit mir!

Ja ja, ist ja gut.

Also...
Irgendwas mit Doppelgängern. Met. Mittelalter.
Ah ja.
Dieser gutgekleidete Mann, welcher mir zum verwechseln
ähnlich sah, entkleidete sich also und warf ein anderes
Gewand über. Wir beachteten das ganze nicht weiter, doch
dann stand er vor uns.
»TROOOOOOLL!«, rief ich und wollte soeben aufspringen,
als ich bemerkte, dass es gar nicht der Troll war den ich
kannte.
Der war nämlich um weiten größer.
»Gefällt euch mein Trollkostüm?«, fragte dieser
Hipster Viking2.0 uns.
»Du siehst aus wie unser Kumpel der Troll, nur in klein.«,
antwortete ich ihm und bequemte mich
in meinen Sitz zurück.
»Die Kids stehen drauf, wenn ich mit der Keule um mich
haue
und komische Geräusche mache.«
Sofort führte er uns vor, wie er den Troll machte und

verdammt, es war zum verwechseln ähnlich.

»Hey Troll!«, brüllte es, gefolgt von dem Knallen einer Peitsche.

Wir drehten uns kollektiv um und dort stand niemand anderes als…

»CAPTAIN HAMMER!?«

»Was? Wer seid ihr denn? Und warum seht ihr aus wie…«, erschrocken unterbrach er den Satz.

»Meister, das sind Hipster Viking, Finnboy und Kuh-Boy.«, sprach Finnboy2.0.

Wir erhoben uns und nickten kurz mit dem Wort: »Moin.«

Captain… Ich meine der Meister war ziemlich geschockt und so reichten wir ihm einen Krug voller

Bier. Zweieinhalb Liter Bier schüttete der Meister in einem Zug

in seine Kehle.

»Ne.«, sagte er darauf und ging los, um sich einen weiteren Krug füllen zu lassen.

Wir sahen ihn für zwei volle Stunden nicht mehr.

Dann kam er an mit einem Bollerwagen voller Bierflaschen, setzte sich in seinen Sitz, öffnete eines der Biere und fragte:

»Also, wer seid ihr, was wollt ihr und verdammt nochmal was ist hier eigentlich los?«

Also erklärten wir ihm, wie wir hier her kamen und wieso wir ebenso verwirrt waren wie er.

Als wir fertig waren mit erzählen, hatte der Meister ein weiteres dutzend Bier vertilgt.

»Alles klar. Dann seid unsere Gäste und macht es euch bequem.«

Eben noch erschrocken und verwirrt, war der Mann scheinbar

überzeugt von unserer Geschichte und bat uns seine

Gastfreundschaft an. Berlin.

Ein ganzes Wochenende verbrachten wir bei unseren Doppelgängern, tranken, sangen und feierten das Leben und unser Zusammentreffen.

Am letzten Tag fragte uns der Meister: »Und wie geht es nun für euch weiter?«

Darüber hatten wir schon lange nicht mehr nachgedacht, unser Ziel Björn und Olaf zu stoppen

hatte sich von allein erledigt, also blieb nur noch die Reise nach Hause.

»Wie es aussieht müssen wir ein weiteres Portal finden und hoffen, dass uns dieses in die Heimat transportiert.«

»Und wenn es das nicht tut?«

Finnboy schaute nachdenklich zu mir herüber.

»Dann müssen wir das nächste suchen und das übernächste, bis wir wieder Zuhause sind.«

Der Meister grübelte, während wir gemeinsam ihr Zelt abbauten.

Als dieses erledigt war hob er seine Stimme: »Ich habe da eine

Idee!«

Wir packten die Ladung und machten uns gemeinsam mit ihm auf den Weg.

Er fuhr uns zurück in die Stadt und vor einem alten Gebäude machte er halt.

»Redet nur, wenn ihr aufgefordert werdet und überlasst den Rest mir.«

»Na sichy!«, antworteten wir.

Daraufhin klingelte er an einer Tür.

Es dauerte eine Weile doch eine Antwort kam über die Gegensprecheinrichtung.

»Ja, bitte?«

»Sei gegrüßt, hier ist der Meister mit drei Freunden. Hast du
ein paar Minuten, um uns an zu hören?«
Keine Antwort, doch dann öffnete sich die Tür. Wir folgten
dem
Meister hinein in ein großes Treppenhaus, am Absatz der
ersten Stufe lag eine Tür auf der linken Seite.
»Meister! Kommt rein.«, sprach eine Gestalt, die durch einen
kleinen Schlitz am Rande der Tür blickte.
Der Meister ging voran.
In der Wohnung stapelte sich allerlei Zeug. Waschmaschinen,
Toaster, Lautsprecher, Fahrradteile, Bierflaschen,
Kataloge…
einfach alles mögliche.
Wir folgten einem kurzen Flur in eine Art Küche. Dort saß
die
Gestalt und baute sich eine Tüte.
Wir setzten uns dazu und gemeinsam _____ wir einen
Berliner.
Dann erhob der Meister erneut seine Stimme: »Leo,
weisester
aller Weisen, meine Freunde hier kommen aus einer anderen
Welt, einer Art parallel Universum. Kannst du ihnen helfen
zurückzufinden?

Der Mann spähte durch seine Kreisrunden Brillengläser.
»Wat?«, antwortete er.
»Wir kommen aus einer anderen Welt und wollen dorthin
zurück!«, wiederholte Finnboy.
»Ja ja, hab ick schon verstanden. Wo wollter denn hin?«
»Unsere Welt heißt Midgard, dort sind wir Zuhause und von
dort wurden wir getrennt.«
Der Mann grübelte kurz, dann sprang er auf und lief hektisch

von einem der großen Stapel, seiner Wohnung, zum nächsten.
Er kramte in mehreren Schubladen und schaute unter diverse
Gegenstände. Nebenbei kratzte er sich am Kopf und
_____ genüsslich unseren Berliner.
Nach einigen Minuten des Wartens kam er zurück und setzte
sich. Wir starrten ihn erwartungsvoll an. Nichts.
»Leo, hast du etwas gefunden?«, fragte der Meister.
»Wat? Wat gefunden?«
»Du hast doch gerade etwas gesucht?«, fragte Kuh-Boy.
»Icke? Hab ick? Keene Ahnung.«
Der Mann sollte also die Antwort auf unsere Fragen haben?
Wir waren skeptisch.
»Ist es denn möglich ein Portal zu bauen?«, fragte ich.
»Möglich? Möglich ist alles…«, seine Antworten brachten
uns
nicht weiter.
»Kannst du eine Apparatur bauen, mit der wir nach Hause
kommen?«
»Jo können tu ich das.«
»Und tust du es?«
»Bin ich bescheuert?«
Wir starrten gemeinsam mit offenen Mündern in sein absolut
entspanntes Gesicht.
Finnboy fragte vorsichtig: »Und warum nicht?«
Der Mann erhob den Kopf und schaute uns abwechselnd an.
»Na weil die Dinger am Fließband produziert werden.«
Jetzt waren wir vollkommen raus. Weltenportale, die am
Fließband produziert wurden?
»Wo können wir so etwas kaufen?«
»Nirgendwo.«
Ohne Scheiß, wäre ich kein so ruhiger und bekiffter Kerl
gewesen, hätte ich diesen Typen am liebsten

durchgeschüttelt.
»Aber du meintest gerade die werden am Fließband produziert,
warum können wir dann keine
kaufen?«
Und auf diese Frage folgten mehrere Stunden von Verschwörungstheorien und Geschichten aus dem Leben des Mannes.
Plötzlich machte sich eine längere Pause breit.
»Also willst du sagen, du vermutest die Teile werden produziert, aber es gibt keinen Beweis dafür?«
»Doch, ick hab so nen Teil hier irgendwo rumliegen.«,
sprach der Mann, erhob sich und machte sich auf die Suche.
Kuh-Boy, Finnboy und Ich starrten zum Meister, welcher eingeschlafen war.
Kuh-Boy schüttelte ihn wach und fragte: »Wo hast du den Kerl
denn gefunden?«
»Marcus hat mal von ihm erzählt, ich dachte, wenn euch einer
helfen kann, dann der.«

Und das konnte er.

Endlich Ablösung? Ich kann mich schon selbst nicht mehr lesen.

Nö. Ich wollte nur mal einen Kommentar dazwischen werfen.

*Du **********, jetzt schreib schon weiter.*

Nö.

Soll ich übernehmen?

Ja bitte!

Na gut, Dr. Schnurrbart möchte eh nicht mehr kuscheln.

Der weise Mann verbrachte einige Zeit mit der Suche und kam dann mit einem ovalen Gegenstand wieder. Die vier hilfesuchenden starrten gespannt zu ihm.
»Hab ick.«
»Super, wie funktioniert das Teil?«, fragte Finnboy.
»Ick brauch ne Waschmaschine, nen Föhn, zwanzig Meter Koaxialkabel, drei fünfzig Cent Stücke und ne Schokomilch.«,
antwortete der Mann.
»Super, wo finden wir all das Zeug?«, fragte Hipster Viking.
»Hab ick da. Nur die Schokomilch nich. Die jibt es nebenan in
der Kaufhalle.«
Die vier machten sich also los und besorgten eine Schokomilch.
Als sie zurückkamen saß der Mann mit einem Schweißgerät, einem kleinen Haufen Sand und einer Packung Chips vor einem Haufen Schrott.
»Jut, das ihr wieder da seid. Ick bin fertig.«, sprach der Mann.
»Aber, deine Schokomilch.«, antwortete Kuh-Boy und hielt diese vor sich.
Der Mann stand auf, griff nach der Milch und trank diese in einem Schluck.

»Ahhh. Lecker. Also hier is euer Gerät.«

Gemeinsam starrten die vier nun auf einen großen Apparat, der

weder einer Waschmaschine, einem Föhn oder einem Kabel glich.

»Leo, das ist nen Staubsauger!«, sagte der Meister.

»Wat? Ne, doch nicht der, dit hier!«, antwortete der Mann und

deutete auf einen Apparat auf dem Tisch vor sich.

Eine Art Gürtel mit Waschmaschinentrommel als Schnalle.

»Und äh, wie genau benutzt man dieses Teil?«, fragte Hipster Viking.

Der Mann blickte durch seine Brille unter der Schweißerbrille

zu den vieren herauf.

»Umschnallen und den Knopf da drücken. Zack.«

»Und das soll uns zurück nach Midgard bringen?«

»Wahrscheinlich.«

»Wahrscheinlich?«

»Naja, ick hab dit Teil noch nie selber benutzt.«

»Okay. Und wie schnallen wir drei das jetzt um?«

»Drei?«

»Ja. Finnboy, Ich und Kuh-Boy!«

»Ach der Typ ist echt? Ick dachte der wäre ne Illusion. Der Apparat funktioniert nur für zwei.«

Hipster Viking und Finnboy starrten zu Kuh-Boy.

»Jo Diggis, is kein Ding. Berlin ist doch ziemlich cool. Keiner

lacht über mich und es gibt genug Essen. Viel Glück euch!«

Die beiden wurden traurig und umarmten den Minotaurus.

Dann schnallten sie die Maschine um, drückten den Knopf und

verschwanden aus der Wohnung des Weisen.

Der Mann guckte zum Meister: »Verdammt. Dit hat
jeklappt.«

Gute Stelle für ein Kapitelende.
Bähm!

Home sweet Home

Also liebe Leser,
das folgende Kapitel ist in zwei Teile unterteilt.
Beide Teile passierten gleichzeitig und am Ende des Kapitels
wird alles einen Sinn ergeben.

Also fange ich mal an.

Midgard.
Mehrere Monate war die Wintersonnenwendenschlacht nun
schon vorbei und alle Konflikte waren niedergelegt. Die
Zwerge waren zurück in ihre Stollen und die übrigen
Jomswikinger nach Dänemark gekehrt.
Ein trauriger Schleier lag über der Hipster Cave in die She-
Spider zurückgekehrt war.
Dort verbrachte sie die Tage damit eine Erklärung für das zu
finden was geschehen war.
Meistens saß sie in der Küche und spann vor sich her.
Währenddessen lag Diego vor dem Eingang und wartete auf
die Rückkehr seiner Freunde.

Es war Sommer und die Sonne stand gerade an der höchsten
Stelle, als She-Spider und Diego vom Pilze sammeln aus dem
Wald wiederkamen.

Schon aus der Ferne erblickten sie, dass die Tür zur Hipster Cave offen stand.

Diego spitzte die Ohren und rannte sofort los, während She-Spider wie angewurzelt stehen blieb.

Konnte es sein? Waren ihre große Liebe und Hipster Viking zurück gekehrt?

Langsam begab sie sich in die Cave. Nach und nach inspizierte
die die einzelnen Räume, doch finden konnte sie niemanden.

Eine Träne rollte ihre Wange herunter. Zu schön wäre es gewesen, doch ihre Hoffnungen schwanden von Tag zu Tag immer mehr.

Dann bemerkte sie, wie Diego durch die Gänge hüpfte, ganz so
als wolle er jemanden umarmen.

»Diego!«, rief sie.

»Diego, komm her. Es ist niemand hier.«

Der Tiger starrte sie erfreut an und rannte ihr entgegen. Er tanzte um sie herum und dann schob er sie in Richtung Gewächshaus.

»Diego, hör auf. Was ist denn nur los mit dir?«

Dann sah sie was er meinte.

Alle drei Tore zum Gewächshaus standen offen.

Hoffnung machte sich in ihr breit und sie rannte den Korridor hinunter.

In mitten des Gewächshauses blieb sie stehen und schaute sich um doch niemand war zu sehen.

Wieder machte sich Enttäuschung breit, doch im selben Atemzug auch Panik.

Wer hatte die Tore geöffnet? Sie waren mit Zaubern belegt und konnten nicht einfach vom Wind aufgestoßen werden.

Und so ging sie langsam in Richtung Korridor zurück.

Dort lagen die Bierkrüge zerbrochen auf dem Boden.
Sie griff an ihren Gürtel und senkte den Atem, um zu hören
ob es Bewegung in der Hipster Cave gab.
Da war es. Ein Klirren, es kam aus der Waffenkammer.
Sofort rannte sie los und mit gezogenem Schwert stürzte sie
in den Raum.
Niemand war zu sehen, doch lag eine Axt auf dem Boden.
»Ich werde doch nicht etwa verrückt?«, sprach She-Spider zu
sich selbst.
Und dann aus dem nichts flog eine Axt in ihre Richtung.
»AAAAAAH«, schrie sie auf und schlug wild um sich, bevor
sie aus der Hipster Cave rannte.
Vor der Tür brach sie zusammen.

Als She-Spider wieder zu sich kam, lag sie in ihrem Bett.
Erschrocken sprang sie auf, konnte sich doch nicht erklären,
wie sie dort hin gekommen sein sollte.
Die Tür zu ihrem Schlafgemach schlug auf und vor ihr stand
niemand geringeres als…
Captain Hammer.
»Ruhig Kind.«, sprach er.
»Was ist denn los?«
Angespannt starrte She-Spider mit weit aufgerissenen Augen
in Captain Hammers Gesicht.
Gerade als er ihr einen Schritt entgegen kommen wollte, griff
sie nach einem Krug, der auf ihrem Nachttisch stand und
warf diesen nach Captain Hammer.
»DU..«, schon griff sie nach dem nächsten Gegenstand, den
die erreichen konnte und so warf sie mit ihrem Kopfkissen.
»Du mieser… hinterhältiger...«, sie tobte vor Wut.
»Warte, warte… hey… was zum Henker ist denn los mit
dir?«, fragte Captain Hammer während er sein Gesicht vor

einem anfliegenden Apfel schützte.

»Was fällt dir ein hier einzubrechen und mir so einen Schreck einzujagen!?«, brüllte She-Spider während sie nach einer Schaufel griff, welche ihrem geliebten gehörte.

»Warte, warte..«, rief Captain Hammer und She-Spider hielt Inne.

»Ich bin hier nicht eingebrochen, ich fand dich vor der Höhle liegend als ich dich besuchen wollte.«

She-Spider senkte die Schaufel und die beiden unterhielten sich über das was geschehen war.

Währenddessen begaben sie sich in die Küche, um einen Kaffee zu trinken, welchen Captain Hammer als Gastgeschenk mitgebracht hatte.

She-Spider berichtete von den offenen Türen und der Axt, die aus dem nichts auf sie zugeflogen kam.

Angespannt hörte Captain Hammer ihr zu und fragte sich ebenso wie She-Spider, was dort vor sich ging.

»Ich glaube ich werde langsam verrückt.«, sprach She-Spider und just in diesem Moment kippte ihre Tasse um und verschüttete den Kaffee über den gesamten Tisch.

Die beiden schreckten auf und besorgten sofort etwas, um den Tisch ab zu wischen.

»Irgendetwas stimmt hier nicht.«, stimmte Captain Hammer She-Spider zu.

»Ich habe da eine Vermutung.«, sprach er und fing an, diese Vermutung zu erläutern.

Ein paar Stunden später klopfte es an der Tür zur Hipster Cave und eine alte, schaurige Gestalt trat ein.

»Gut, dass ihr hier seid, in dieser Höhle geschehen Dinge, seltsame und unerklärliche Dinge.«, sprach Captain Hammer.

Und nun zum zweiten Teil.

Nur wenige Augenblicke nachdem Finnboy und ich aus der Wohnung von Leo dem Weisen verschwanden, befanden wir uns in einem Wald.

Es war aber nicht irgendein Wald.

Nein, es war jener Wald, in dem wir seit Jahren lebten. Unser Wald. Der Wald vor der Hipster Cave.

Home sweet home.

So war es.
Es dauerte nicht lang und wir erreichten den großen Birnenbaum unseres Vorgartens.
Aufgeregt stürmten wir durch die Eingangstür der Hipster Cave.
In der Eingangshalle fielen wir zu Boden und küssten die Dielen, welche wir Jahre zuvor aus einer großen Eiche sägten.
Wie Kinder im Bällebad sprangen wir durch die Räume und riefen nach She-Spider und Diego.
Es schien niemand daheim zu sein, doch wir durchsuchten jeden Winkel und freuten uns an all den Souvenirs und den heimischen Düften.
Eine gute halbe Stunde verbrachten wir mit einer gewaltigen Kissenschlacht und...

Verdammt Hipster Viking, auch das ist eine der Sachen über die wir nie wieder reden wollten.

Ach komm schon, was ist so schlimm an einer Kissenschlacht zwischen zwei engen Freunden?

Hör auf, du machst es immer schlimmer.

Na gut.
Nach dieser großen... Schwertschlacht... begaben wir uns zum Gewächshaus.

Schwertschlacht? Was ist eigentlich falsch mit dir? #nohomo

Man kann aber auch alles ins Perverse ziehen.
Jedenfalls begaben wir uns in das Gewächshaus und wahrlich, unsere Pflanzen standen in voller Blüte. So pflückten wir einige Blüten und drehten sie sofort in ein großes Blatt.
Auf die Trockenphase mussten wir verzichten, doch durch meine Züchtung war dies kein Problem.
Donarswurz ist meine Geheime Zutat. Eine Kreuzung zwischen Donarswurz und Gras wurde zu einem fast schon trockenem Hybriden.

Ja, und dann tauchte Diego auf.
Erfreut sprang er uns entgegen.
Hipster Viking rannte ihm entgegen doch anstelle einer festen Umarmung glitt der Tiger einmal durch seinen Freund hindurch.
»Was zu Hel..?«, fragte ich mich.
Hipster Viking hingegen war so breit, dass es ihm nicht auffiel wie die beiden durch sich durch gerannt waren. Er

drehte sich um, zeigte mit dem Finger zu Diego, lachte närrisch und versuchte es erneut.

Ich dachte, wir wären aneinander vorbei gelaufen.

Zehnmal?

Hey, wir sind nun mal sehr tollpatschig.

**Egal. Jedenfalls stimmte da etwas nicht. War Diego nur eine Illusion? Oder eine Halluzination durch das Gras? Es wäre nicht das erste mal, dass wir gemeinsame Halluzinationen von Tieren hatten.
Doch dann hörte ich die Stimme von She-Spider rufen.
»Diego!«, rief sie.
»Diego, komm her. Es ist niemand hier.«
Der Tiger schien sie zu hören und so rannte er zu ihr und wir ihm hinterher.**

**Da stand sie.
Nach all der Zeit und der vor kurzem noch getroffenen Doppelgängerin, stand dort das Original.
Ich erstarrte, mein Körper war ganz paralysiert.
Und dann blickte sie genau in mein Gesicht.
Mein Herz blieb einen Moment lang stehen, doch dann bemerkte ich, dass sie durch mich durch zu blicken schien.
Ich drehte mich um und schaute ob jemand hinter mir stand, doch da war nichts.
»She-Spider, du verrückte!«, rief Hipster Viking ihr entgegen und rannte in ihre Arme.**

Doch auch durch sie lief er einfach hindurch.
Diesmal jedoch bemerkte auch er, dass irgendetwas nicht stimmte.
»She-Spider? Finnboy, was ist hier los? Bin ich gerade durch sie hindurch gerannt?«, fragte er entsetzt.
Ich nickte.
»Verdammt. Ich kann durch Leute durchrennen? Hatte ich
ein Level-Up? Bin ich im Godmode? Wooooaaah…
Finnboy,
ich bin im Godmode!«
»So ein Quatsch, mich scheint sie ja auch nicht zu sehen.«
»Vielleicht bist du auch im Godmode?«
»Nein, das ist was anderes.«
»Ja das stimmt, du bist noch durch niemanden hindurch gelaufen. Wahrscheinlich überblendet mein Godmode nur deine Anwesenheit. Ein Bug in der Realität oder so.«
Ich starrte Hipster Viking zweifelnd an.

Wenn ich mich richtig erinnere, war es eher tiefe Abscheu die in deinem Gesicht stand.

Egal. Jedenfalls wurde mir bewusst, dass etwas nicht stimmen konnte. Vielleicht waren wir in einer Art Traumwelt gefangen oder saßen in einer Art Spiegelwelt fest. Doch wie konnten wir mit Gegenständen agieren, nur nicht mit Lebewesen?
Diego schob währenddessen She-Spider in unsere Richtung. Kurz vor mir blieb sie stehen und starrte den Korridor hinab.
Dann lächelte sie und lief ins Gewächshaus.
Ich blickte ihr hinterher, doch dann schlug mir Hipster

Viking auf den Hinterkopf.

»Guck mal.«, sagte er und verschwand durch die Wand zur Waffenkammer.

Dann streckte er den Kopf zurück durch die Wand: »Hey, das macht Spaß. Ich wünschte du wärst auch im Godmode, dann könntest du mir folgen. Haha.«

Manchmal ist diese naive Dummheit von Hipster Viking einfach unausstehlich, doch ich folgte ihm.

»Whoa! Du bist ja auch im Godmode. Verdammt, ich dachte ich wäre der einzige Ghost in dieser Welt.

Ghost. Ghost?

Da wusste ich plötzlich was los war.

Hipster Viking lehnte sich gegen einen der Waffenständer und eine der Äxte fiel klirrend zum Boden.

Dann, nur wenige Augenblicke später stürmte She-Spider, mit dem Schwert in der Hand, durch die Tür. Hipster Viking freute sich und wedelte gerade noch mit einer Axt herum als diese plötzlich auf meine Geliebte zu flog.

»BIST DU BESCHEUERT??«, schrie ich ihn an, in diesem Moment rannte She-Spider aus den Raum und ich lief ihr hinterher.

Vor der Hipster Cave brach sie zusammen und ich konnte nichts machen um ihr zu helfen.

Hipster Viking kam schwebend hinterher.

»Ey, Finnboy. Ich kann fliegen! Was kannst du?«

Voller Wut drehte ich mich um und schlug mit aller Kraft in sein Gesicht.

Als würde er von einem Katapult geschleudert werden flog er gen Himmel.

Auch wenn ich im Godmode war, tat dies ziemlich weh.

DU WARST NICHT IM GODMODE VERDAMMT!!!

Jaja, rede dir das nur ein.
Jedenfalls prallte ich nach einiger Zeit mit voller Wucht
gegen die Decke des Himmels und von dort noch schneller
wieder herab.
Auf dem Boden aufgeschlagen stand ich langsam auf doch
schon traf mich ein Tritt in die Seite und das ganze ging von
vorne los, nur flog ich nicht nach oben sondern einmal
parallel zur Erdkruste bis zum Rand der Welt und wieder
zurück. Dort griff Finnboy mich und stoppte meinen Flug.
»Danke, das ist ganz schön unangenehm.«, sagte ich, doch
schon warf er mich durch den Boden und das Spiel ging
wieder los.
Das machte er eine ganze Weile lang doch seine Würfe
schienen immer kräftiger zu werden.
‚Irgendwann muss er doch mal aus der Puste sein‘, dachte
ich mir und dann, als ich mal wieder vom Himmel herab
stürzte, war Finnboy weg. Ich flog durch den Boden und
wieder zurück, bis ich mich an einem Ast fest krallen konnte.
Komisch, dass ich durch alles durchgehen und trotzdem nach
etwas greifen konnte. Fragt mich nicht. Scheint eine
Nebenwirkung vom Godmode zu sein.
Nachdem ich wieder zu Boden kam, machte ich mich auf die
Suche nach Finnboy und fand ihn in der Küchentür stehen.
Ich nahm Anlauf und wollte ihn umreißen, doch sprang ich
direkt durch ihn durch und landete auf dem Küchentisch,
wobei ich She-Spiders Kaffepott umriss.
So langsam machte sich ein Gedanke bei mir breit…
»Hey, Finnboy..«, setzte ich an; »…kann es sein, dass wir
Geister sind?«

Er nickte.

Die nächsten Stunden saß ich allein im Gewächshaus und überlegte mir was man als Geist nicht noch alles anstellen könnte und dann kam Finnboy angerannt.

»Komm... schnell... Eingang... Gestalt...«, stotterte er außer Puste und rannte wieder davon.

Ich folge ihm und im Eingangsbereich standen She-Spider, Captain Hammer, Finnboy, Diego und eine weitere verhüllte Gestalt.

»Ist das der Tod? BIST DU DER TOD?«, fragte ich in den Raum und die Kapuzengestalt drehte sich zu mir um.

»Wir sind nicht allein.«, sprach sie und wandte sich an Captain Hammer.

»Kannst du diese Geister vertreiben?«, fragte Cap.

»Vertreiben? Wenn ihr das wollt.«, sprach die Gestalt.

In Finnboy und mir machte sich die Angst breit.

»Scheiße, Finnboy was machen wir denn jetzt?«

»Ich weiß es nicht, die wollen uns vertreiben. Verdammt.. was sollen wir tun?«

Panisch rannte ich umher, in der Suche nach etwas, womit ich die Gestalt töten konnte. Doch dann stieß ich auf etwas das uns retten konnte...

She-Spider und Captain Hammer begleiteten die verschleierte Gestalt in den Festsaal.

Dort angekommen erschraken sie.

An der großen Wand ihnen gegenüber erschienen Buchstaben, wie aus dem nichts.

„NICHT VERTREIBEN.. FINNBOY UND ICH LEBEN!" stand dort.

She-Spider lief es kalt den Rücken runter und die verschleierte Gestalt hob die Arme, während sie Worte vor sich her sprach.

»Wartet, was tut ihr?«, fragte Captain Hammer.

»Ich vertreibe die Geister, wie ihr es gewünscht habt.«, antwortete die Gestalt.

»NEIN! Hört auf!«, brüllte She-Spider.

»Wir müssen sie befreien… wiederbeleben… was auch immer. Macht, dass ich meinen Geliebten wieder sehen kann!«

Die Gestalt drehte sich zu ihr: »Seid ihr euch sicher? Die Toten wiederzuholen hat Konsequenzen.«

»Das ist mir egal!«, sagte She-Spider.

»Holt sie wieder.«

Und so war es.

Die Gestalt kniete nieder und zeichnete mit den Fingern merkwürdige Symbole auf den Boden.

Dann begannen diese Symbole an zu brennen und es wurde finster im Festsaal.

Als das Licht wieder anging, stand dort vor She-Spider und Captain Hammer niemand anderes, als Finnboy.

She-Spider schossen die Tränen in die Augen und sie rannte ihrem Partner in die Arme.

»Du bist es, du bist wieder da.«, sprach sie mit Zittern in der Stimme, gefolgt von einem langen, innigen Kuss.

»Nun, dann bin ich hier fertig«, sprach die Gestalt und drehte sich ab.

»Halt, Stop!«, rief Finnboy; »Was ist mit Hipster Viking? Holt auch ihn!«

»Ach ja.«, sprach die Gestalt, schnippte mit den Fingern und kaum einen Wimpernschlag später, knallte Hipster Viking von der Decke, mit dem Bauch voran auf den Boden.

»AAAAAUAAAA!«, winselte dieser.

Finnboy und She-Spider wollten sich bei der Gestalt bedanken, doch als sie sich umdrehten, war dort niemand außer Captain Hammer und eine schwarze Feder, die langsam in Richtung Boden fiel.

Hipster Viking und Finnboy waren wieder Zuhause. Die nächsten Tage verbrachten sie damit über ihre Abenteuer zu berichten. Gemeinsam saßen die vier Midgardier vor dem prasselnden Feuer des Kamins.

»Und seht mal was für einen wunderbaren Schinken ich mitgebracht habe.«, sprach Hipster Viking und griff zu seinem neuen Jutebeutel (welchen er in einem Laden in Berlin gestohlen hatte). Doch der Griff ging ins Leere. Erschrocken wandte er sich um und vor ihm stand ein Mann mit Rabenschwarzem Bart, gerade dabei das letzte Stück vom Schinken zu beißen, als er wieder verschwand. »Scheiße verdammte. Er ist uns gefolgt.«, sprach Finnboy voller Angst.

Klingelstreich

Ein reges Treiben herrschte in und um die Hipster Cave.
Es waren drei Wochen vergangen, seitdem Hipster Viking
und Finnboy heimkehrten und es hatte sich einiges getan.
Kaum zwei Tage waren sie zurück, als sie wie besessen damit
anfingen ihre Höhle umzugestalten. Das erste was die taten
war, Tüten voller Geräte auszupacken und merkwürdige
Gegenstände in der ganzen Hipster Cave zu verteilen. She-
Spider konnte mit all diesen Apparaturen nicht im geringsten
etwas anfangen, doch überall war ein Symbol mit einem
abgebissenen Apfel drauf und so dachte sie, Hipster Viking
hätte diese geschaffen.
Hipster Viking selbst verbrachte viele Stunden am Tag damit,
mit einem leuchtenden Stück Metall in seinen Händen durch
die Gegend zu laufen. Er fluchte viel und erzählte etwas von:
„Kein Empfang".
Doch dann wurde alles noch viel merkwürdiger. Finnboy
verbrachte die ersten Tage, eingeschlossen in seinem Büro
und als er wieder heraus kam brubbelte er merkwürdige
Sachen vor sich her.
Er redete von Dämonen und Dieben. Die Hände voll mit
Plänen und Schriften aus alten Büchern, seit Tagen nicht
gekämmt oder gewaschen, schenkte er She-Spider keinerlei
Aufmerksamkeit.

115

‚Sollte er sich nicht freuen wieder bei mir zu sein?', dachte sie sich und ihre Freude über seine Rückkehr wurde immer mehr von Zweifeln überschattet.

Dann waren dort noch diese Menschenmassen, die die Hipster Cave besuchten.

Komische Gestalten wandelten durch die Höhle, mit Wünschelruten, Kristallen, brennenden Sträuchern und verschiedenster Flüssigkeiten in den Händen.

Hipster Viking führte Gruppen dieser Gestalten durch die Hipster Cave und zeigte ihnen jeden einzelnen Raum mit besonderer Aufmerksamkeit auf die Vorratskammern.

Eines frühen Morgens, als She-Spider eine Dusche nehmen wollte kam es dann zum Höhepunkt der Merkwürdigkeiten. Gerade war sie in das Bad gegangen, legte ihre Kleider ab und schritt unter den höhleneigenen Wasserfall, als eine Person in das Bad gesprungen kam.

Sie hatte kaum Zeit sich zu erschrecken, geschweige denn zu bedecken, als die Person ein großes Fischernetz über sie warf. Die Schnüre des Netzes zogen sich zusammen, hielten sie gefangen und das einzige was sie tun konnte, war zu schreien.

Dann kamen Finnboy, gefolgt von Hipster Viking angerannt und She-Spider fing an diese zu beschimpfen.

»Was ist hier eigentlich los, ihr Idioten? Nehmt dieses Netz ab! Seid ihr eigentlich bescheuert? Wer ist das überhaupt und was hat er in unserem Bad zu suchen?«

Die Person, die sie mit dem Netz fing lachte und wandte sich an Finnboy mit den Worten: »Da habt ihr euren bösen Geist! Das macht dann drei Kilo Gold.«

»Jo diggi, das ist nicht der, den du fangen sollst. Das ist She-Spider. Sie wohnt hier mit uns.«, sprach Hipster Viking.

»NEHMT DAS NETZ WEG!«, brüllte She-Spider und so

taten sie es.

Befreit von dem Netz schlug She-Spider Finnboy mit aller Kraft auf die Wange.

Kurz danach landete ein Handtuch in ihrem Gesicht, geworfen von Hipster Viking, der sich die Augen zuhielt und „Nippel" rief. Sofort bedeckte She-Spider sich, doch lief hoch rot an.

Noch ein Schlag erwischte Finnboy und der Netzwerfer kicherte mit einem anstößigen Unterton.

She-Spider drehte sich um und rief: »HINAUS MIT DIR!«.

Kaum hatte sie dies ausgesprochen, wurde er wie von Geisterhand aus der Hipster Cave gezogen und sämtliche Türen schlugen hinter ihm zu. Die Höhle wackelte und Hipster Viking und Finnboy hielten sich an den Wurzeln der Decke fest. She-Spiders Augen waren milchig weiß und die Adern an ihrem Körper stachen dunkelrot hervor.

Finnboy wollte gerade etwas sagen, als sie ihn mit ihrem kalten, finsteren Blick anschaute und er in den Flur geworfen wurde.

Das erdbebenartige Wackeln hörte auf und She-Spider sah langsam wieder normal aus.

Hipster Viking hing immer noch gekrallt an einer Wurzel an der Decke.

»Was ist hier eigentlich los? Was ist mit euch?«, fragte She-Spider nun etwas verzweifelt klingend.

Hipster Viking ließ die Wurzel los und antwortete: »Schätzchen, der Typ dachte, du seist er. Aber das bist du nicht. Ich entschuldige mich für diese Missetat.«

Verdutzt blickte She-Spider herein: »Er dachte ich wäre wer?«

»Der Dämon.«

Und so fing Hipster Viking an ihr die Geschichte zu erzählen.

»Er war ein Soldat oder so etwas in der Art. Verwundet. Und die Leute in Anklam gaben ihm essen. Aber da ist dieser Fluch. Immer wenn du ihm anbietest etwas zu essen, isst er einfach alles was er findet. Da war nichts mehr. Kein Pilz, kein Vogel, einfach nichts war mehr über.«

»Moment, was? Wovon erzählst du da?«, entgegnete She-Spider ihm.

»Also gut.«, setzte Hipster Viking an, zog etwas aus seiner Tasche und fing an die komplette Geschichte zu erzählen. Zusammen verbrachten die beiden mehrere Stunden im Bad und rauchten dabei, wie sollte es anders sein, eine Tüte. Hipster Viking meinte diese Mischung solle She-Spiders Geist erweitern, sodass sie sieht was er sah. Im Endeffekt waren sie einfach nur breit, wie der Bizeps von Thor. Doch She-Spider verstand jedes Wort.

Gerade hatte Hipster Viking die Geschichte beendet, als es an der Tür klopfte.

»Wehe da kommt noch so eine Witzfigur.«, sprach She-Spider und Hipster Viking schritt zur Tür.

Er öffnete sie langsam, doch da war niemand.

»Einfach nur ein Klingelstreich.«, hob er an doch fand er dann einen Brief, der an das Tor genagelt war. Komische Zeichen waren darauf, Zeichen mit denen weder er noch die anderen etwas anfangen konnten.

»Na Klasse, müssen wir jetzt tatsächlich nen Übersetzer ranholen?«

Finnboy riss den Brief an sich und starrte ihn aufmerksam an.

»Ne Mann, keine Ahnung. Wären wir doch in Berlin, da gab es diesen Internet, der hätte uns sicher geholfen.«, sprach er und warf den Brief auf den Boden.

Ein weiteres Mal klopfte es an der Tür und Hipster Viking

stampfte wütend nach vorne.

»Wehe, wenn das wieder so ein beschissener Klingelstreich ist, ich hasse es verarscht zu werden.«, murmelte er vor sich her. Als er die Tür erneut öffnete, sah er wieder niemanden.

»Verdammte Kids, sucht euch ein anderes Haus für diese Streiche!«, brüllte er in den Wald.

»Ähm, Hallo? Wird man als alter Freund hier so begrüßt?«, sprach eine sehr verrauchte, tiefe Stimme.

Hipster Viking wandte den Blick nach unten.

»Odd, altes Haus. Entschuldige bitte, da waren vorhin irgendwelche Witzbolde die uns einen Streich gespielt haben.«

Vor ihm stand eine kleine Gestalt, kleiner noch als die Zwerge. Eine große, dicke Nase hatte sie im Gesicht und dessen Haut war modrig grün. Ohne den Irokesen ging sie Hipster Viking gerade mal bis zu den Knien.

»Verflixte Buben, früher haben die Kinder noch mit Stöcken und Steinen gespielt, aber heute sind die alle verrückt.«, antwortete Odd.

Hipster Viking bat Odd hereinzutreten und nachdem dieser sich die Füße geputzt hatte, begleitete er Hipster Viking in den Speisesaal.

»Wieder ein Klingenstreich?«, fragte She-Spider, doch bevor Hipster Viking antworten konnte, meldete sich Odd zu Wort.

»Nein, keine Angst hübsches Ding. Ich bin nur hier um meinen alten Freund zu besuchen.«

She-Spider erschrak. »Was zum...«, dann hüpfte Odd auf den Tisch.

Ihre Augen traten hervor. »Du.. du bist ein...«

»Gnom!«, unterbrach Odd sie.

»Stets zu euer Diensten, Mylady.«

Es war eine merkwürdige Begegnung, zuallererst weil

Gnome sich normalerweise nicht zeigten und zum anderen weil diese kleine Gestalt eine Stimme hatte, die man eher einem dicken, versoffenen Rocker zugeordnet hätte.
Odd griff in seine Tasche, holte eine Zigarette heraus und steckte sich diese an.
She-Spider fehlten die Worte, da trat Finnboy aus der Küche. Odd wendete den Kopf und sprach: »Na du kleiner Nudist, wie ich sehe hast du gelernt dir etwas anzuziehen.«
Finnboy blickte zu Odd, ließ die Kaffeetassen, welche er gerade zubereitet hatte, fallen und stürmte dem Gnom entgegen. Mit einem Satz sprang Odd Finnboy in die Arme und die beiden klopften sich abwechselnd auf die Schulter. Nunja, Odd klopfte eher gegen Finnboys Brust, da seine Arme zu kurz waren um die Schulter zu erreichen.
»Odd, alter Haudegen. Was führt dich denn hierher?«, fragte Finnboy sichtlich erfreut und setzte seinen Freund vorsichtig auf dem Tisch ab.
»Ach da war dieser...«, Finnboy fiel ihm ins Wort: »Das müssen wir feiern, Hipster Viking hol uns etwas vom besten Stoff. Geliebte, sorge dafür das Odd etwas zu trinken bekommt. Und ich hole uns ein paar Honigkuchen, die magst du doch noch immer?«
Odd nickte und alle gingen den ihnen zugeteilten Aufgaben nach.

Gemütlich saßen die vier nun vor der Hipster Cave, rauchten, tranken und naschten vom Honigkuchen. Für Odd hatte Finnboy einen ganzen mitgebracht, er und die anderen drei teilten sich einen. Gnome waren bekannt dafür, dass sie mehr essen konnten, als ein ausgewachsener Mensch und das trotz der geringen Körperhöhe.
Nachdem die Kuchen gegessen waren, nein man könnte fast

sagen verschlungen worden, fragte Finnboy erneut: »Mein Freund, was ist der Anlass für diesen, äußerst willkommenen Besuch?«

»Wie ich vorhin schon sagen wollte… Da war dieser Aushang auf dem stand ihr würdet gesucht werden wegen irgendeinem Verstoß oder so etwas in der Art. Also dachte ich, ich gucke mal ob ihr schon geschnappt wurdet. Wäre ja schade um den ganzen Kuchen.«, antwortete Odd und grinste dabei.

»Das ist nen alter Schinken. Wir sind wieder cool mit den Göttern.«, sprach Hipster Viking.

»Mit den Göttern? Na besser ists.«, genüsslich zog Odd an der Tüte und blies einen Rauchpilz heraus.

»Und kommt es öfter vor, dass euch Kids hier draußen Streiche spielen? Ich meine, das nächste Dorf ist einige Wegstunden entfernt.«

Da hatte er recht, die Hipster Cave lag versteckt in einem riesigen Wald, eingebaut in eine hohe Bergkette.

»Eigentlich nicht. Wer weiß welche Rotkappe sich hierher verirrt hat.«

»Hey Odd, sage mal… du bist doch sehr belesen, richtig?«, fragte Finnboy.

»Kann man wohl behaupten, ich verbringe viel Zeit damit zu lesen. Letztes Jahr habe ich in einer Bibliothek gewohnt. Ziemlich lustig, wie schnell diese ganzen Bücherwürmer und Priester sich erschrecken lassen. Dabei habe ich auch das ein oder andere Buch gelesen.«

Finnboy überlegte kurz, stand dann auf und ging in die Höhle. Einige Augenblicke später kam er zurück mit dem Brief in der Hand, der vorher an die Tür genagelt worden war.

»Kannst du etwas mit diesen Zeichen anfangen?«, fragte er

Odd.

Dieser nahm den Brief, kniff die Augen zusammen und kramte in seiner Tasche herum.

Er zog eine für ihn viel zu große Brille heraus, setzte diese auf und begutachtete den Brief.

»Ulorgh ahn Olkor ol arlo uhrg.«

»Du verstehst das?«

»Jo. Da steht : Ihr Idioten, ich bin ein Gnom und kein Dolmetscher.«

»Haha. Ohne Witz, weißt du was da steht?«

»Nö, so etwas hab ich noch nicht gesehen.«

»Mhm.. verdammt.«

Odd steckte die Brille zurück und gab Finnboy den Brief wieder.

»Ich denke nicht, dass es sich dabei um eine Sprache handelt, die in unserer Welt gesprochen wird.«

»In unserer Welt? Verdammt. Ich glaube ich weiß was das ist.«

Finnboy sprang auf und guckte panisch umher.

»Was ist denn mit dir? Hat dich ne Ameise gebissen?«

Doch bevor Finnboy Odds frage beantworten konnte, stürmte er in die Hipster Cave.

Einige Sekunden später ertönte ein Schrei.

»AAAAAAAAAAAAAAAAAAAAHHHHHHHH!!!«

Die drei anderen erhoben sich und rannten Finnboy hinterher.

»Wat isn jetzt schon wieder los?«, fragte Hipster Viking, doch dann sah er es.

Die gesamte Vorratskammer war geplündert. Nicht ein Krümel war mehr zu sehen.

»Dieser verdammte Mistkerl, wenn ich den nur zu greifen bekomme.«, sprach er.

»Moment, was ist hier eigentlich los?«, fragte Odd und so

erzählten sie ihm die Geschichte vom Immerhungrigen Bart.

»Also ihr wollt mir erzählen, dass ihr durch andere Welten gereist seid?«
»Jupp.«
»Und unterwegs habt ihr euch nen Dämonen eingetreten?«
»Jupp«
»Und der ist euch gefolgt und sucht euch jetzt heim?«
»Genau.«
»Und der Typ isst alles, was er zu greifen bekommt? Tiere, Früchte, einfach alles?«
»Ja man.«
»Alles klar, war schön euch wiedergesehen zu haben, ich muss dann mal los. Ihr wisst ja, die Kinder und die Frau und Feiertage...«
Odd lief zum Eingang und packte sehr hastig all sein Hab und Gut ein.
»Hey, warte. Wo willst du denn hin?«
»Weg. Heim. Irgendwohin. Ich weiß nicht. Hauptsache weg.«
»Aber du bist doch gerade erst angekommen, warum so eilig?«
»Warum so eilig? Ihr habt nen Dämon am Arsch kleben, der alles isst was in sein Maul passt. Und mich hat mal nen Adler in seinen Horst geschleppt, um mich an seine Jungen zu verfüttern. Ich muss so schnell wie möglich hier weg.«
Finnboy sah ihm traurig hinterher, als Odd die Tür hinter sich zuschlug.

Einige Stunden später klopfte es erneut an der Tür.
Hipster Viking öffnete diese und eine tiefe Stimme sprach:
»Verdammt alter, da ist nen Rudel Wölfe unterwegs. Die haben mich hierher zurückgejagt.«

Hipster Viking grinste und ließ Odd wieder eintreten.
»Ich bleibe aber nur bis morgen früh, damit das klar ist!«
Finnboy war sehr erfreut über die Rückkehr seines Freundes
und die beiden verbrachten die halbe Nacht damit vor dem
Kamin zu sitzen und über die Vergangenheit und das jetzige
Problem zu reden. Nach einigen Krügen Wein nuschelte Odd:
»Na jut, isch helelfe euch. A-aber nur weil du misch aussss
dem Adlerhorscht befreit hast.«

Am nächsten Morgen standen die beiden verkatert auf und
stellten zusammen mit Hipster Viking und She-Spider einen
Plan auf.
»Also gut, wir brauchen Schutzzauber und ne Menge
Waffen.«, stellte Odd fest.
»Und neue Vorräte, nicht zu vergessen.«, warf Hipster Viking
ein.
»Ich kann ein paar Freundinnen kontaktieren, die mir helfen
die nötigen Zauber vorzubereiten.«, sprach She-Spider.
»Dann werde ich die Gilde ranholen, mit allem was ihre
Waffenlager hergeben.«
Und so war es.
In den kommenden Tagen kehrten immer mehr Freunde in
der Hipster Cave ein.
Einer nach dem anderen brachte Waffen, Fallen und magische
Gegenstände.
She-Spider störte dieser Andrang an Menschen nicht mehr,
jetzt wo sie wusste worum es geht.
Die Schmiedeeiserne Gilde hatte ihre Zelte im Vorgarten
aufgeschlagen und schmiedeten tagein, tagaus an Schwertern,
Schilden, Barrikaden und allerhand anderem Kram.
Der Zirkel von She-Spider wanderte von Raum zu Raum,
zeichnete Zeichen an die Wände und wirkte Schutzzauber.

Hipster Viking, Finnboy und Odd waren entweder auf der
Jagd oder sie versorgten alle mit Getränken, Gras oder Essen.
Je nachdem wie erfolgreich die Jagden waren.
Nun ja, um ehrlich zu sein waren sie nicht oft jagen.
Sie brachen in Fischereien, Schlachthäusern und ähnlichem
ein und beklauten die Leute um sich herum. Es war nicht die
feine Art, aber wann war es das bei unseren Protagonisten
schon mal?
So kam es, dass eines Abends ein kleines Fest veranstaltet
wurde.
Zusammen saßen dort Schmiede, Zwerge, Trolle, Hexen,
Gnome und Menschen vereint durch ein gemeinsames Ziel.
Dem Immerhungrigen Bart Einhalt zu gebieten.
Die Mägen waren voll und hinter dem Troll ertönte eine
Stimme: »Sag mal, isst du das noch?«
Der Troll drehte sich um, nahm seinen Teller und reichte ihn
dem Fremden zu.
»Troll nicht essen. Guten Appetit.«
Und die Geschichte nahm ihren Lauf.

Intergalaktische Silberhaie

In einer weit entfernten Galaxie...
Dort am Rande allen bekannten trieben drei intergalaktische
Hyperschlaf-Transporter um den Planeten ULKROH-
DAMAS. Ohne Ziel und ohne Hoffnung legten sich
Passagiere der URANARA, GODATUMOR und
KLOTONION, vor 344 Jahren schlafen.
Vertrieben aus ihrem Planetensystem, suchten sie sich eine
neue Heimat, doch jeder im Leben eines einzelnen erreichte
Planet war zerstört, verbrannt oder krank.
Kein einziger Planet, Mond oder Asteroid konnte neu
besiedelt werden und so entschloss ein Gremium aus Ärzten,
Kapitänen und Vertretern des Volkes die Schlafphase bei
allen
fünfzigmillionendreihunderachtundzwanzigtausendvierhunde
rtdreizehn in Zahlen: 50.328.413, samt Besatzung, den
Hyperschlaf einzuleiten.
Umso überraschender war der Kontaktalarm der am
heutigen Tag erklang.
Die Mannschaften der Kommandodecks und der Kanoniere
wurden als Erstes erweckt, doch dann auch die gesamte
Bevölkerung.
Ein wildes Treiben herrschte auf den Schiffen, viele feierten
und freuten sich, endlich einen bewohnbaren Planeten

gefunden zu haben, andere litten an den Nebenwirkungen der zum Hyperschlaf verabreichteten Medikamente und wiederum andere stürmten zu den Aussichtsdecks, um den Ausblick auf die neue Heimat zu genießen.

Dann ertönten die Signalhörner.

Die Menschen verstummten und schauten zu den Signalhörnern.

Dann die Durchsage des ersten Kapitäns: »Sehr geehrte Bürger und Bürger*innen der Mission `Heimkehr`, es freut mich zu sehen, dass alle Passagiere die bisherige Route unbeschadet überstanden haben. Die Ärzte setzten uns gerade in Erkenntnis darüber, dass noch vor dem Einschlafen der Crew, 347 Neugeborene zu uns gestoßen sind. Begrüßen wir jenen Nachwuchs nach alter Tradition.«

Und plötzlich erfüllten Chöre auf den Schiffen, welche eine Art Hoffnung verbreiteten.

Doch diese hielt nicht lang.

Nach nur wenigen Sekunden erschütterte etwas die GODATUMOR und die Chöre wichen den Schreien und dann erklangen die Schüsse der Bordkanonen.

»WIR WERDEN ANGEGRIFFEN!«, brüllten die Leute durcheinander.

Wieder nur Sekunden danach zerriss die GODATUMOR und die zwanzigmillionen Passagiere wurden in die Kälte des Alls gesogen.

Auf der URANARA und der KLOTONION herrschte Panik.

Sämtliche Geschütze waren besetzt und schossen.

Die Sprachverbindung zur Brücke der URANARA bestand weiterhin und die Bürger beider Schiffe hörten den Kapitän panisch schreien: »INTERGALAKTISCHE SILBERHAIEEEEE!!!!«

Was zum Henker?

Was? Warum unterbrichst du mich?

Was ist das und was soll das mit euren Abenteuern zu tun haben?

Lass ihn weiterschreiben… es wird gerade spannend!

Aber es hat nichts mit diesem Buch zu tun!

Woher willst du das wissen?

Wart ihr auf einem der Schiffe?

Nein.

Siehst du!

Vielleicht möchte ich mal ein wenig Abwechslung reinbringen?

Das ist an sich ja nicht schlimm, aber es hat absolut nichts mit eurer Geschichte zu tun.

Doch!

Ach ja?

Angeln mit den Göttern! Schon vergessen? Wir haben intergalaktische Silberhaie schon einmal erwähnt.

Damals habt ihr behauptet einen gefangen zu haben.

Ja.

Habt ihr?

Ich? Also schon, nicht direkt ich, aber ich kenne da jemanden, der kennt einen Typen, dessen Schwagers Schwesters Ex-Mitbewohner kannte jemanden, der einen Gefangen hat.

Wow. Das ist selbst für deine Verhältnisse Schwachsinn.

Ehrlich! Ich schwöre bei Finnboys Handtüchern!

Möchtest du nicht lieber erzählen, was nach der Feier vor der Hipster Cave geschah?

Eigentlich nicht.

Ach komm schon, die Leute wollen es wissen.

Naja, Kurzversion: Es war der Bärtige Bartmensch und der shit wurde real. Viel Geschreie, ein paar dumme Sprüche, dann haben wir ihn gefangen und dann verriet er uns nen paar Sachen und ja.. reicht das für dieses Kapitel?

Ähm, nein!

Oh man, was denn nun noch?

Was passierte dann? Und diesmal nicht die Kurzversion.

Ich will aber nicht.

Na dann mach ich das halt.

Danke, Finnboy!

Naja, wie schon von Hipster Viking geschrieben, hatten wir den Immerhungrigen Bart gefangen. Mit der Hilfe unserer Freunde und einer guten Kombination aus Magie und Stahl fingen wir ihn beim Plündern unseres Biervorrates.
Er war natürlich nicht sehr angetan davon und zog nen ziemlich langes Gesicht, aber er war auch nicht gerade von der schweigsamen Sorte.
»Warum machst du das?«, fragte She-Spider ihn.
»Mache ich, was?«, sprach der Bart.
»Warum klaust du unsere Vorräte?«
»Na, weil ihr mich dazu eingeladen habt.«, sprach der Bart und lachte breit.
»Niemand hat dich dazu eingeladen alles zu nehmen!«
»Dann solltet ihr eure Worte weiser wählen.«
Der Kerl schien sich im Recht zu wissen und das machte mich wütend.
»Bei den Göttern, was ist dein Problem? Iss eine Portion oder vielleicht zwei, wie jeder andere und niemand hat ein Problem damit. Aber so wirst du nur gehasst! Und darauf haben die Leute ein Recht, wenn ihnen die Vorräte ausgehen!«
Der Immerhungrige Bart starrte mich an und plötzlich brach er in Tränen aus.

»Was ist denn jetzt?«, fragte Hipster Viking.
Alle blickten verdutzt drein, nur ich brüllte ihm entgegen:
»Jetzt hör auf zu heulen, die Nummer zieht hier nicht.
Noch mal lass ich mich von dir nicht verarschen!«
»Du hast ja keine Ahnung...«, winselte der Bart; »Ich
muss das tun, ich kann nicht anders.«
Dieses, um den heißen Brei, Gerede ging mir auf die
Nerven.
»Dann spuck es endlich aus, vielleicht bringen wir dich
dann schmerzlos um!«

Was? Das hast du doch nicht wirklich so gesagt, oder?

Doch.

Ihr wolltet ihn umbringen?

Ja.

Das ist ein neues Tief für euch.

Ach komm, er aß ganze Welten kahl. Was hättest du denn getan, um das zu verhindern?

Ihn wegsperren? Ihr hattet ihn doch schon. Wo sollte er denn hin?

Wenn ich etwas aus Comics und Filmen gelernt habe, dann, dass Schurken es immer wieder schaffen zu entkommen. So einen Fehler würden wir nie machen, schworen wir uns.

Aber das sind Filme! Geschichten!

*Geschichten werden vom Leben geschrieben und unsere
sollte nicht so enden.*

Wow. Ich weiß nicht, was ich dazu sagen soll…

Egal. Jedenfalls antwortete er…
**Er erzählte uns immer wieder das gleiche, er kann nicht
anders und niemand könne ihm helfen und wäh wäh
wäh… er versuchte unser Mitgefühl zu erwecken, doch
ich widerstand diesem Gejammer. Hipster Viking war
eingeschlafen und She-Spider versuchte sich sichtbar
gegen einen Anflug von Mitgefühl zu wehren.**
**»Pass auf, du erzählst mir was dein Problem ist und ich
besorge dir ne Schweinekeule.«**
Er schaute auf.
»Ich habe Hunger.«, sprach er.
»Nichts neues. Also haben wir nen Deal?«
**Er senkte den Kopf und man sah ihm den Kampf in
seinem Kopf an.**
»Also gut.«, antwortete er.
**»Mein Hunger… er… ich hatte diesen Hunger nicht
immer.«**
»Was löste den Hunger aus?«
»Baba Jaga.«
»Baba was? Ich habe keine Ahnung, was das sein soll.«
»Eine Hexe.«
**»Eine Hexe? Und warum sollte eine Hexe dich alles essen
müssen lassen?«**
»Ich.. wir...«, wieder liefen ihm die Tränen am Bart herab.
**»Wir waren auf der Flucht… wir waren seit Tagen auf
der Flucht.«**

»Wer ist wir?«

»Meine Familie... meine Frau, meine kleine Tochter und ich.«

»So du hast also eine Familie, was halten die denn davon?«

Er fiel zurück und schlug sich mit den Fäusten gegen die Schläfen.

»Es war kalt und wir hatten seit Tagen nichts gegessen, ich trug meine Tochter, doch meine Knie gaben langsam nach. Da war dieses Licht. Ein Haus. Und aus dem Fenster duftete es nach Suppe und Gebäck. Also gingen wir dorthin.«

Er holte tief Luft.

»Es war niemand zu sehen, niemand im Haus und niemand herum. Wir klopften. Die Tür war offen. Vor dem Kamin stand ein Tisch, gedeckt mit Plätzchen, gebackenen Hühnern und ein großer Topf voll mit Suppe. Ich... wir hatten solch einen Hunger.«

Er weinte wieder und schluchzte dabei.

Dann hob er wieder an: »Also griffen wir zu. Du weißt ja nicht wie gut es war, wieder mal etwas zwischen den Zähnen zu haben. Und mit jedem Happen mehr vergaßen wir unsere Situation. Nachdem wir gegessen hatten, schliefen wir gemeinsam am Kamin ein. Und dann wurden wir geweckt von...«

»Baba Jaga.«, warf She-Spider ein.

Der Immerhungrige Bart nickte.

»Sie war erboßt, sie fluchte und schrie. Dann nahm sie meine kleine und schlug ihr zwei Finger ab. Sie wusste nicht, was sie getan hatte, sie war erst vier Jahre alt und ihre Schreie... diese Schreie.«

Ich muss zugeben, an der Stelle musste ich schlucken,

doch ich musste taff bleiben.

She-Spider liefen nun auch die Tränen über die Wange doch sie hielt sich den Mund.

»Die Hexe schrie, sie würde uns verfluchen, niemand von uns soll je mehr geduldet werden. Niemand von uns solle jemals wieder satt werden. Sie war wütend. Ich wollte aufstehen und meiner kleinen helfen, doch die Hexe warf mir einen Ball aus Blitzen entgegen. Er traf mich am Kopf. Sofort sank ich zusammen. Dann stummelte sie etwas vor sich her. Ich konnte es nicht verstehen, mein Kopf brummte und meine Tochter schrie vor Schmerz. Dann wandte Baba Jaga sich zu mir und lachte. „Auf ewig sollst du mir dienen und die Welt heimsuchen mit deiner Plage.« Seitdem streife ich umher. Sie schickte mich zu diesem Dorf, allein. Und als ich wieder bei Kräften war, begann der Fluch.«

»Und was ist aus deiner Familie geworden?«, fragte She-Spider.

»Sie hat sie bei sich behalten. Auch sie arbeiten für die Hexe. Putzen ihr Haus, kümmern sich um den Garten. Und einmal am Tag dürfen sie etwas essen. Doch sie leiden denselben Hunger wie ich. Ich… ich bringe ihnen, so viel ich kann. Doch die Hexe durfte davon nichts erfahren. Eines Tages jedoch erwischte sie mich. Das war zwei Tage nach unserem Treffen in dem Dorf.«

»Das fand sie nicht lustig, richtig?«

»Nein. Ganz und gar nicht. Sie war wutentbrannt. Also schickte sie mich zu euch. Als Strafe sollte mir der Weg zurück in diese Welt gesperrt bleiben, auf dass ich meine Familie nie wiedersehe und über alle anderen Welten Hunger verbreiten.«

Ich überlegte. Was sollte ich tun? Also schüttelte ich

Hipster Viking wach und bequatschte das ganze mit ihm.

Und dann? Habt ihr ihn kaltblütig ermordet?

Nein, wir halfen ihm natürlich.

Ach ja?

Jupp.
Wir sind Helden, Helden machen so etwas nunmal. Müssen
wir. Steht im Arbeitsvertrag.

Was?

Wir redeten noch lange mit ihm und suchten mit Hilfe
unserer Freunde einen Weg, diesen Fluch zu brechen.

Und hat es geklappt?

Ganz langsam. So schnell waren wir auch wieder nicht.

Das erste was zu klären war, war wie er durch die Welten
reisen konnte.
Wie sich herausstellte, konnte er Portale erschaffen, doch
nicht genau lenken wohin diese führten.

Und wie hat er dann ausgerechnet EUCH wieder gefunden?

Nun ja, er konnte die Wege von früher geöffneter Portale
benutzen.
Also ist er uns von einem Portal zum nächsten gefolgt.
In Berlin hörte er dann unseren Geschichten zu, die wir

unseren Freunden erzählten und aus irgendeinem Grund folgte er uns dennoch.

Was meinst du?

Naja sein wir mal ehrlich, wirklich geschickt sind wir nicht.

Er wollte also eure Hilfe?

Er hielt es für eine Alternative, doch wusste er nicht so recht, wie er uns entgegen treten sollte und so zog er seine übliche Art ab.

Das ist ziemlich bescheuert.

Aber es hat geklappt. Jetzt war er ja im Gespräch mit uns.

Aber er hätte auch klopfen und um Hilfe fragen können.

Ja. Das stimmt.
Wer weiß was in seinem Kopf vor sich ging. Vielleicht war das auch eine Nebenwirkung des Fluchs? Ich weiß es nicht.

Und fandet ihr einen Weg in seine Welt?

Den fanden wir.
Aber es dauerte.
Lange Zeit saßen wir gemeinsam in der Hipster Cave. Captain Hammer, die Gilde, die Nornen, Odd und später auch einige Götter besprachen die Situation. Es ging uns ja alle an. Immerhin war es unsere Welt, auf der er sich befand und die er kahl fressen könnte.

Nur konnte der Bart nicht zurück auf seine Welt, also stand ziemlich bald fest, dass einige von uns den Weg auf sich nehmen mussten.

She-Spider war nicht begeistert, als wir uns freiwillig meldeten.

Nein war sie nicht, sie wollte natürlich mit uns, doch überzeugten wir sie davon, dass jemand sich um die Cave kümmern müsse. Captain Hammer meldete sich dann. Ein Abenteuer an der Seite unseres ehemaligen Feinds? Könnte spaßig werden, dachte ich mir. Vor allem, weil der gute Mann weitaus mehr vertrug, als Finnboy. Und dann meldete sich auch Odd für die Mission.
Finnboy grinste breit als er dies vernahm. Dann erhob Troll seine Stimme: »Troll muss mit. Troll hat langen Bart eingeladen.« Der Geselle und der Meister versuchten es Troll auszureden doch dieser ließ sich nicht unterbuttern und so stand es fest. Hipster Viking, Finnboy, Captain Hammer, Odd und Troll sollten das Abenteuer gemeinsam bestreiten. Geniales Team-Up, meint ihr nicht?

Und wie funktionierte das ganze nun?

She-Spider und ihre Mädels brubbelten irgendwelches Hokus-Pokus, der Immerhungrige Bart rief etwas und zack, da war ein Portal.
Allerdings führte dies nicht in seine Welt sondern nach Berlin, der letzten Welt vor unserer Heimkehr, wir mussten uns den Weg zurückerkämpfen.
Und so stiegen wir vier hindurch...

Ohne den Bart?

Ach ne, der natürlich auch.
Also wir fünf.

Wenigstens habt ihr ihn nicht getötet.

Hey, du weißt noch nicht wie die Geschichte endet!

Dein Ernst?

Wir werden es sehen...

Ach komm schon, Kapitelende?

Jo.

Zeitraffer

Midseason Finale!!!

Wie bitte?

Das Highlight in Mitten einer Staffel… Midseason Finale!!!

Das ist noch immer ein Buch und keine Serie!

Aber in naher Zukunft wird es eine Serie, vertraue mir!

Du scheinst dir da ja ziemlich sicher zu sein, was aber ist, wenn das alles hier keinen Menschen interessiert?

Du immer mit deinem Pessimismus… habe Vertrauen, alles wird sich zum Guten wenden!

Wir werden ja sehen. Möchtest du also erzählen, was als nächstes geschah?

Ehrlich gesagt… Nö!

Oh man, Finnboy?

Finnboy?

Der sitzt in der Sauna.

Natürlich. Wo auch sonst.
Aber ihr wolltet jemanden töten und das entspricht gar nicht
den Geschichten, die ich kenne.

*Du wusstest schon so vieles nicht, das hat aber nichts daran
geändert, dass du des öfteren geschrieben hast.*

Naja, ich kenne die Geschichten. Aber scheinbar nicht jedes
Detail.

Wie könntest du auch? Du warst ja nie dabei.

Also wo soll ich anfangen?

*Mit dem alt bekannten: Und wir fielen... und fielen... und
fielen.*

Na gut.
Und sie fielen... und fielen... und fielen.
Panisch schrien die fünf und wedelten hektisch mit ihren
Armen um sich. Dann schlugen sie auf.
Doch landeten sie nicht auf dem Boden, sie schlugen auf ein
Hausdach und brachen unter der Last des Trolls hindurch, bis
sie auf einer weich gepolsterten Couch landeten.

Jemand oder etwas schrie erschrocken auf.
Hipster Viking, Finnboy und ihre Waffenbrüder sammelten
sich und waren gerade dabei sich aufzurichten, als eine

bekannte Stimme anhob: »Was? Gerade wart ihr weg.. jetzt seid ihr wieder da. Ihr…

Wer sind die anderen?« Es dauerte einen Moment bis Hipster Viking erkannte, wo sie gelandet waren. »Leo? Kuh-Boy? Meister?« Alle anwesenden waren sichtlich verwirrt.

Finnboy erhob das Wort: »Wie lange sitzt ihr denn schon hier?«

Kuh-Boy hing der Unterkiefer nach unten, als er den Troll und Odd sah.

»Ich weiß nicht, fünf Minuten? Wir haben gerade darüber geredet, ob Leo's Apparat euch auch wirklich nach Hause gebracht hat, aber wie es aussieht, hat es nicht geklappt.«, sprach der Meister.

Finnboy antwortete: »Ja, hat es. Wir waren mehrere Wochen dort.«

»Mehrere Wochen?«, fragte Leo, der mit großen Augen durch seine kreisrunden Brillengläser blickte.

»Ja. Mehrere Wochen. Wieso? Wie lange waren wir für euch denn verschwunden?«

»Wie schon gesagt, etwa fünf Minuten.«

Hipster Viking und Finnboy schauten sich verwirrt an.

»Das ergibt überhaupt keinen Sinn.«, sprach Hipster Viking.

»Doch dit erjibt sehr wohl Sinn!«, sprach Leo und sprang dabei hektisch auf.

Er rannte los und man hörte ihn in Kisten wühlen.

Dann kam er zurück.

»Was hast du gesucht?«, fragte Finnboy.

»Jesucht? Ick weeß nich. Habe ick was jesucht?«

Nun hingen allen die Kinnladen herab.

Ein Klirren unterbrach das Schweigen. Odd hatte eine Keksdose geöffnet und jubelte.

»EINE DOSE VOLL MIT GRAS!!! BESTE KEKSDOSE

EVER!!!«
Und so, wie sollte es anders sein, genehmigte sich die ganze Gruppe ein Rauchgelage für zwischendurch.

Hey, waren wir uns nicht einig, dass wir uns nicht einig sind, wie „einen buffen" in Berlin betitelt wurde?

Ich wollte es abkürzen.

Das ist absolut nicht akzeptabel! Wir brauchen eine gewisse Beständigkeit in unseren Geschichten.

Also gut. Und so _____ die Gruppe einen Berliner. Besser?

Geht doch!

Währenddessen erzählten Finnboy und Hipster Viking was in den vergangenen Wochen, oder fünf Minuten, alles geschehen war.
Dann erhob Leo wieder das Wort: »Jaaa, Raum und Zeitreisen sind kompliziert, aber ick hab da ne Theorie aufgestellt, die allet erklärt.«
Gespannt warteten alle auf diese Theorie, doch Leo zündete sich den nächsten Berliner an und sein letzter Gedanke schien mal wieder verloren zu sein.
»Leo, welche Theorie?«, fragte Hipster Viking.
Leo schaute erneut verwirrt durch seine Brillengläser.
»Raum und Zeit hängen zusammen. Du kannst nich dit eene beeinflussen, ohne dit andre zu verändern. Als ihr also die janzen Raumreisen bestritten habt, habta die Zeit der einzelnen Welten beeinflusst. Vielleicht habta die Zeit an

einigen Orten anjehalten, vielleicht habt ihr sie zurückjespult oder nen Sprung in die Zukunft verursacht.«

»Du willst sagen wir haben eine Art Zeitfernbedienung, mit der wir vor- und zurückspulen können?«, ein glänzen machte sich in Hipster Vikings Augen breit.
»Ja, so kann man das natürlich auch sagen.«, antwortete Leo.
»Troll?«, grummelte Troll und die Berliner schreckten zusammen.
»Whooooaaaa, das, der, es kann reden!«, brüllte Kuh-Mensch und versuchte sich hinter einem Kissen zu verstecken.
Hipster Viking schaute abwertend zu Kuh-Boy: »Also für jemanden, der sein Leben lang mit rassistischen Vorwürfen leben musste, bist du ganz schön intolerant.« Kuh-Boy ließ das Kissen sinken: »Du hast recht, entschuldige bitte, aber ich habe noch nie eine so große Person gesehen.«
»Ja, er ist ganz schön groß. Aber in seiner Welt ist es absolut normal, so groß zu sein.«
»In seiner Welt?« »Ja, Troll kam aus einer anderen Welt in die unsere und sucht seitdem mit seinen Freunden einen Weg zurück in….«, Hipster Viking stockte der Atem.
Troll kam aus einer anderen Welt, schon lange bevor ihm bewusst war, dass es noch andere Welten da draußen gibt. Er kam durch ein Portal, ebenso wie Hipster Viking und Finnboy durch viele gegangen waren.
Odd unterbrach seine Gedankengänge: »Leute, wollten wir nicht irgendeine Hexe vermöbeln?«
Da wurde es allen wieder bewusst. »Du hast recht! Wie lange sitzen wir schon wieder hier?«
Der Meister schaute auf seine Armbanduhr. »Drei Tage?«
Dieses Berlin raubte einem jedes Gefühl für Zeit.
»Wo ist der Bärtige eigentlich hin, der mit euch hier

reingefallen ist?«, fragte Kuh-Boy.

Die Waffenbrüder schauten sich panisch um, doch in dem Moment öffnete sich die Eingangstür und jemand betrat die Wohnung. Dieser jemand war der Immerhungrige Bart, mit beiden Armen voller Essen. »Verdammt Bart, du sollst nicht stehlen!«, sprach Finnboy, doch der Immerhungrige Bart antwortete: »Das habe ich nicht geklaut, ich habe es gekauft. Da drüben ist ein Laden, der hat so viel Nahrung, er verkauft sie sogar!« »Und womit hast du bezahlt?« »Mit solchen Papierscheinen.«

»Woher hast du diese Papierscheine?« »Ich? Naja… okay, ich habe sie so einem Typen geklaut. Er hatte so viele davon und er hat damit geprotzt.«

»Dat ist nich schlimm, es war sicherlich een Schwabe! Diese Schwaben verpesten unsere schöne Stadt!«, warf Leo ein.

»Alles klar. Aber wie kommen wir jetzt weiter?«, fragte Odd.

»Wohin wollta denn?«, fragte Leo.

»Wir müssen zurück in die Welt vom Immerhungrigen Bart um ihn und seine Familie von einem Fluch zu befreien.«, antwortete Hipster Viking.

Leo überlegte kurz.

»Ja keen Ding, ick kann euch da sicher wat basteln. Dafür broch ick drei Autoreifen, eene Couch, een Handy, eene Schallplatte und nen Shawarma. Hab ick allet da, ausser den Shawarma. Den muss mir eener besorgen.«

Und so machten sich Hipster Viking, Finnboy und Odd auf den Weg. Der Immerhungrige Bart und der Troll blieben zurück, um Leo beim Basteln zu helfen.

Als sie mit dem Shawarma zurückkamen, war Leo allerdings schon fertig.

»Ehrlich Leo? Warum schickst du uns immer wieder los um Zeug zu beschaffen, welches du garnicht benötigst?«, fragte

Finnboy.

»Ick hab Hunger!«, antwortete Leo und verschlang den Shawarma in drei Happen.

»Also ihr müsst uff dem Handy hier ne SMS mit dem Namen der gesuchten Welt schreiben, diese sendet ihr an die eine Nummer, die ick eingespeichert hab. Dann dreht sich die Schallplatte und bewegt die Reifen, welche durch ein paar andere Bauteile das Sofa teleportieren.«

Finnboy musterte das Gestell argwöhnisch, er zweifelte an dem Apparat, doch wie konnte es anders sein, Hipster Viking war begeistert und stürzte sich darauf. Und so setzten sich die anderen zu ihm.

Und zur Überraschung aller, kam auch Kuh-Boy dazu.

»Ich helfe euch!«, sprach er und setzte sich aus mangelndem Platz auf den Schoß des Trolls.

Nur der Immerhungrige Bart blieb vor der Couch stehen.

»Ich kann nicht mit euch kommen, der Zugang zu meiner Welt bleibt mir verweigert. Kümmert euch um meine Familie und brecht diesen Fluch!«

Finnboy antwortete: »Wir werden uns um sie kümmern und dann bringen....« »AUF GEHT'S!!!«, brüllte Hipster Viking und keine Sekunde später war die Couch verschwunden.

Der Meister und der Immerhungrige Bart standen Seite an Seite und schauten auf die Stelle an der eben noch die Couch stand. Dann betrat Leo den Raum wieder und erschrak.

»Scheiße verdammte, wo is meene Couch hin?«

Ein lauter Knall schmetterte über den Himmel.

Männer, Frauen und Kinder blickten angespannt herauf.

Dann landete in Mitten des Dorfes eine Couch mit fünf Gestalten.

145

Hipster Viking, Finnboy, Odd der Gnom, Troll der Troll und Kuh-Boy der Minotaurus.

»YEAH! Das Teil ist der Hammer!«, brüllte Hipster Viking und sprang auf.

Odd und Finnboy folgten ihm. Sie blickten sich gemeinsam um. Überall standen Menschen wie versteinert und blickten gen Himmel. Hipster Viking stellte sich vor einen der Männer und wedelte ihm vor den Augen herum. Dann blickte auch er zum Himmel herauf.

»Wohin glotzen die denn?«

Keine Regung, kein Wind und kein Geräusch waren weit und breit zu vernehmen.

Dann ertönte ein Würgen hinter Hipster Viking, der sich umdrehte und erblickte, woher dieses stammte. Kuh-Boy erbrach sich. Scheinbar schlug ihm der Weltensprung ziemlich auf den Magen.

Troll klopfte Kuh-Boy dabei ermutigend auf die Schulter und sprach: »Troll, alles wird gut Kuh-Mann.«

»Jo Hipster Viking, ich glaube, dass Leo recht hatte. Wir haben die Zeit angehalten.«

Und so war es. In dem Moment, in dem die Couch die Welt erreichte, blieb die Zeit stehen und alles wurde in seiner Bewegung eingefroren.

»Das ist doch gut, umso leichter wird es die Hexe zu erledigen!«, sprach Odd.

»Ja man!«, warf Hipster Viking an und trat dem Mann, vor dem er stand, in den Schritt.

»Was zur...? Hipster Viking, was soll das?«, brüllte Finnboy.

»Er hat mich dumm angeguckt!«

»Er ist eingefroren, er kann dich garnicht dumm angucken!«

»Doch ich schwöre es, er hat mich....«

Und plötzlich machte alles einen Sprung. Die Menschen, die

gerade noch wie angewurzelt standen, hatten sich ruckartig bewegt. Sie standen an komplett anderen Stellen und in anderen Positionen.

Jene Person, der Hipster Viking in den Schritt getreten hatte, war zu Boden gesunken und war in einer Krümmung wieder stehen geblieben.

»Bei den Göttern, was ist hier los?«, fragte Kuh-Boy, der sich scheinbar wieder beruhigt hatte.

»Ich weiß nicht.«, antwortete Finnboy.

Dann rannte Hipster Viking los, trat der nächsten Person in den Schritt und schaute sich dann angespannt um.

»Verdammt nochmal, Hipster Viking. Was soll das?«

»Meine Tritte skippen die Szenen. Ich kann vorspulen, da bin ich mir sicher, Vielleicht kann ich die Zeit wieder zum Laufen bringen, wenn…« Und wieder rannte er los und trat einer Person nach der anderen in den Schritt oder gegen den Hintern.

Und wieder machte die Zeit einen Sprung.

Mehrere dutzend Leute lagen nun auf dem Boden und krümmten sich vor Schmerz. Sie stöhnten und weinten, doch Hipster Viking sprang vor Freude umher und rief: »Ich habe magische Füße! Ich habe die Zeit wieder angeworfen! Ich bin ein Gott, der Gott der Zeit!«

Der Rest der Reisenden schauten sich erstaunt um.

»Scheiße verdammt. Hipster Viking hat die Zeit wieder zum Laufen gebracht!«, sprach Odd.

»Nein, dafür muss es eine andere Begründung geben.«, antwortete Finnboy.

Eine Diskussion brach aus, in der die fünf Waffenbrüder sich darum stritten, ob Hipster Viking ein Gott war oder nur ein Arschloch, das viel Glück hatte.

Sie bemerkten nicht, dass die Dorfbewohner sich
währenddessen wieder aufgerafft hatten und bewaffnet mit
Heugabeln, Fackeln und Prügeln auf sie zukamen.

»Tötet die Monster!«, rief der Mann, dem Hipster Viking
zuerst in den Schritt getreten hatte.

Die fünf Reisenden drehten sich um, erkannten die Situation
und liefen panisch davon.

Verfolgt vom wütenden Mob, rannten sie und rannten und
rannten, bis plötzlich die Zeit wieder stehen blieb und der
Mob wieder einfror.

Die fünf blieben stehen und blickten ihren Verfolgern
entgegen.

Hipster Viking rannte auf diese zu und trat dem vordersten
erneut in den Schritt.

»VERDAMMT HIPSTER VIKING, HÖR AUF MIT DEM
SCHEIß!!!«, brüllte Finnboy ihm hinterher und Hipster
Viking drehte sich um. »Was denn?«

Finnboy schüttelte den Kopf als Kuh-Boy sprach: »Seht! Ihre
Fackeln!«

Und alle blickten gespannt zu den Fackeln.

»Wenn die Zeit stehengeblieben ist, wieso tanzen die
Flammen dann noch?«

Und er hatte Recht, dass Feuer tanzte vor sich her. Kein Wind
war da, der sie bewegen konnte und nichts anderes bewegte
sich. Nur die Fackeln brannten noch und flackerten.

Verwirrt versuchten die fünf sich dieses Phänomen zu
erklären, doch Odd schlug vor, sich währenddessen vom Mob
zu entfernen. Nun wanderten die fünf also umher und
grübelten.

»TROLL!«, rief Troll und blieb dabei stehen.

»Was hast du, großer?«, fragte Odd.

»Troll, Feuer bewegt, Hexe hat Ofen, Feuer in Ofen!«

»Du bist genial!«, sprach Finnboy: »Wenn sich das Feuer weiterhin bewegt, können wir so vielleicht das Hexenhaus finden!«

Und so hielten die fünf die Augen auf nach einem Flackern von Licht.

Lange Zeit liefen sie durch die Gegend und dann entdeckten sie ein flackern am Ufer eines Sees.

»DA!«, rief Kuh-Boy.

Sie rannten dem fackeln entgegen und konnten ihren Augen nicht trauen.

Es kam aus einer Hütte, einer Hütte, die auf einem übergroßem Hühnerbein zu stehen schien.

»Also wenn das nicht das Werk einer Hexe ist, dann weiß ich auch nicht weiter.«, erhob Odd.

Nun standen sie vor der Hütte, doch konnten sie niemanden sehen.

»Na dann, hinein.«, sprach Hipster Viking und bevor Finnboy seinen Zweifel äußern konnte, stieß Hipster Viking die Tür auf. Bis auf den Troll folgten ihm die anderen. Troll war einfach zu groß, sein Kopf ragte noch über das Dach hinüber. Also blickte dieser mit einem Auge in das Innere des Hauses, um zu beobachten was dort geschah.

Die anderen vier blickten sich um und tatsächlich entdeckten sie eine Frau und ein Kind, welche aneinander gekuschelt auf einem Strohbett lagen. Doch wo war die Hexe?

Odd durchwühlte alle Kisten und Gefäße in der Suche nach etwas wertvollem. Das lag in seiner Natur. Kuh-Boy schnüffelte umher und ein beißender Geruch erfüllte seine Nase.

»Verdammt, warum muss es in Hexenhütten denn so müffeln? Ist das normal?«

Finnboy wiederum schaute in jedem Raum und jedem

Schrank nach etwas wie einem Hexenbuch oder ähnlichen,
um den Fluch schnellstmöglich zu brechen und von dort zu
verschwinden.
Hipster Viking hatte sich auf einen Stuhl vor den Ofen
gesetzt und sich eine Tüte angemacht.
Wie immer hielt er es für den richtigen Moment, sich den
Geist zu vernebeln.

Dann plötzlich lief die Zeit wieder an.
Ein hohes kreischen ertönte aus dem Bett der Mutter und
Tochter.

Hipster Viking fiel vor Schreck vom Stuhl und schlug mit
dem Kopf gegen einen Topf, woraufhin er bewusstlos wurde.
Finnboy kam aus einem anderen Zimmer angerannt, Odd ließ
vor Schreck eine Vase fallen und Kuh-Boy hatte sich so sehr
erschrocken, dass er sich hinter einem Kleiderständer zu
verstecken versuchte.
»Mama, wer sind die?«, fragte das Mädchen weinend und
schluchzend.
»Hey, wir sind hier, um euch zu befreien.«, antwortete
Finnboy.
»Ihr seid doch die Familie vom Immerhungrigen Bart, oder?«
Die Frau blickte ihm entsetzt ins Gesicht: »Ihr kennt meinen
Mann?«
Doch bevor Finnboy antworten konnte, stieß die Tür auf und
die Hexe stand darin.
»Ihr wagt es!?«, brüllte sie und aus ihren Händen schossen
leuchtende Kugeln auf Finnboy und Odd.
Ein wildes Treiben herrschte nun in der Hütte. Finnboy, Kuh-
Boy und Odd versuchten sich mit allem greifbaren gegen die
Zauber der Hexe zu wehren, während Hipster Viking noch

immer auf dem Boden lag. »Wo verdammt nochmal ist Troll?«, rief Finnboy, als er mit einem Teller einen Fluch der Hexe abwehrte. Die Frau und ihr Kind hatten sich in einer Ecke zusammengekrümmt und hofften nicht getroffen zu werden. Dann kam Hipster Viking wieder zu Bewusstsein. Mit einer großen Beule am Hinterkopf stand er langsam auf und torkelte herum. Dann sah er, was vor sich ging. Er stand direkt hinter der Hexe und beobachtete wie seine Freunde eine leuchtende Kugel nach der anderen abwehrten. Verwirrt blickte er sich um nach etwas zum ausschalten der Hexe, doch diese bemerkte wie er nach etwas griff und schleuderte ihm einen Fluch entgegen. Da er noch sehr wackelig auf den Beinen war, kippte er allerdings um, bevor ihn der Fluch treffen konnte.

Er raffte sich wieder auf, schüttelte den Kopf und versuchte erneut irgendetwas aufzuheben, mit dem er der Hexe eine verpassen konnte. Mit einer Schaufel bewaffnet holte er zum Schlag aus, als die Hexe sich umdrehte. Und in dem Moment ,in dem sie ihm einen Fluch entgegen werfen wollte, kippte das Haus um. Der Fluch schlug durch das Fenster direkt auf ein Huhn, welches vor dem Haus umher lief und verwandelte es in eine dicke Kröte.

Alle lagen nun auf der Wand mit dem Eingang und rafften sich schnellstmöglich wieder auf.

Die Hexe brüllte: »Jetzt reicht es!«, und wirbelte mit ihren Armen umher. Ein großes Durcheinander aus Nebel, Blitzen und Farben sammelte sich um sie. Sie starrte Hipster Viking an und wollte gerade einen Zauber wirken, als eine Hand durch das Fenster schlug, die die Hexe packte und mit sich heraus zog.

Die vier Waffenbrüder schauten sich abwechselnd an und kletterten dann gemeinsam mit der Frau und dem Kind hinter der Hand durch das Fenster hinterher.

Dort stand der Troll, der die Hexe wie eine Puppe in der Hand hielt und sie umherschüttelte.

»Das ist mein Troll!«, sagte Hipster Viking stolz und verschränkte die Arme.

»Lass mich herunter, du Scheusal!«, brüllte die Hexe, doch Troll hielt sie fest in seinem Griff.

»Er lässt dich runter, wenn du den Fluch von dieser Frau und dem Kind genommen hast!«, sprach Hipster Viking. »Und vom Immerhungrigen Bart!«, fügte Finnboy hinzu.

»Niemals!«, brüllte die Hexe.

»Nun dann, Troll lass dir die Hexe schmecken!«, sprach Hipster Viking und Troll hob die Hexe über den Kopf, während er den Mund öffnete.

»NEEEEEIN!!!«, schrie die Hexe panisch.

»Was seid ihr für Helden, dass ihr mich töten wollt?«

»Helden? Wir sind keine Helden, wir sind nur Freunde, die einem Freund helfen wollen und da du nicht kooperierst, müssen wir den Fluch eben anders brechen.«

Langsam ließ Troll die Hexe Stück für Stück herunter, immer näher an seinen riesigen Schlund.

»Ich tu es! Ich tu es!«, rief die Hexe.

»Du tust was?«, fragte Hipster Viking.

»Ich breche den Fluch, ich befreie die Familie!«

Troll schloss den Mund und hielt die Hexe vor sich.

»Dann leg mal los.«, sprach Hipster Viking.

Die Hexe schaute angewidert auf sie herab. »Eure Strafe ist getan. Lebt und verschwindet von hier!«

Hipster Viking starrte angespannt auf die Frau und das Mädchen.

Diese schienen plötzlich eine Last zu verlieren. »Der

Hunger… er… er ist weg.«, sprach die Frau.

»Das war ja einfach.«, wunderte sich Hipster Viking. »Lass die alte Krähe runter.«

Troll ließ die Hexe fallen.

»Und lass dir das eine Lehre sein! Leute zu verhexen ist sowas von außer Mode.«, sprach Hipster Viking. Die Hexe hockte zusammengekrümmt auf dem Boden und nuschelte etwas vor sich her.

»Hey, was redest du das?«

Die Hexe hob den Kopf und grinste gemein. »Jetzt werdet ihr alle sterben!«, sagte sie und sprang auf Hipster Viking zu. In diesem Moment blieb die Zeit erneut stehen und die Hexe fror in der Luft schwebend, etwa eine Hand breit vor Hipster Vikings Gesicht ein.

»Das war knapp!«, sprach Odd.

»Verdammt, jetzt sind die Frau und das Kind auch wieder eingefroren. Wir müssen sie wohl tragen.«

»OOOODER…«, warf Hipster Viking ein.

Etwa zwei Stunden später.

Noch immer hing die Hexe in der Luft und noch immer waren die fünf Gefährten an der Hexenhütte. Doch hatten sie einen großen Haufen Holz angehäuft und entzündet.

Da saßen sie und grillten sich gerade ein paar Stücken Fleisch über dem knisternden Feuer, als die Zeit wieder anlief. In diesem Moment krachte die Hexe mit dem Kopf voran in das große Feuer.

Unter Schreien fingen ihre Kleider an zu brennen und nach den Kleidern brannte auch sie.

Ein dichter, grüner Qualm machte sich über dem Feuer breit, gefolgt von einem ätzenden Geruch.

Doch roch es nicht nach verbranntem Fleisch, wie man vermuten würde, nein es roch nach Verwesung und Hexensocken, so benannte Kuh-Boy es später.
Die Frau und das Mädchen schauten teilweise froh, teilweise traurig in die Flammen.
Darf man sich über den Tod von Personen freuen, auch wenn diese Monster waren? Diese Frage machte sich in ihren Köpfen breit, obwohl sie glücklich waren, dass der Fluch gebrochen war.

Nachdem die Hexe restlos verbrannt war, machte sich die Gemeinschaft zurück zu dem Dorf, in dem sie ihr Raumreisesofa hatten stehen lassen. Dort angekommen, stand der wütende Mob und brüllte Schimpfwörter in fremder Sprache. Die fünf, samt der Frau und dem Kind, rannten schnell zu der Couch und platzierten sich darauf. Der Mob kam ihnen entgegen gestürmt und schleuderte Speere vor sich her. Doch in dem Moment, in dem der erste Speer die Couch erreichte, verschwand diese und der Speer bohrte sich in den Boden.

Im gleichen Moment erschien die Couch wieder in der Wohnung von Leo.
Der Meister und der Bart starrten noch immer auf die Stelle, an der die Couch vorher stand und plötzlich erblickten sie sie wieder. Es war verwirrend und sie kamen nicht sehr schnell damit klar, dass dort eben noch eine Couch stand, die dann wie von Geisterhand spurlos verschwand und im nächsten Moment wieder da stand. Doch dann erblickte der Immerhungrige Bart seine Familie und eine Freudenträne rollte ihm den Bart herab.
Die Familie war wieder vereint und befreit vom Fluch der

Baba Jaga.

Nach einigen Tagen der Feier beschlossen Finnboy, Hipster Viking, Troll und Odd dann in ihre Heimatwelt zurückzukehren. Sie hatten nun eine Couch, mit der sie durch die Welten reisen konnten und so war es. Sie setzten sich und winkten zum Abschied Leo, dem Meister, der Familie des Immerhungrigen Barts und Kuh-Boy, der beschlossen hatte in Berlin zu bleiben.

Hipster Viking gab „Midgard" in das Handy ein, sendete die Nachricht und ein letztes Mal verschwand die Couch aus der Wohnung von Leo.

Nicht schlecht.

Du hast die ganze Zeit mitgelesen?

Ja klar.

Und habe ich alles berichtet, was es zu berichten gab?

Naja, eine Sache hat gefehlt.

Die da wäre?

Als die Hexe starb, droppte sie ein schwarzes Cappi.

Was?

Ja, die Hexe verpuffte und hinterließ ein Cappi. Schwarz wie die Nacht.

Das ist doch nicht wirklich passiert?

Doch verdammt, sie hat nen rabenschwarzes Cappi gedroppt. Das zweite in meiner Sammlung von vielen.

Du hast mehr Cappis, als nur das orangene?

Ja, zu jedem Anlass ein passendes.

Aber du läufst immer mit dem orangenen herum.

Ne, ab und an habe ich auch andere auf.

Ich… Ich glaube dir nicht.

Finnboy, habe ich noch andere Cappis?

Jo.

Finnboy? Seit wann bist du denn wieder da?

Die ganze Zeit schon. Ich habe hier WLAN. Wir sind nicht mehr im Mittelalter.

Wow. Das muss ich erst einmal verarbeiten.

Ich schick dir nen Foto von meiner Sammlung.

Ich brauche jetzt erst einmal was zu trinken. Was hartes.

BIN DABEI! - **BIN DABEI!**

Cappiologie Part I

Also liebe Leute,
Wie schon in einigen Kapiteln vorher geschrieben steht, gibt
es mehr als nur ein Hipstercappi.
Ich weiß, ihr alle saßt da und dachtet
»WAAAAAAAAAS!?!?«, dann ist euer Gehirn geplatzt
»»BUUUUUAAOOUUUU – BOOOOOOOM«« , und ihr
verlort euren Verstand.
In diesem Kapitel berichten wir euch von der
sagenumwobenden >Legende der 10 Hipster<.
Es wird Zeit für ein paar Backgroundinformationen, damit
die Verfilmungen deeper werden.
Niemand soll sagen: »Hipster Viking? Das hat doch keinen
Tiefgang!«.
Alle werden sagen: »Christopher Nolans beste
Buchadaption, besser als Peter Jacksons Herr der Ringe!«

Klingt absolut nicht überheblich.

Überheblichkeit ist mein zweiter Vorname, Bitch!
Jedenfalls, haben wir uns dazu entschieden, euch die
Geschichten unserer Kindheit vorzustellen.
Viel Spaß.

Wer beginnt denn?

Hipster Viking hat doch angefangen, hatte er nen Schlaganfall?

Oh Götter!!! Über so etwas macht man keine Scherze!

Naja, bei seinem Konsum in letzter Zeit…

Scheiße verdammte…….

Da ihr es ja nicht hören könnt: Finnboy brüllt gerade panisch durch die WG, aber macht keinen Anschein sich zu bewegen. Das muss Liebe sein.

Alter, was brüllt der Alkoholiker da mitten am Tag rum wie ein bekloppter?

Er denkt, du hattest einen Schlaganfall.

Ist ja ätzend. Maaaaan… ich mach den platt, wenn der nicht gleich aufhört!

Er macht sich halt Sorgen.

Ist mir egal, das der… ok, jetzt mach ich ihn fertig.

Jetzt ist Hipster Viking scheinbar in Finnboys Zimmer gekommen…

Jetzt scheint er ihm irgendwie den Mund zuzuhalten….
Ah, er sprach gerade davon, Finnboy solle an diesen Socken
ersticken…
Finnboy… weint?
Vielleicht röchelt er…
Nein, definitiv, er weint!

*Mannoman, jetzt fing der Bengel an zu weinen. Wie besoffen
ist der eigentlich?*

Ich habe ihm gesagt, dass fünf Liter Fass Met zum Frühstück,
durch das Freibierhorn, ist keine gute Idee, aber auf mich hört
ja eh keiner.

*Fünf Liter Fass Met? So eins haben wir doch garnicht. In
fünf Liter Fässern haben wir nur dieses französische
Gelumpe… ich glaube sie nannten es vin, oder so.*

Wein?
Er hat fünf Liter Wein zum Frühstück geext?

*DAHER DAS WEINERLICHE!
Diese Franzosen haben sich doch auch bei der kleinsten
Zuckung meiner Hand fast in die Hosen geschissen und
hatten Tränen in den Augen.*

Was zum…?
Was hast du diesen Leuten angetan?

*Wir waren mit ein paar Mädels in Paris verabredet, aber
dann wurde Paris von anderen Wikingern überfallen und,
naja, das ist eine andere Geschichte.*

Und was ist nun mit der Legende über die zehn Hipster?

Naja, dann fange ich eben an.
Nun, meine Ur-Ur-Ur-Ur-Großmutter begann wohl davon
diese Geschichte zu erzählen.
Damals waren die Welten nicht getrennt, sie waren
miteinander verbunden. Nicht physisch, doch durch Tore, die
auf den einzelnen Welten verteilt waren. Doch nur bestimmte
Familien der einzelnen Welten konnten von Welt zu Welt
wandern. Es war jedoch nicht erlaubt etwas von den anderen
Welten mit in die eigenen zu bringen. Es war auch nicht
gestattet auf einer anderen Welt eine Liebesbeziehung
einzugehen. Eines Tages jedoch, auf einem Fest, das all jene
Familien vereinte, verliebten sich zehn junge Frauen in
gleichaltrigen Partner von anderen Welten.
Und naja, sie waren jung und wild und niemand wusste,
wann man sich wiedersehen würde und, was ich sagen
wollte, sie rammelten wie die Kanickel und alle zehn Frauen,
von zehn verschiedenen Welten, waren schwanger. Damals
hatte man halt keine Kondome oder Schafsdärme zur
Verfügung.

Sie trafen sich zu einer Orgie!

Finnboy! Wird ja Zeit!

Wo warst du?

**Ich habe mir Sorgen gemacht und dann kommt der Depp
und stopft mir meine Socken ins Maul.**

160

Du hast rumgebrüllt wie ein Bekloppter!

Ich habe mir Sorgen gemacht, ich will dich nicht verlieren!

Du bist betrunken vom vin, du Depp!

Warum seid ihr so gemein? Ich will doch nur geliebt werden!

Mir reichts, ich kipp die restlichen fünfzig Fässer jetzt in den Ausguss. Macht ohne mich weiter.

Würdest du bitte fortfahren, Finnboy?

In Ordnung, Madame.
Aus der Liebe der zehn Frauen wuchsen Junge Burschen heran. Jeder von Ihnen, mit roten Wängchen und verspieltem Blick..

Finnboy? Das klingt etwas pädophil.

Oh, nein nein…
So ist es doch nicht gemeint.
Die Burschen waren verspielt und dazu angetan Schabernack zu treiben.
Ein jeder der süßen, kleinen…

FINNBOY! Hör auf!

Was hast du nur?
Sie waren nunmal süß und…

FINNBOY!
HALT STOP! JETZT REDE ICH!

Hast du etwa deine Erdbeerwoche?

Meine....

Haha, Leute...
Ich stehe hier im Bad und habe gerade beobachten können
wie meine Mitbewohnerin Finnboy einen Trichter in den
Mund schob und ihm eine Flasche Tequila einhalf. #besteWG
#tequilabong #tequilagegenherzschmerz
#französischesgelumpe #nachherkiffenirgendwer?

Wow, ich bin kein Verfechter von Gewalt an Mitbewohnern,
aber genau genommen helfe ich ihm damit ja nur keine
weitere Gewalt von Hipster Viking zu empfangen.

Jetzt kommt mal auf den Punkt!

Wolltest du nicht den Wein wegkippen?

Jo, mache gerade Pause, muss kacken.

Du schreibst mir jetzt schon beim… auf der Toilette hocken?

Standard! Mäuschen, Männer schreiben meistens nur dann,
wenn se aufm Klo hocken!

Ich bin angeekelt.
Kannst du dann die Legende weitererzählen?

Ja, aber ich kürze etwas ab, in Ordnung?

Mach das von mir aus.

Nun, die zehn Kinder wuchsen zu zehn Jugendlichen heran
als sie von den jeweiligen Regierungen geschnappt wurden.
Ihren Eltern wurde eine tausendjähriger Gefängnisstrafe
verhängt, mit der Begründung: sie haben etwas aus einer
anderen Welt mitgebracht UND sind eventuell auch eine
Liebesbeziehung mit einer exoplanetaren Spezies
eingegangen. Den zweiten Punkt konnten sie viele Jahre
nicht bestätigen, bis sie alle Spuren auf einen einzigen Kerl
zurückverfolgten. Also alle zehn Frauen wurden am selben
Abend von ein und derselben Person geschwängert. Ein sehr
potenter Mann, der sich später als der Ur-Hipster
herausstellte. In der Nacht der Zeugung ist er selbst erst
achtzehn Jahre jung gewesen und hatte doch schon einen
Look wie kein anderes Wesen. Er trug ein orangenes Cappi
mit einem Aufkleber darauf, der in zehn verschiedenen
Farben die Sonne spiegelte.
Ihr versteht, worauf es hinaus läuft?
Also der Typ war der Vater dieser zehn Bengel und naja die
Mütter verlangten nachträgliche Unterhaltszahlungen,
bekamen diese, kauften sich frei und sind abgehauen.

Jedenfalls wollte der potente Ur-Hipster seine zehn Söhne kennenlernen, welche mittlerweile schon junge Erwachsene waren.
Er sprach mit jedem von ihnen einzeln und übergab jedem von ihnen ein Cappi in einer jeweils anderen Farbe.
Tadaaa, da waren es zehn Hipster. Man nennt sie die zehn ersten Hipster.

Moment, ich dachte du wärst der erste Hipster deiner Welt?

Oh, ja… naja also Midgard war damals nicht unter den Planten, von denen die zehn Frauen stammten.

Und wie kannst du dann ein Hipster sein? Also ein echter?

WEIL ER HIPSTER VIKING IST!!! AIIIII CAPRISONNE!!!

Oh weh. Das war wohl etwas viel Tequila.

Das war so nicht beabsichtigt.

EEEH MAMASITAAA!! SHAKE YA; SHAKE YA, SCHALALALALUMBO.

Jetzt hört er Latin Music?

Ich wusste schon immer, dass er einen schwulen Background hat! Ich meine, wer will denn freiwillig mit anderen Männern, nackt in einem Schwitzhaus sitzen?

ÄHHHM.

Darauf wollte ich nicht hinaus.
Aber interessant.
Fährst du bitte fort?

Warte…

Jo.

Hä?

Mein Bein war eingeschlafen.
Also, ich bin keiner der Typen, der bei diesem
intergalaktischen Rudelgebumse entstand.
Meine Mutter lernte meinen Vater abends in na Kneipe
kennen. Er sah wohl etwa fertig aus und so wurde sie auf ihn
aufmerksam. Dann wie aus dem nichts tauchten Attentäter
auf und wollten ihn erledigen, aber er wehrte sie alle mit
einem Arm ab und bewegte den Rest seines Körpers nicht
einmal. Der Barkeeper jedoch behauptet, die Faust, mit der
er die Angreifer erledigte, kam aus seinem Bart. Ich war
nicht dabei, fragt mich also nicht, was wirklich passiert ist.
Naja, die beiden verliebten sich und es geschah was
geschehen musste und so kam ich dann halt zur Welt.
Zu der Zeit saß mein Vater allerdings schon, da irgendwelche
Gerichte ihn dazu verknackt hatten, für ihre Söhne
aufzukommen und er Steuerflucht betrieb. Ja also, diese zehn
Hipster sind irgendwie mit mir verwandt, wie es scheint.

Und habt ihr noch Kontakt miteinander?

Mittlerweile sind alle meine Geschwister tot oder nicht mehr

165

hip genug, um erwähnt zu werden.

Nicht hip genug?

Naja, der eine dachte, es wäre hip sich riesige Pyramiden bauen zu lassen und das ohne Mindestlohn zu zahlen. Er benutzte sogar Sklaven, hieß es mal. Jedenfalls ist das sowas von unhip, da mussten wir ihn seinen Status aberkennen.

Ich dachte, es wäre ein Geburtsrecht?

Nur weil du ein Geburtsrecht hast, musst du es ja nicht schamlos ausnutzen.

Da hast du auch wieder recht. Und wie macht ihr das mit dem Status aberkennen?

Naja, wir nahmen all seine hippen Klamotten, peitschten ihn nackt durch die Straßen und brüllten dabei: Schande! Schande!

Das hast du von Game of Thrones! Verarsch mich nicht!

Game of Thrones hat das von uns! Dümmster Mensch der Welt!

GAAAAME OF BOOOOOOONES!!!

Halt dein Maul!

Und was habt ihr ihm da für Kleidungsstücke abgenommen?

Oh das war nen gelbes Cappi, ein goldenes Kettchen, so ne Art Kilt, nur in dünn und glänzend weiß und ein paar Crocks.

Crocks? Im Ernst?

Ja, von mir kommt das nicht. Aber er konnte viele davon überzeugen. Er war halt mal nen Hipster.

Und was geschah mit dem Cappi?

Ähm, das hat so nen anderer Bruder eingesteckt. Frag mich nicht wer. Mit sechs von denen hatte ich nie wieder Kontakt.

Und wie kam die Hexe dann an das schwarze Cappi? Oder ist das garkeins der elf Cappis?

Doch, doch! Naja, einer der anderen Brüder hing sehr viel im Bordell ab und als er kein Geld mehr hatte und er hackedicht war, tauschte er das gegen zwanzig Mädchen und einen Monat Flatratetrinken ein.

Wow, wie kann man nur so betrunken sein?

Ja, seine Mutter war schon Alkoholikerin. Ich nannte ihn immer Alkiharri, weil er so haarig war und immer betrunken.

Und was kann das Cappi?

Das ist Teil der nächsten Geschichte!

Und warum haben wir dann nicht einfach mit dem chronologisch nächsten Kapitel weitergemacht?

Hey, ihr meintet wir sollen ein Kapitel über die Cappis schreiben.

Ja, aber wenn das eh Teil der nächsten Geschichte ist, kannst du das doch einfach sagen!

Ähm, ja hätte ich machen können. Jetzt ist auch zu spät.

Es gibt Momente, in denen ich dir gerne dein bärtiges Gesicht häuten würde!

WHOAA...

WUUUAAAASSS??

Na was denn.

Das ist brutal. Jetzt trinke ich die letzten Fässer lieber.
DA SIN MA DABEI DAAAS WIRD PRIIIIIIIIIHIMA!!!!
Halt dein Maul und stoß an!

PROOOOST

Guerilla Hammer

Dampfschwaden füllen den Raum. Hipster Viking und Finnboy entspannten bei einem Saunagang, der bereits drei Monate andauerte. Das lag daran, dass die Welt, die sie gerade besuchten, einfach eine finnische Wellnesslandschaft war. Neben Saunieren gab es Massage und einen Rentierstreichelzoo. She-Spider hatte die beiden begleitet und lag in der Sonne neben dem Geysir. Vollkommen breit vom Grasaufguss vor drei Tagen, kamen die beiden Wikinger aus der Sauna und sprangen in das kalte Wasserbecken. Also Finnboy sprang, Hipster Viking rutschte aus und landete eher ungewollt im Wasser. Hipster Viking schlug panisch um sich und machte She-Spider damit nass. »HEY! Lass das!« Hipster Viking drehte sich um und sagte: »Selber hey!« Trotz des Urlaubs kippte die Stimmung langsam. Immer nur Saunieren belastet auf Dauer, wenn man nicht Finne ist.

Was ich übrigens nicht verstehen kann. Jedenfalls spürte ich, dass es Zeit war, diesen paradiesischen Ort zu verlassen. »Leute, was ist eigentlich mit dem Tiger?«, fragte ich gelangweilt. Ich wusste, dass sein Futter langsam knapp wurde, weshalb wir also unsere Sachen packten und in unsere Welt zurückkehrten. Aber was uns da erwartete…

Jo! Was geht?

Suchst du schon wieder deinen Toaster?

169

Nein.

Wirklich nicht?

Ja. Hast du nen Bleistiftanspitzer?

Wofür brauchst du einen verdammten Bleistiftanspitzer?

Ich muss ein paar Löcher anzeichnen, will was an die Wand hängen.

Leute, bleiben wir bitte bei der Geschichte. Was erwartete euch in eurer Welt?

Naja, wir kamen erstmal ganz normal in unserer Hipstercave an. Es war etwas düster, aber alles war heil und an seinem Platz. Finnboy und ich brachten unser Gepäck in unsere Gemächer, während She-Spider nach dem Tiger Ausschau hielt. Jedenfalls kam She-Spider irgendwann aufgeregt an und meinte, der Tiger sei weg. Wir gingen also vor die Tür, um uns auf die Suche zu machen, doch was uns dort erwartete, ahnte niemand.

Ja. Der Wald vor der Hipstercave war fort. Teilweise abgeholzt, der Rest verbrannt. Die Asche der Bäume bedeckte den Boden und färbte das Land grau, gesprenkelt mit roten Punkten der glimmenden Überreste. Wir waren entsetzt. »Hat einer ein von euch Diego etwa Streichhölzer gegeben?«, fragte Hipster Viking. »Nein, aber vielleicht hat Erik zu sehr geheizt.«, mutmaßte ich. She-Spider verdrehte die Augen und seufzte. »Seid ihr immer noch so breit, dass ihr die Riesenpalisade dort nicht seht?«, fragte sie entnervt. »WOAH!«, rief Hipster Viking. »Hat hier ein McDonalds aufgemacht?« Tatsächlich wehte über der Anlage eine rote Flagge mit so etwas, wie einem gelben M drauf. »Einwandfrei!«, rief ich. »Wer hat Lust auf nen BigMac?« Und so stapften Hipster Viking, She-Spider und ich los, um zu dem neuen McDonalds zu gelangen. Dort angelangt standen wir vor dem großen Tor. Hipster Viking

hämmerte an die Pforte und rief: »HEY! Ich will meinen BigMac!«

Und den habe ich nie bekommen. Denn in dem Moment explodierte etwas an der Seite der Palisade und Rufe ertönten. Ziemlich sauer lief ich um die Ecke und brüllte schon: »ALTER, MIT ANSTELLEN HAST DU ES NICHT SO, ODER!?« Ich starrte den Typen an und dann erkannte ich ihn. Captain ich-kann-alles-besser Hammer. Er starrte zurück und zwar nicht wie einer, der einen BigMac bestellen will. »Hipster Viking! Tauchst ja doch noch auf!« Captain Hammer wandte sich ab und stürmte in das Innere der Anlage. Das Geräusch von Hammerschlägen ertönte und Blitze schlugen ein. Ich hasse es, wenn er das tut. Trotzdem mussten wir hinterher, wenn ich noch meinen BigMac bekommen wollte.

Und dann wurde es echt komisch. Cap stand da und prügelte sich mit irgendwelchen Kreaturen. Sie hatten Kobraköpfe, menschliche Oberkörper und den Unterleib eines Stieres. Hab ich noch nie zuvor gesehen.

Und der eine von diesen Typen hatte ne Brille auf! Ahahahaha! Versteht ihr? Brillenschlange?

Das war die Musterung du Depp. Egal, jedenfalls hielt Cap eines dieser Viecher am Schwanz und den anderen an der Zunge, als er zu uns schaute und rief: »Wollt ihr den ganzen Tag da herumstehen? Steht nicht so da und macht euch nützlich!« Danach zog er die beiden Schlangen-Mensch-Stier-Kerle zueinander, auf dass ihre Köpfe aneinander stießen und die Wesen in sich zusammensanken. Wenn der Mann eins kann, dann ist es motivieren. She-Spider sprang als erste in die Gegner, gefolgt vom bescheuert rumbrüllenden Hipster Viking und letztendlich auch mir. Ein wildes Gefecht brach aus. Dutzende dieser... wir brauchen endlich einen Namen für die Viecher... standen uns vieren und einer Hand voll Gefolgsleute

171

von Cap entgegen. Auf einen von uns kamen fünf von denen.

Dimitris!

Dimitris… also es waren nen Haufen Dimi- was bei Odins Winterlatschen… warum Dimitris?

Tri – für drei Arten und dimi für… was weiß ich, es ist nen Name. Einverstanden?

Von mir aus.
Wir kämpften gegen die Dimitris und schlugen teilweise nur wild um uns, um ihre Angriffe abzuwehren. Dabei schlug Hipster Viking das ein oder andere mal auch Cap, es grenzte schon fast an freundschaftliche Neckereien. Cap nahm das gelassen und konzentrierte sich auf den Ansturm der Dimitris. Trotz unserer vereinten Kräfte, drängten sie uns langsam zurück, bis wir schließlich weglaufen mussten. Also, Hipster Viking und ich liefen weg und zogen Cap dabei hinterher, weil er nie weglaufen würde. Die Dimitris verfolgten uns nicht, was uns wunderte, aber im Moment nicht störte. Wir zogen uns in die Hipstercave zurück.

Und dort duschten wir erstmal. Ach so, Finnboy, hast du noch ein Achter-Eisen?

Warum ein Achter-Eisen?

Na für meine Wand.

Äh ja, ich schau mal.

Nice.

Jedenfalls, nach einer gepflegten Dusche, trafen wir uns alle in der Küche zu einem Kakao. Und mit Kakao meine ich Bier.

»Cap, was geht hier ab? Was sind das für Viecher und wo ist mein BigMac?«, fragte ich. Captain Hammer schaute etwas verwirrt,

doch dann antwortete er: »Das wüsste ich auch gerne. Vor knapp zwei Monaten sind sie hier aufgetaucht und haben angefangen, Festungen zu bauen und Städte zu erobern. Nie haben sie Forderungen geäußert, keiner weiß, was sie wollen.« Ich nickte. Ich nickte lange. »Jo, und was jetzt?« Captain Hammer schaute grimmig. »Was auch immer sie wollen, es kann nichts Gutes sein. Darum werden wir handeln und sie von hier vertreiben.« - »Aber ich kann kein Parsel. Wie soll ich ihnen sagen, dass sie abhauen sollen?« Cap schaute mich an. »In der Knüppelsprache. Die versteht jeder.« Finnboy trank einen großen Schluck Bier und warf dann ein: »Das hat aber irgendwie nicht so gut funktioniert, wie wir gerade gemerkt haben.« Bevor Captain Hammer eine Antwort geben konnte, öffnete sich ein Portal über dem Küchentisch und Kuh-Boy fiel daraus. »Was in Thors Namen geht hier vor sich?«, brüllte Cap sichtlich erschrocken. Das Portal schloss sich wieder und Kuh-Boy setzte sich auf. »Leute ihr müsst mir helfen, da sind solche Typen. Die haben Köpfe wie Schlangen und-« »Unterkörper wie Stiere?«, fragte Finnboy. »Scheiße, ja! Woher kennst du diese Mistkerle?« Wir erklärten ihm unsere Situation und er ergänzte Lücken in der Geschichte. Naja im Endeffekt wollten diese Viecher unbedingt IHN haben, sie suchten explizit nach ihm mit Fahndungsschreiben und großem Entlohnungsversprechen. Doch das erklärte noch lange nicht, was sie in unserer Welt suchten. Es blieb uns nichts anderes übrig, als ein Gespräch mit ihren Anführern zu suchen.

Jo, ich habe hier nen Achter-Vierkant, kannst du den gebrauchen?

Ja man. Ich geh mal weiterbasteln. Macht ihr weiter.

Wie du meinst.

So geschah es dann. Gemeinsam gingen die vier zurück zu der Palisade. Kuh-Boy blieb zurück, da feststand das diese Wesen nach ihm suchten. Captain Hammer hämmerte an das Tor. »Schickt uns euren Heeresführer, wir verlangen ihn zu sprechen.« Einige Zeit verging, doch dann öffnete sich das Tor knarrend. Hinter ihm standen mehrere dutzend der Wesen in Formation. Eines dieser Wesen trat den vier Wikingern entgegen. »Du bist also der Chef hier?«, fragte Hipster Viking. Der Dimitri schaute zu ihm. »Ich bin Aeolus, der Erstgeborene.« »Nun sage mir Aeolus, was wollt ihr in unserer Welt? Wieso seid ihr hier eingefallen?«, fragte Captain Hammer. »Wir suchen den Hipster Viking.« Alle runzelten mit der Stirn. »Den Hipster Viking? Und was wollt ihr von ihm?«, fragte She-Spider. Aeolus schaute zu ihr und sprach: »Bringt uns den Hipster Viking und eure Welt soll verschont bleiben.« Ein kurzer Moment der Stille folgte. »Ja gut, da wir das jetzt wissen, sollten wir uns auf den Weg machen und diesen hippen Wikinger suchen, nicht wahr?«, sprach Hipster Viking. »Ja, also es ist auch schon ziemlich spät.«, warf Finnboy ein. »Wir melden uns, wenn wir ihn haben.«, rief Hipster Viking und machte sich schnellen Schrittes davon.

Wieso genau erkannten sie ihn eigentlich nicht, wenn sie schon wussten wo sie ihn suchen mussten?

Er hatte nicht sein orangenes Cappi auf. Er trug das schwarze, wenn ich mich nicht täusche.

Ah. Da war ja was mit anderen Cappis. Das müsst ihr mir nochmal in Ruhe erklären.

Zurück in der Hipster Cave angekommen ging das grübeln los. Alle riefen Ideen und Theorien dazu ein, wie Hipster Viking sich das schon wieder eingebrockt hatte. Doch auch Kuh-Boy wurde gesucht, was war also der gemeinsame Nenner? Was hatten die beiden zusammen angestellt, um solch einen Aufwand gerecht zu werden? Doch sie kamen auf nichts. Die meiste Zeit waren sie eh zugedröhnt gewesen und somit blieben die Optionen unendlich. Bis es zum nächsten Kontakt zwischen Dimitris und unserer Freunde kam, dauerte es eine ziemlich lange Zeit. Eine Zeit in der so einiges geschah.

Doch das sind andere Geschichten.

Wie jetzt, Schluß für heute?

Ja, ich bin müde und mir ist kalt. Ausserdem kommt Hipster Viking doch eh nicht wieder.

Mh. Stimmt. Na dann, gute Nacht. Ich surfe noch ein bisschen im Netz.

Aber bitte nutz Taschentücher!

Was? Was denkst du von mir?

Ich weiß doch genau was du damit gemeint hast.

Ach komm, dann geh ich eben stricken.

Mir egal. Gute Nacht!

Sagte sie und schlug die Tür zu.

Laudanum et meretrix

So, jetzt aber los.

Ey, wir haben doch gerade eben erst nen Kapitel beendet!

Ich will das jetzt wissen!

Booaaah, Weib!

Komm schon, bitte.

Na gut, warte ich kippe Finnboy gerade was vom Muntermacher rein.

Muntermacher?

Woah Leute, ich entschuldige mich für alles.

Finnboy? Bist du wieder fit?

Ja, es tut mir echt leid.

Was war das für Zeug?

Ist doch egal jetzt, Finnboy erzähl die Hauptstory weiter.

Ok, ok.
Nun wir hatten uns in der Hipster Cave verschanzt und schmiedeten Pläne, wie wir das Problem mit diesen Dimitris lösen sollten. Und da wir nicht vorankamen nahm ich eine Flasche vom Met aus Mimirs Quelle und trank diese in Gänze. Da mir dieses Getränk das gesamte Wissen allerzeiten zeigte, konnte ich schlussfolgern, dass es vorerst gut zu wissen wäre, warum die Dimitris Hipster Viking und Kuhboy suchten. Also zog ich mir Lumpen an und lief als Bettler verkleidet in das Fort der Dimitris. Dort durfte ich an einem der Verkaufsstände betteln.

Verkaufsstände in einem militärischen Fort?

Das war ne ganze Shoppingmeile!
Egal, jedenfalls lauschte ich den Gesprächen und unterhielt mich mit anderen Bettlern, die schon länger hier auf der Suche nach Schätzen und Artefakten waren. Ja die anderen Wikinger waren nicht dumm, wie ich verkleideten sie sich als Bettler um Infos von der feindlichen Stellung an das Heimatdorf zu überbringen und dabei noch einiges an materiellen Schätzen zu stehlen. Dann kamen Soldaten auf mich zu und hielten mir ein Kopfgeldposter ins Gesicht. Darauf Hipster Vikings Gesicht, etwas heroischer dargestellt, als es in Wirklichkeit ist, aber es war dennoch sehr präzise. »Warum sucht ihr diesen Hipper Viking?«, fragte ich die Soldaten. »Schhhhhhz. Er ist unser Vater.«
Mir fiel die Kinnlade nach unten. Hipster Viking und

177

Vater?
Ich spurtete also sobald ich konnte zurück zur Hipster
Cave. Dort angekommen standen alle wie angewurzelt im
Empfangsbereich und schauten mich hoffnungsvoll an.

»Und?«, fragte Hipster Viking.
Ich starrte ihn an: »Herzlichen Glückwunsch, du bist
Vater!«
Kurze Zeit herrschte Stille, gefolgt von Gelächter.
»Haha. Hipster Viking und Vater!!!« - »Wer lässt sich
denn auf den ein?«
Ich starrte ihn weiterhin an und nun starrte er zurück.
»Und warum suchen sie dann auch Kuh-Boy?«, fragte er.
Die anderen verstummten wieder.
»Naja, das einzige, was mir da einfällt wäre, dass ihr
Schwestern oder so geschwängert habt.«
»Aber wir hatten nie etwas mit Schwestern.«, sprach
Kuh-Boy.
»Naja, sind Nonnen alle Schwestern?«, fragte Hipster
Viking.
»Nein sind sie nicht. Und was ist, wenn ihr ein und
dieselbe… also ich meine, das ist praktisch unmöglich
aber… habt ihr?«
Hipster Viking und Kuhboy schauten sich an.
»Neeeeeeee!!!«, sagten die beiden zeitgleich.
»Also einmal, aber die wurde noch in derselben Nacht
enthauptet.«, meinte Hipster Viking mit einem
ängstlichen Lachen zwischen den Worten.
»Scheiße, Hipster Viking darüber wollten wir nie wieder
reden!«, sprach Kuh-Boy sichtlich entblöst.

Um das mal abzukürzen, ihr erinnert euch an Medusa? Die

in der letzten gemeinsamen Nacht enthauptet wurde? Wie
sich herausstellte, gebar sie vorher jedoch noch Kinder.
Hunderte, deformierte Kinder. Ja, ihr liegt richtig.. unsere
Söhne und Töchter waren... die Dimitris.

**Dass du immer so schnell auf den Punkt kommen
möchtest. Wie war es dir da überhaupt möglich ein Kind
zu zeugen?**

Alter, Maul halten!
Die Dimitris waren also unsere Kinder und Kuh-Boy und ich
erholten uns von dem Schock mit der größten verdammten
Bong, die wir finden konnten. Irgendwann entschieden wir
dann in unserem High unsere Kinder zu besuchen und ihnen
die Liebe entgegen zu bringen, die sie verdient hatten.
Also stolperten wir den Hügel hinunter und klopften an die
verschlossenen Tore.
»Hey Leute, wir sinds.. Euer Dad und euer... Dad!«, rief
Kuh-Boy.
Dann öffneten sich die Tore quietschend und hinter ihm stand
die gesamte Garnison, vollbewaffnet und kampfbereit.
»Scheiße, ich glaube die haben garkeine Sehnsucht.«,
flüsterte ich.
Dann traten einige der Dimitris hervor und einer von ihnen
sprach: »Ihr seid Hipster Viking und Kuhboy? Die Geliebten
unserer Mutter. Die Geliebten unserer Mutter, die sie in der
Nacht unserer Zeugung umgebracht haben?«
Uns lief es kalt den Rücken herunter.
»Also, eins will ich mal klarstellen,«, hob ich an »wir haben
sie nicht umgebracht!«
Einer der vorderen rannte auf mich zu und packte meine
Kehle. Er war schnell wie der Blitz und ich war breit, wie der

179

Mariannengraben tief ist. Ich hatte keine Chance.
Der Dimitri schaute mich finster an, ich bestaunte seine
Schuppen und versuchte ihn zu streicheln, dann sprach er mit
kräftiger, tiefer und doch weinerlichen Stimme: »Papi?«
Er umarmte mich und die anderen stürmten heran, um eine
große Gruppenkuschelei zu starten.
Es war schön und doch unbehaglich. All diese Reptilien-Kuh-
Mensch-Wesen waren plötzlich meine Kinder. Musste ich jetzt
hunderte Konsolen und Games kaufen? Und wo sollte ich das
Kino einbauen? `Ernähren sie sich hier im Krieg auch
richtig? Hatte Jeremy immer noch diesen Ausschlag am
Hintern? `So viele Fragen machten sich in mir breit.

Ja, ist ja gut. Gefühlsduseliges Gelaber.
Was ist mit dem Cappi?

Dem Cappi?

Na dem schwarzen.

Ähm naja, da war etwas mit Spinnen und nem Werwolf. Oder
war es ein Einhorn?

Wie kommt denn jetzt ein Einhorn in das Fort?

Was? Nein nein, das mit dem Cappi passierte ja eine ganze
Weile nach dem ersten Familientreffen.

Aber du sagtest, es kommt in dieser Geschichte vor!

Ja natürlich kommt es das.

Na dann los.

Ja aber das ist doch noch einige Kapitel entfernt.

Willst du mich jetzt verarschen?

Er hat recht, das war ziemlich viel später.

UND WARUM ERZÄHLT IHR DAS HIER DANN???

Na, wir haben doch gesagt, eine lange Geschichte, die sich über das ganze Buch streckt. Da muss man schon mal ins Detail gehen.

AAAAAAAARGH!

Was denn, sollen wir es nun doch kurz halten und noch mehr Geschichten reinballern?

Wenn wir dann endlich erfahren, was es mit dem anderen Cappi auf sich hat, ja!

Naja, dafür brauch ich aber sicherlich nen eigenes Kapitel.

NÄCHSTES KAPITEL! SONST FLIPP ICH AUS!

Okay, darf ich dann jetzt endlich kiffen und mir was zu essen machen?

Du kiffst doch die ganze Zeit schon!

Ja, aber siehst du mich essen? Nein? Da haben wirs!

Ich mach mich ab. Haut rein Leute. Bis zum nächsten
Kapitel.
Es wird auch Zeit. Legt das Buch weg und putzt mal die
Bude. Sieht ja schon wieder aus bei euch.
Oder besucht eure Familien, ihr wisst nie wie lang ihr noch
die Möglichkeit habt!
Oder natürlich ihr ballert euch die Birne weg, schaut Netflix
und fresst was geiles.
Was auch immer.

Tschöö.

Finnboy – Ein Boy aus Finnland

Origin TIIIIIIIIIIIIIIIIIIME!!!

Was? Aber ich dachte...

Pssssssshht! Ick versuche hier eine Origin zu erzählen.

Aber...

Jetzt lass ihn, die Überschrift beinhaltet immerhin MEINEN Namen!

Na gut, schieß los.

Also...
Es war einmal, in einer weit entfernten Galaxis, in der Männer es bevorzugten ohne Bekleidung herumlaufen zu müssen...
In Finnland tobte eine hitzige Debatte darum, ob die optimale Sauniertemperatur sechzig oder siebzig Grad Celsius sei. Das hieß ein Haufen nackter Männer saß und lag in einer Sauna, aß Früchte und warf alle paar Minuten eine Antwort auf die vorherige Aussage in den Raum.
Ja, die Finnen. Ein großer Denker sagte eins: „Die spinnen,

die Finnen!", wie recht er doch hatte.

Alles, wirklich alles, in ihrer Gesellschaft drehte sich um das Saunieren. Holz, Wasser, Schnee und Nahrung, mehr brauchte ein Finne nicht. Es wollte niemand von ihnen die Welt erkunden oder Handel betreiben. Diejenigen, die solches auslebten, waren das niedere Volk. Man schaute von den Bergen aus seiner Sauna auf diesen Abschaum herab. Es war verpöhnt, sollte man eine Bekanntschaft zu einem dieser Armen pflegen. Natürlich sollten auch Bindungen zu solchen untersagt werden, doch eines Tages geschah es, dass ein Edelmann sich in eine einfache Magd verliebte. Großes Empören ging durch die gesamte `High Society´ Finnlands. In jeder Sauna wurde lange Zeit über nichts anderes mehr geredet. Es dauerte kaum ein paar Monate und das glückliche Paar gab ihre Verlobung und im selben Atemzug die Empfängnis eines Sohnes bekannt.

Dieser Sohn hatte es nicht leicht in den Tagesgruppen. Die anderen Kinder schauten ihn hinter seinem Rücken an und redeten über ihn. Niemand wollte mit ihm zu tun haben. Bis auf den Tag, an dem einige neue Jungen aus einem Nachbardorf zu Besuch waren. Einer der Jungen ging direkt auf ihn zu und sprach mit hoher, schriller Stimme: „Hast du schon einmal versucht deine Furze anzuzünden?"

Auf diesem Spruch baute sich eine enge Freundschaft auf. Einmal im Monat besuchte die eine Tagesgruppe die andere und von mal zu mal wurden die beiden Jungen sich immer ähnlicher. Nun sie hatten auch einiges gemeinsam. Beide waren unter anderem Kinder, die einer ungeduldeten Liebe entsprangen. Dies sorgte dafür, dass die beiden über Jahre Freunde blieben.

Im Alter von sechzehn Jahren nahmen die beiden gemeinsam an ihrem ersten Saunagespräch mit den wohlhabensten und

*einflussreichsten Männern Finnlands Teil. Dies gehörte zum
Ritus des Erwachsenwerden dazu, wie die Haare, die
anfingen am Sack zu wachsen.*

*Während der Unterhaltungen merkten die beiden Jungen
jedoch, dass diese alten Herren nie zu einem Ergebnis
kamen. Sie hatten keine Träume mehr, die beiden jedoch
schon. Auf die Frage, ob es denn niemanden interessierte
was am Ende der Welt sein würde, lachten die Alten. Sie
seien bis zum Rand gesegelt in früheren Tagen und außer
eines endlosem Abgrunds, wartete nichts am Rand der Welt.
Damit war für die Alten das Thema vom Tisch, doch in den
beiden Jungen tobten Träume von Abenteuern und fernen
Orten.*

*Und so kam es, dass die beiden sich des Nachts aus den
Häusern schlichen, um Abenteuer zu bestreiten. In ihren
ersten Nächten stapften sie in den Wäldern umher und
entdeckten nichts, außer Tiere und Pilze, welche sie einmal
über dem Feuer zusammen zubereiteten.*

*Eine herrliche Speise entstand daraus. Die beiden konnten
garnicht damit aufhören, die Reste aus dem Topf zu kratzen.
Doch so lecker es auch war, so giftig war es auch.*

*Es dauerte eine Weile, doch dann krampften die beiden
Jungen mit Schaum vorm Mund, am Boden.*

*Viel Zeit verging, bis die beiden wieder zu sich kamen. Wie
viel, konnten sie nicht sagen, denn zu dieser Zeit war es
immer dunkel. Doch etwas hatte sich geändert, die beiden
waren nicht mehr dieselben. Breites Grinsen machten sich
auf ihren Gesichtern breit, als sie ein Dorf der armen
Menschen erreichten. Scheinbar war es mitten am Tag, denn
die Leute waren allesamt wach. Ein älterer Herr stellte sich
vor sie und fragte wohin sie wollten, doch sie hörten ihn*

nicht und gingen stumm an ihm vorbei. Was sie begehrten stand dort, einige Meter weiter an einem Feuer.

Eine Gruppe Frauen wärmte sich an den Flammen aus dem Birkenschaft und die beiden Jungen gesellten sich zu ihnen. Mit netten Worten und spannenden Geschichten betörten sie die Mädchen und machten sie willig. Und wie das dann immer so ist.. Junge und Mädchen.. das erklären euch eure Eltern. Jedenfalls entsprangen dieser Nacht drei Kinder, die in Armut und ohne ihre Väter kennenlernen zu dürfen, leben mussten. Zwei Buben und ein Mädel. Ihre Mütter waren Freundinnen und so wuchsen die drei gemeinsam auf.

Hier in den Dörfern der Armen mussten die Kinder schon früh damit anfangen zu arbeiten,um ihrer Familie zu helfen. Egal, ob auf den Feldern, in den Ställen oder in den Küchen, es gab genug Arbeit für alle. Eines Jahres jedoch ernteten die Leute im Dorf weitaus mehr, als sie selber zum Leben brauchten und so wollten sie einen Großteil auf dem großen Monatsmarkt verkaufen. Die drei Kinder ritten mit den Bauern mit, um beim Schleppen der Säcke zu helfen und so hatten die drei das erste mal ihr Dorf verlassen. Auf dem Monatsmarkt trafen sich Bauern, Händler und Seefahrer von überall. Einige von ihnen kamen aus fremden Ländern, jenseits der Meere. Und dann, nachdem die drei jungen Teenager ihre Pflicht getan hatten, durften sie sich etwas auf dem Markt umsehen.

Es gab allerhand Zeug von Gewürzen über Kleidung und Trophäen aller Art, bis hin zu Schätzen von Raubzügen. An einem der Stände stand ein anderer Junge im Alter der drei und sie sprachen ihn an. Er schaute sie misstrauisch an, drehte sich um und lief davon. Kurz darauf bemerkten sie einen komischen Geruch von dem Stand, neben dem der Junge eben noch stand.

186

„FEUER!", rief ein Mann hinter ihnen und Tatsache, der
Stand brannte. Die Kinder rannten zu ihrem Stand zurück,
doch in einer Nebengasse entdeckten sie den Jungen und alle
drei wollten ihn zur Rede stellen. „Hey, hast du das Feuer
gelegt?", rief das Mädchen. Der Junge starrte erschrocken
zu den drei anrennenden Kindern. „Wer bist du?", fragte
einer der drei.
Umzingelt von den drei Kindern erhob der Brandstifter seine
Stimme: „Jo das war ich. Wieso fragt ihr?" Die Kinder
säufzten entsetzt: „Wieso hast DU ein Feuer gelegt?"
„Ich musste da eine Theorie testen."

Kommst du auch irgendwann mal zu Finnboy?
Ich meine, was soll das... das ist ja schon die dritte
Generation deiner Geschichte.
Pssssssshhht!!!
„Wer bist du?", fragten die drei erneut.
„Is doch nich so wichtig, wichtig ist, was ich vorhabe."
„Feuer legen?"
„Nein, ich will die Ungerechtigkeit in diesem Land beenden.
Ich möchte einflussreich sein und etwas ändern können. Ich
möchte von den Bergen runterschauen und wissen, das dieses
Land gerettet ist."

„Du willst also eine Sauna!?"
„Was? Nein! Also ich meine, das wäre schon ziemlich geil,
aber darum geht es doch nicht."
„Jedem geht es genau darum."
„Ich... also... ja, schon irgendwie."
Dieser Junge Mann war niemand anderes, als Finnboy!

BUUUJAAAA!!!

Was freust du dich denn? Bisher haben wir nur gehört, wie du von Kindern verhört wurdest, weil du ein Brandstifter warst.

Ich verfolgte ein höheres Ziel!

Das da wäre? Alles verbrennen, damit alle verhungern, außer du?

Nein, das mit dem Feuer war nen Auftrag, mit dem ich mir etwas dazu verdiente.

Du warst beauftragter Brandstifter?

Die Kerle, die mich engagierten, waren so eine Art Börsenmarkler. Sie führten gezielte Anschläge durch, um den Markt zu kontrollieren. Wäre auch garnicht so dumm gewesen, wenn es damals eine einheitliche Währung gegeben und man nicht Waren gegen Waren getauscht hätte.

Du meine Güte.
Und wie kamst du nun zu seinem Namen?

Ich, naja, ich stürzte die damalige `High Society´ und baute Saunen für die Armendörfer.
Das Volk baute mir eine große Statue, die in der Hauptstadt stand und dafür brauchten sie einen Namen. Ich hatte einige Ideen, aber Finnboy hatte irgendwie was.

Ich habe das jetzt etwas ausführlicher erwartet.

Oh, ähm. Ja naja, Pech wa!?

Und wie kam es dazu, dass du Hipster Viking trafst?

Das stand doch schon in seiner Origin.

Ja, aber nicht wie du in diese Hütte kamst und woher du all das über die Höhle wusstest.

Oh, das ist ne geile Geschichte.

Dann fang an.

Was ist mit mir? Ich hab immerhin angefangen!

Aber es ist seine Geschichte.

Pfft. Dann schau ich mir eben was bei Netflix an.

Also Finnboy...

Nun, ich hatte die Ordnung in Finnland wiederhergestellt. Die vermögenden mussten nun genauso arbeiten, wie die Armen, doch die Kinder wurden allesamt in Schulen gesteckt. Schon damals hielt ich es für überaus wichtig, eine intelligente Bevölkerung zu haben. Die Leute bauten Schiffe und besegelten die Welt. Innerhalb von wenigen Jahren gab es mehr Handel, als je zuvor und die Leute strebten ihren Zielen hinterher. Einige große Sportler, Jäger und Wikinger gingen daraus hervor. Und ich ließ es einfach geschehen. Ich saunierte gerade und blickte herab auf das Tal meiner Kindheit, als

aus der Glut der Sauna große Flammen stießen.
Sie strahlten hell, doch der restliche Raum blieb schwarz
wie die Nacht, als eine tiefe Stimme aus den Flammen
sprach.

„ Der, dessen Coolness der Macht der Götter
    trotzt,
    Der, dessen Weg die Unendlichkeit schneidet,
    Der, dessen Swag am höchsten scheint,
    Den sollst du finden, in windeseil.

    In steinernen Hallen, am Fuße des Riesen
    Unter dunklem Stein es liege.
    Sein Schmuck, sein Werkzeug, sein Schicksal.
    Von den Toten bewacht, auf ewig.

Jetzt geh nach Norwegen, bau dir ne Sauna an der Stelle,
die du hier auf der Karte siehst und warte auf den
Hipster Viking. Groß, bärtig und nen beschissener
Humor. Du wirst ihn erkennen. Er mag Äpfel. Und Chai-
Latte. Merk dir das.“

Ich war erschrocken und starrte auf die Karte in den
Flammen, die Position, an der ich die Sauna bauen sollte,
brannte sich in mein Gehirn.
„Hey, wer bist du?“
„ Ich bin der, der durch Flammen sprechen kann, reicht
das nicht?“
„Warum ich?“
„Was weiß ich denn, ich mache hier nur meinen Job,
okay? Ich muss jetzt auch auflegen, mein Terminkalender

ist ziemlich voll."

„Du kannst doch jetzt nicht einfach abhauen!"

„Bei Beschwerden melden Sie sich unter
BEEEEEEEEP*.."

Und dann erlosch das Feuer.

Der Punkt auf der Karte pochte allerdings hinter meiner
Stirn und so machte ich mich sofort auf, um die Hütte zu
bauen und Hipster Viking zu treffen.

Und den Rest kennt ihr.

Verrückt.

Oder? So ich werfe mich zu Hipster Viking auf die Couch.

Die braunen Jedi

In einer gar nicht so sehr weit entfernten Galaxie...
Ein uralter Krieg wütet auf Klöton II. Ein Krieg, der weitaus
tiefer reicht, als Politik oder Tyrannei.
Eine Uralte Macht breitet sich schnell in der Galaxie aus.
Diese Macht beherrschen können nur die braunen Jedi. Und
von denen gibt es nicht viele, doch in drei jungen Männern
wucherte die Macht förmlich und sie wurden zu den Meistern
ihres Fachs. Könige, Kaiser und sogar Imperatoren suchten
die drei braunen Jedi-Meister auf, um sich von ihrer braunen
Macht befreien zu lassen.
Ein jedem halfen sie, dem sie begegneten, da sie den Schmerz
eines jeden Menschen nachempfinden konnten. Doch eine
Krankheit befiel die Meister und ihre Schmerzen wuchsen
immer weiter. Der Schmerz trieb sie in den Wahnsinn. Noch
immer kamen die Reichen und Armen, doch konnte von
Heilung kaum noch die Rede sein. Die Meister zogen all die
Lebenskraft aus den Menschen. Leere Hüllen kamen aus dem
Braunen Tempel und existierten nur noch.
Um den braunen Tempel herum wucherte das Leben. Es war
grün, wie sonst nirgendwo mehr in der Galaxie.

Schon wieder so ein Science Fiction Gedöhns?

Die braunen Jedi gibt es wirklich! Wir sind ihnen damals nur knapp mit dem Leben und unserem Verstand entkommen!

LOL Was? Auf was bist du denn?

Klöton II, erinnerst du dich nicht mehr?

Ne man, wir waren nie auf so einem Planeten.

Ach, halt dein Maul! Dürfte ich fortfahren oder ist dir das Thema peinlich?

Peinlich? Wieso sollte mir etwas peinlich sein, was nie passiert ist?

Oh man. Dann lass mich dein Gedächtnis updaten.

Von mir aus, will eh nicht so viel schreiben. Bin sehr beschäftigt.

Sehr gut.
Nun Finnboy und ich waren, vor lauter Schreck wegen der ganzen Vatersache, auf die Welten-Teleportations-Couch gesprungen und haben etwas übermütig an den Hebeln und Knöpfen gespielt und dann landeten wir eben auf Klöton II. Also wenn die Galaxie der Nazis das Arschloch des Multiversums ist, dann ist das Klöton-System der Sack des Universums. Der war vorherzusehen, oder? Naja, wir landeten in einem Dorf und... da waren diese riesigen, muskulösen, humanoiden Bewohner des Dorfs. Im Ernst, die Kerle hatten ne Schulterbreite von knapp zwei Metern bis auf den Troll hab ich noch niemand so großes gesehen.

193

Nun, wir taten natürlich das offensichtliche in der Situation,
in der wir uns gerade befanden, vor diesen Hulks. Wir
rannten weg.
Ich entkam, aber Finnboy schienen sie gefangen zu haben.
Als treuer Freund, der ich ja nun einmal bin, stellte ich ein
Kreuz für ihn auf.
Auf einem wunderschön kargen Hügel, rammte ich das Kreuz
in den Boden.
Es war ein einfaches Kreuz, aus einem Stock, dessen Äste von
Natur aus schon so geformt waren.
Aber ich wusste, es würde ihm gefallen.

Ein Kreuz? Wieso sollte mir sowas gefallen?

Hahahahahahahahaha. Spaß, ich wollte dich ein letztes Mal
ärgern.

Du hast in dieser erfundenen Geschichte, nicht einmal
versucht mich zu retten? Das klingt...

Absolut nach mir!

Wichser!

Ja, da stehe ich zu.
Egal, jedenfalls...

Hey, stiehl mir nicht meinen Spruch!
Maaaaaaann.
Egal, jedenfalls...

Hast du was auf den Augen? Lass das!

Jaja, man kanns ja versuchen.
Also, ich machte mich auf die Suche nach etwas Spaß auf
diesem sumpfigen Planeten.
Ich bin mir nicht mehr sicher, vielleicht war er auch sandig.
Auf jeden Fall bin ich andauernd im Boden steckengeblieben.
Es stank ekelhaft. Und in der Ferne konnte ich eine Art Oase
erkennen.
Es sah aus wie ein bis in den Himmel reichender Palast,
umwachsen mit teilweise ähnlich hohen Palmen und
umwuchert von Lianen. Lange, braune, dicke Lianen. Dort
wollte ich hin. Es war, als würde mich eine Macht zu diesem
Tempel ziehen. Trotz ermüdeter Beine, sog es mich immer
mehr in die Richtung. Ich hielt nicht einmal an, um mir eine
Tüte zu drehen, ich tat es im Laufen. Leute, probiert das
nicht. Als ich begriff, dass so vieles auf den Boden fiel, ich
jedoch auch nicht anhalten wollte um es aufzuheben, packte
ich meine Notpfeife aus und steckte mir diese an.

#kifferproblems #Notpfeife #klügsterMannEVER
Irgendwann erreichte ich die Stufen des Tempels und meine
Beine hörten auf zu laufen. Ich fiel zu Boden. Ich weiß, ihr
denkt euch jetzt: „Oh nein, die Pfeife!!!", aber natürlich
habe ich sie beschützt. Dabei habe ich jedoch meinen Körper
nicht geschützt und bin mit der Stirn gegen eine Stufe
geknallt. Das knockte mich dann erst einmal aus. Ich habe
keine Ahnung, wie lang ich gepennt habe, der Planet hatte
drei Sonnen und somit war es nie dunkel. Allerdings wurde
ich nicht an der Stelle wach, an der ich stürzte. Ich lag in
einer Art Nest und um mich herum hunderte Affen! Sie lagen
überall. Sogar auf mir. Ich selbst lag an der Brust einer
Gorilladame. Als ich versuchte aufzustehen, schlang sie ihren
Arm um mich und drückte mich zurück an die Brust. Nach

einigen Minuten des Luftringens, lockerte sich der Arm und ich konnte aus dem Griff rutschen. Nun stand ich da und konnte keinen Schritt gehen, ohne auf einen der süßen Affen zu treten, doch ich musste dringend auf Klo! Mir blieb keine andere Wahl. Ich baute mir nen dicken Dübel und chillte noch eine Weile bei den Affen. Ich war noch in der Nähe des Tempels. Um genauer zu sein, auf der Hälfte der Höhe zu der Macht, die mich ansog. Noch immer fühlte ich diese Macht. Doch ich hatte ein so starkes Verlangen danach ein Ei zu legen, dass ich mich mental darauf einstellen musste, nicht einzukacken. Nicht, weil ich Angst hatte, nein es drückte einfach so sehr. Ich meine, es war früher Morgen, da muss ein Mann eben tun, was ein Mann tun muss. Aber ich musste dagegen ankämpfen. Ich wollte ja nicht, dass einer der Affen sich genötigt fühlen würde, dies als Provokation zu sehen, um eine Kacke Schlacht zu starten. Ja, auch ich habe meine Grenzen Freunde.

Oh man, deine Fantasie ist so ekelhaft. Aber das mit den Affen, das kommt mir bekannt vor.
Weil ich es dir erzählt habe, als wir uns wieder trafen.

Ich komm noch nicht drauf. Hier wird's gerade heftig. Schreibe später weiter.

Jo.
Egal, jedenfalls...

ALTER!

Ja, is ja gut.
Nun ich qualmte da gerade und genoss meinen Notfall-

Reiseschinken, als die Affen nach und nach wach wurden. Es war ein lustiges Rekeln und Strecken. Einige von ihnen machten dabei lustige Geräusche. Ich hab mich weggeworfen vor Lachen. Jetzt, wo alle aufgestanden waren, ergriff ich die Gelegenheit und drängte mich durch die Masse, dabei merkte ich, dass auch meine Blase nach Entleerung flehte. Ich rannte in die Büsche, einige Meter weg von dem Nest entfernt und naja ich konnte endlich auf den Donnerbalken. Dort saß ich nun und tat, was dort eben getan wird und war schon fast fertig, da fauchte es hinter mir. Vor Schreck ganz verkrampft drehte ich mich langsam um. Hinter mir stand ein Panther. Er sah wütend aus und das war auch verständlich da ich ihm wie es scheint in seiner Bettstätte auf den Kopf... also, ich wollte das nicht. Aber das wollte er nicht wissen. Schnell bekleidete ich meine Beine wieder und wich langsam von dem Panther zurück. Das gefiel ihm nicht, also stürzte er mir nach und ich rannte mal wieder um mein Leben. Die Treppe rauf, dachte ich mir und so tat ich es. Dumme Idee. Diese Panther können weitaus schneller Treppen steigen, als Menschen. Ich bin zwar nicht der schnellste, aber ich hatte echt Schiss.
Da stand ich nun und der Panther über mir, doch plötzlich... Aus der Krone einer riesigen Palme warfen die Affen mit allem, was sie fanden, auf den Panther. Affen sind gute Werfer und so ermöglichten sie es mir, mich an dem Panther vorbei zu bewegen, um die Treppe weiter hinaufzusteigen. Ne Rolltreppe für alte Tempel, das wäre mal was, das die einführen sollten, sag ich euch. Zwei der Sonnen ballerten mit aller Kraft auf die Treppe und so war es unnormal warm. Ich wurde dabei unterbrochen mein Geschäft zu beenden und all das zusammen war eine unheimlich brutale Art der Folter. Stehenbleiben konnte ich allerdings auch nicht, da der

Panther noch immer versuchte mir hinterher zu kommen.
Und so kletterte ich gefühlte Kilometer in die Höhe. Je höher
ich kam, desto mächtiger wurde der Gestank, der sich auf
dem ganzen Planeten breit machte. Irgendetwas dort oben
muss der Auslöser hierfür sein, dachte ich mir und so
kletterte ich, bis ich den Raum erreichte.
Das Innere des Tempels war komplett mit Gold ausgekleidet
und wenige kleine Leuchten erfüllten die riesige Halle in
einem wunderschönen Licht. Ich kann mich noch erinnern,
dass ich irgendetwas sagte und das Echo von den Decken
zurückprallte. Einfach Wahnsinn, diese Halle.
Und am anderen Ende des Tempels saßen diese drei
Gestalten. Ich näherte mich vorsichtig und warf ihnen kurze
Sätze entgegen. „Hallo!" - „Ich, ähm... störe doch nicht?" -
„Dürfte ich mal euer Klo nutzen? Ich bin dann auch gleich
wieder weg."
Die drei Gestalten wandten ihren Blick auf mich, da erhob
einer von ihnen den Arm und ich wurde zu ihm hingerissen.
Sie starrten mich an, doch keiner sagte etwas.
„Ich muss wirklich nur auf Klo!" - „Ich stehle auch nichts!"
- „Versprochen!"
Er ließ mich wieder von ihm weggleiten. Tore schlugen auf.
Ich hatte vorher nicht einmal bemerkt, dass es welche gab,
da auch diese komplett aus Gold bestanden. Dann stürmten
diese riesigen, humanoiden Typen hinein und ich wusste ich
bin im Arsch.
Ich sollte also sterben, natürlich tat ich das, was ein jeder
Krieger in dieser Situation getan hätte.
Genau, ich flehte auf meinen Knien um Gnade und heulte wie
ein Schloßhund.

Warte! Na klar! Ich weiß es wieder.

Ich war auch da!

Ja warst du.
Danke, du hast gerade ein wichtiges Element verraten.

Das wäre doch eh jetzt gekommen.

Nein... Ich... Ja gut.

Die drei alten Säcke, die die Macht der Leute die kacken mussten, nutzten.

Ich.. Alter, warum verrätst du alles?

Junge, ich muss unnormal doll auf Klo, aber deine Freundin blockiert das Bad!

Ne, die ist doch dieses Wochenende bei ihren Eltern.

Aber warum ist dann das Bad besetzt?

Was glaubst du denn, wie ich auf die Geschichte mit den braunen Jedi gekommen bin?

Alter, du sitzt da nicht seit zwei Stunden auf Klo und schreibst dabei nur diesen Text?

Nee..

Besser is auch. Also, wieso ist das Klo abgesperrt.

Ich hab auch YouTube Videos geschaut und nen Comic

gelesen und meine Klobong mal wieder in Betrieb genommen.

Whoa, jetzt schlägt er gegen die Badtür.

LASS MICH SOFORT AUFS KLO DU ********
********* ************** *** ****.**

Mann, das ist mein Ort der Stille. Ich habe dasselbe Recht wie du, hier zu sitzen.

NEIN! DU HAST DAS RECHT MICH AM ARSCH ZU LECKEN, NACH MEINEM STUHLGANG!

Jetzt mach mal nicht so einen Stress okay, das ist gar nicht gut für dein inneres jong-ung.
Ja, also entschuldigt die Unterbrechung.
Finnboy trat eben die Tür ein und stürmte mit einer Axt bewaffnet auf mich zu. Ich musste mich also aus dem Bad begeben und vergaß dabei mein Smartphone auf Klo, also habe ich soeben meinen PC gestartet. Cloud-Dateien sind doch einfach supi!
Nun der Miesepeter verriet ja schon das wichtigste. Diese Jedi konnten die Macht des Ausscheidens kontrollieren und so zum Beispiel dem Imperator eine störende Verstopfung entfernen. Um den Palast herum wuchs alles so gut, weil es hier ziemlich gut gedüngt war und dasselbe galt leider auch für die Bewohner des Planeten.
Als Finnboy in die Halle trat, dachte ich zuerst ich sehe einen Machtgeist. Er ist halt immer in blau gekleidet, kann man schon mal verwechseln. Aber nunja, als wir hierrüber teleportiert sind, war Finnboy ziemlich besoffen und er tat es

auch nich freiwillig. Er schlief auf der Couch und ich sprang
auf ihn und nahm ihn bei der Flucht vor Verantwortung mit.
Er selber wollte garnicht weglaufen, da er noch so dicht war,
dass er sich mit diesen Leuten sofort anfreunden konnte.
Tatsächlich feierten die die ganze Zeit, bis sie aus Spaß in
den Tempel stürzen und die alten Männer verarschen
wollten. Wirklich ein jeder war betrunken und es waren
mindestens einhundert von diesen Typen. Finnboy war wie
ein Führer der Truppe, also ging er zu den alten Männern
und streckte ihnen seinen nackten Arsch entgegen.
Alle brüllten vor Lachen und taten es ihm gleich. Doch die
alten Meister schien dies nicht zu kümmern, sie fingen an zu
grinsen und dieses Grinsen wurde mit jeder Sekunde
diabolischer.
Dann streckten alle drei ihre Arme nach vorne und es
entwickelte sich eine Art brauner Strahl, aus den drei
Strahlen, die die Meister schossen. Nun, aus irgendeinem
Grund fühlte ich mich genötigt, dem ein Ende zu setzen, da
ich nunmal ein Hipster bin und ein Wikinger. Ich hechtete
also nach vorn und stellte mich vor Finnboy. Der Strahl
brach auf mich ein, wie das stürmende Meer auf den Rumpf
eines Schiffs, doch mit aller Kraft widerstand ich der Macht
und nutzte mein Cappi als Gegenangriff. Es war schwer an
etwas sehr hippes zu denken, stand ich doch unter einem
Dauerbeschuss der braunen Macht. Dann blickte ich
hinunter zu Finnboy, darum kämpfend nicht von den Füßen
gerissen zu werden. An seinem Oberteil hing etwas Kotze,
scheinbar hatte er sich vorher übergeben, doch dies erinnerte
mich an das hipste der momentanen Welten.
Street-Food-Märkte!
Warum mich Kotze daran erinnert? Ich bin ein Mensch, der
einfach nicht nein zu selbst gebranntem Vodka und Rum

201

sagen kann! Und dazu dutzende Burger... ich denke, ihr versteht.

Nun, ich dachte also an Street-Food-Märkte und mein Cappi entzündete sich förmlich vor Macht, die aus ihm schoss. Und Tatsache übertraf die Macht eines Street-Food-Markts, die der von drei Scheiße-Jedi. Ich meine, come on. Sie haben sich ja auch mit MIR angelegt!

Die braune Machtmeister waren geschlagen. Noch nie hatte etwas ihre Macht übertroffen und so erklärten sie mich heilig oder so.

Sie machten dich zu ihrem Nachfolger.

Was? Nein!

Doch, sowas in der Art sagten sie, bevor sie dir das braune Cappi gaben.

FINNBOY, ES REICHT! Warum spoilerst du die ganze Zeit?

Wäre doch jetzt eh gekommen, oder nicht?

Doch. Ende!

Das unendliche Konzert

Zurück in der Hipster Cave.

Die Situation war angespannt.
Noch immer lagerten die Söhne Hipster Vikings und Kuh-Boys nicht fernab der Hipster Cave. Noch immer waren sie sich nicht bewusst darüber, was sie diesbezüglich unternehmen sollten. Sollten sie mit ihren Kindern leben? Sollten sie sie vertreiben? Was wäre, wenn sie es herausfänden? Was ist, wenn sie keinerlei Gefühle gegenüber ihren Vätern haben? Wollten sie ihren Unterhalt einklagen? War das alles nur eine Falle?
Nun, nicht jeden beschäftigten diese Fragen, genauer gesagt ging es nur She-Spider so.
Hipster Viking und Finnboy verreisten ja lieber und Kuh-Boy lötete sich jeden Morgen schon vor dem ersten Badbesuch ein kleines Fass von Hipster Vikings Opiummet hinter.
Eigentlich hielt Hipster Viking nichts von anderen Drogen, als Gras und Alkohol, doch bei Opiaten wurde er leider doch immer wieder schwach. Er war sich darüber bewusst, dass es nicht ratsam ist diese auf Dauer zu konsumieren und er wusste auch, dass er es nicht gleichzeitig mit seinem starken Gras zu sich nehmen sollte...

ABER ICH LIEBE GRAS!

Aber er liebt Gras.
Und so musste er sein restliches Opium entsorgen. Er dachte sich wohl: „Von Met gehen bei mir sowieso immer die Lichter aus, also verdünne ich das Opium in Met.".
Gesagt, getan.
Da Finnboy und Hipster Viking vergessen hatten Met anzusetzen, herrschte nun Metknappheit und die Reste bestanden aus Opiummet. Und so wurden die Tage in der ganzen Hipster Cave immer kürzer und die Zeit, die mit Schlafen verbracht wurde ging erschreckend schnell vorbei.

Ich dachte ein Mischverhältniss von 50:50 wäre in Ordnung.

Zu der Zeit wusste ich noch nichts von der Chemie.

Du wusstest schon immer jeden Scheiß über Chemie!

Ja ok. Es war mir egal.

Wie viele Fässer waren das denn dann? 50:50? Ein fünf Liter Fass zur Hälfte gefüllt mit Opium?
Da hab ich doch scheinbar falsch recherchiert oder?

Fünf Liter Fässer... hahahahahahaha. Finnboy, hast du das gehört? FÜNF LITER! HAHAHA

Ich habe es gelesen und nicht gehört, aber...
hahahahahahaha.
Was lacht ihr denn so bescheuert?

Kleene, hör ma! Damals da hattn wa ja nüscht, aber eens hattn wa immer... Alkohol in Fässern. Ick kann ma nich dran erinnern, irgendwann ma n so kleinet Fass jesehen zu haben. Unsre Bierkrüge waren für fünf Liter Bier, die kleenstn Fässer, die wa hattn, dreizig Liter. Nannte sich dann Six-Pack. Konntest nämlich sechs Krüge mit füllen. Opti.

Ihr habt dreizig Liter Fässer zur Hälfte mit Opium gefüllt und da fünfzehn Liter Met draufgekippt?

Jupp.

Von wie vielen Fässern sprechen wir hier? Eins? Drei?

Puh. Du fragst Sachen... weest du das noch Finnboy?

Ähm. Ich habe es notiert in meinem Drogentagebuch. Ich schau mal eben nach. Macht erstmal weiter.

Du hast Recht.
She-Spider platzte jedoch erst aus allen Nähten, als Hipster Viking zusammen mit Captain Hammer, Kuh- und Finnboy und dem Immerhungrigen Bart hackedicht von Gras und Opiummet aus der Hipster Cave schlichen, um sich dem eventuell Feindlichen Fort zu nähern.
Warum der Immerhungrige Bart auf einmal da war? Fragt mich nicht. Oh und ich soll erwähnen, dass sie dabei nackt waren. Was? WAS?

So war das eben.

Splitterfasernackt?

Nicht der kleinste Fetzen Stoff.

Warte! Ich glaube, ich trug mein Cappi.

Das trägst du ja sogar beim Duschen!

Auch wieder wahr. Trug der Cap nicht einen Stofffetzen um seine Stirn geknotet?

Du hast recht!

Ist doch egal, was ihr auf dem Kopf trugt. Ihr hattet keine Waffen? Keine Rüstung? Nicht einmal Unterwäsche?

Kleene, hör ma! Sowat wie Unterwäsche, dit jab es damals nich. Wir hatten nix außer...

...Alkohol! Ich hab schon verstanden.

Ne Mädel, nix haste verstanden. Wir hatten nix, außer Tierfelle, die wir uns über die Schultern warfen, Leder, das unseren Oberkörper und die Gliedmaßen schützte und Stiefel, mit deren Kraft wir Leuten richtig mies in den Arsch treten konnten.

Nichts um eure Genitalien abzudecken?

NEIN! Mit dem Zeigen unserer Genitalien drückten wir unsere Manneskraft aus. Wir zeigten sie dem Feind, um diesem zu Angst einzuflößen!

HALT! Jetzt muss ich mich mal einmischen. Natürlich gab es damals Hosen und seinen Pimmel bei den frostigen Temperaturen damals aus der Hose baumeln zu lassen, war mehr als scheiße unangenehm. Aber es ist wahr, wir waren dabei nackt!

Okay. Hehe. Ich stelle mir das gerade bildlich vor.

Ein Bild für die Götter! <--- Bujah. Neue Schrift für wenn wir beide gleichzeitig shcredebn... FUCK!

Was zum Teufel?

Was hast du geschrieben?

Na: reden.

Aber wir schreiben es doch!

Jaja. Egal, jedenfalls ist das neu! Weil ich ein Genie bin!
Zurück zu der Geschichte.
Was tatet ihr, nackt an dem Fort?

Naja, so wirklich sicher sind wir uns da alle nicht mehr so. Cap meinte, er besiegte alle im Armdrücken und Kuhboy hätte sich mit einem drei Meter langem Säbel den Irokesen geschnitten, den er am nächsten Morgen erschrocken im Spiegel sah. Finnboy sei seiner Meinung nach Dritter im Armdrückturnier geworden und das auch nur, weil er beim entscheidenen Kampf einschlief. Ich hätte lachend auf dem Boden gelegen und ab und an mal aufgehört, um zu kiffen. Der Blackbeard (so nannte ich den Immerhungrigen Bart

207

*immer) hätte ihn die ganze Zeit unterstützt und ist ihm nicht
von der Seite gewichen, behauptet er.*

*Kuhboy sagt, wir wären erwischt worden und man folterte
uns die ganze Nacht lang wobei sie ihn auch zwangen sich
den Irokesen zu schneiden. Außerdem sagt er, er habe
gesehen wie Cap einfach der Arm ausgerissen wurde und ich
währenddessen einen intimen Kontakt zu diversen meiner
Söhnen gehabt hätte.*

*Der Immerhungrige Bart erinnert sich an Hähnchenkeulen,
Rindernacken, Eichhörnchengulasch, eine unendlich lange
Playlist aller Songs, die an diesem Abend gehört wurden,
außerdem daran, dass Finnboy Cap im Armdrücken besiegte
und Cap dann auf mich losgegangen war, weil das eben so
seine Macke ist. Er sagt, ich hätte gekreischt, aber bevor Cap
mich erreichte, fiel er zu Boden und schlief sofort.*

*Finnboy erinnerte sich daran, dass Kuhboy und ich unsere
Identität preisgaben und die Dimitries uns dann als Väter
feierten. Sie haben mich auf Händen getragen, nachdem ICH
Cap im Armdrücken besiegte. Er sagt, der Bart war
verschwunden und Kuhboy hätte sich LSD geworfen, bevor
wir die Hipster Cave verließen.*

Such dir was aus.

Und was meinst du, was passiert ist?

*Also ich glaube, dass mit dem „Wir sind euer Vater"-Zeug ist
schon richtig. Ich meine, mittlerweile haben wir eine relativ
normale „Väter-Söhne-Beziehung". Ich kann mich erinnern,
dass ich richtig lange kacken war. Es kam so über mich. Von
jetzt auf hier musste ich scheißen, wie nen Bär. Dann war da
Kuhboy, der nen übelst geilen, neuen Haarschnitt hatte. Cap
hatte den Kopf in einem offenen Fass stecken. Da wir nackt*

waren, hatten wir keine Trinkhörner bei uns und das mit dem Gastgeschirr mussten wir den Kindern erst einmal beibringen. Dies war für uns also die einzige Möglichkeit an den guten Hopfen zu gelangen. Ich sah den Bart wie er daneben stand und sich aus einem großen Kartoffelsack einen Mantel mit großen Taschen nähte, nur um in diesen Taschen Zeug vom Buffet zu Bunkern. Ich meine, er hätte auch den Sack füllen können, aber naja.

Oh je.
Naja, wenn ihr euch nicht mehr an die Nacht erinnert, dann erzähl doch was am nächsten Morgen geschah?

Das war abgefuckt.

Ja man.

**Wir erwachten nicht in der Hipster Cave, aber auch nicht in dem Fort der Dimitries.
Wir erwachten am Ufer eines Flusses. Ein creepy weißer Rauch, brodelndes Pech anstelle von Wasser, UNTER DER ERDE, kalt, gottverlassenen Flusses.**

Ich war voll im Arsch man.

**Dann schaute Kuhboy in so ne Art Kristall, sah seinen Irokesen und flippte voll aus.
Wir zogen ihn natürlich ewig damit auf. Aber als alle wach waren, tauchte eine Kette aus dem Wasser und zog sich stramm. In weiter Ferne erleuchtete plötzlich eine Fackel. Sie kam auf uns zu. Niemand von uns bewegte sich, niemand von uns gab nur einen Mucks von sich. Die**

Fackel war nun so nah, dass wir ein Boot unter ihr erkennen konnten. Und die Fackel war keine Fackel, es waren freaky, schwebende, schwarze Kerzen. Und auf dem Boot stand.. etwas.

Kurz nachdem wir alle erkannten, was da auf uns zukam und wir wie bemerkt nackt waren, sprangen wir und versteckten uns hinter allem, was groß genug war, um uns zu verstecken. Nur Hipster Viking blieb stehen. Anstelle sich zu verstecken, zog er aus seinem Cappi einen Joint und killte die Kanone mit nur drei intensiven Zügen. Und den letzten behielt er in der Lunge vor Schreck als das Boot anlegte und die Gestalt sich auf sich zu bewegte. Nur einen halben Fuß breit vor Hipster Viking blieb die Gestalt stehen und es machte den Anschein, als würde es an ihm riechen. Das Wesen erstarrte plötzlich und bewegte sich nicht einen Millimeter. Hipster Viking lief der Schweiß von der Stirn, doch dann...

„SCHEEEIßEEEE JAAA MAAAAAAN! Endlich wieder mal Kiffer hier unten!!!"

Euphorisch tanzte die Gestalt hin und her. „Kommt raus Leute, mi casa et su casa! You´re welcome to my hood homies! Smoke Weed Everyday! Leute, ich tu euch nichts!"

Und so verließen wir unsere Verstecke.

„HAHAHA, warum seid ihr alle nackt?"

Wir guckten uns gegenseitig an.

„Na, weil wir es können!", antworteten alle im Chor.

„THAHAHAHAHAHAHAHAHA", die Gestalt sank zu Boden vor Gekicher.

„Jo, wo sind wirn überhaupt?", fragte Hipster Viking und entließ so den Rauch, der nun schon mehrere Minuten in der Lunge war heraus.

Die Gestalt antwortete: „Na im Hades, Bro. Du bist tot.
Ihr seid alle tot. Das hier ist die fucking Unterwelt. Hölle,
Hades, Fegefeuer. Ich bin nicht stolz drauf, aber von
irgendwas muss man ja seine Familie ernähren. Dann bin
ich doch lieber Fährmann, als mich zu einen dieser
Dämonenbürokraten zu setzen, in feinstem Zwirn mit
Bling Bling und all dem Schund. Ne hab ich gesagt, ne
Lilitia, ich bin kein Bürohengst, ich gehöre an die frische
Schwefelluft, sagte ich ihr."

„*Warte was?*", ertönte erneut im Chor.

„Sorry, ich weiß ist schon scheiße zu wissen, dass man tot
ist, aber der Tod kann auch ein Anfang sein! Jedenfalls
sagte man mir das mal. Wenn ihr euch eine Hölle teilen
wollt, kostet das mehr. Einkäufe im Darknet sind
erwünscht. Und nein, es ist nicht das Darknet von der
Erde, das Darknet ist die höllen Version vom Internet. Im
Wesentlichen ist es nichts anderes. Pornos, Snuff,
faschistische Artikel und Kommentare, Katzenfotos und
Musikplattformen. Jedoch gibt es keine Lautsprecher in
der Hölle. Naja, ne gibt es nicht."

„Na gut,-" hob ich an, „-dann eine Hölle für uns alle
zusammen!" Ich schaute mich um, doch alle waren dafür.
Wie sagte Hipster Viking immer: „Mit den richtigen
Leuten an deiner Seite kann selbst die Hölle ne mords
Gaudi sein."

Hattet ihr etwa keinerlei Angst?

Aus irgendeinem Grund nicht.

*Also mein Grund ist, dass ich high war. Ich fand einfach alles
super. Solang es implizierte, dass ich Boot fahren durfte.*

Ihr seid manchmal echt unglaublich unnormal.

Darum geht es doch...

Ja. Fahrt fort.

Naja, wir hatten keine Groschen bei uns. Wir hatten nichts. Natürlich außer Gras. Kurzerhand zog ich einige meiner Notjoints aus dem Cappi und dann kiffte Mister Fährmann das erste mal in seinem Leben mit uns. Wie wir erfuhren hieß er Deregamorton... Degatololo... Deging...De...

Ich glaube Demigod?

War das nicht seine Rasse?

Kein Plan.

Okay, na jedenfalls kifften wir und er war breit und glücklich. Er wollte schon seit Jahrtausenden mal einen durchziehen, aber nie hatte jemand etwas bei sich gehabt. Eine Zeit lang war er Kokainabhängig und deswegen arg mies drauf, aber die Zeiten waren vorbei, seitdem seine Frau Lilitia ihm einen Sohn gebar. Irgendwann entschieden wir eine Bootstour über den Abyss zu machen und Demi-wie auch immer zeigte uns einige der abgefahrensten Höllen.
Da war einer, der immer wieder gevierteilt wurde und dann wieder zusammengesetzt. Leute die gepfählt wurden, enthauptet, mit Pech übergossen, lebendig gegessen.. allerhand Splatterscheiß eben. Und dann gab es da die psychischen Folterhöllen, komplett in Neonfarben und auf

ewig wach, immer wieder das Herz gebrochen bekommen,
nach einem reichen Leben in Armut existieren.
Ja, teilweise war es echt creepy, überall Leid und Elend. Wir
waren gerade an einem Typen vorbeigekommen der eine
unendlich lange Kackwurst aus seinem Hintern presste, als
mich ein so wunderschöner Sound erreichte. „HALT STOP!
Woher kommt die Mucke?", brüllte ich.
Dadi-wie auch immer fuhr zum Ursprung der Geräusche.
Von weitem sah ich schon die Boxentürme, ich roch Bier und
Schweiß und Weed und Endorphine. Kaum hatte Dingens
angelegt, sprang ich vom Boot. „WHOA, Alter komm da weg,
wir dürfen da nicht rein!", sagte Dingens und schaute sich
dabei paranoid um. „Dicka, chill mal. Du bist hier der Chef
und du willst doch noch mehr von dem guten Stoff für deine
Reserven oder?"
Damit hatte ich ihn. Wir gingen in diese Hölle und verdammt,
es war die fetteste Party, auf der ich je war. Alkohol, Weed,
lauter hübscher Mädchen, coole Typen, die einfach nur feten
wollten, Moshpits und eine Bühne, auf der all die guten
Bands spielten. All der Metal, den wir liebten, dazwischen
Irish-Folk Songs und ab und an ein Schlagerhit.
Es dauerte nicht lang bis wir eingedeckt waren mit allerlei
Zeug. Es gab riesige Bratwürste und Schweinshaxen.
Generell war alles hier tierischer Herkunft.
Natürlich wussten wir sofort mit welchem Typ Mensch wir
rechnen müssten, dem diese Hölle gehört. Wir gingen zur
letzten Reihe und dort stand er. Mit den Armen verschrenkt
stand er dort wie angewurzelt. Keine Regung. Die fettesten
Breakdowns, die brutalsten Blastbeats, die schönsten
Melodien..., nichts konnte ihn beeindrucken. Wir sprachen
ihn an und fragten wegen welcher Band er hier war. Er
musterte uns und antwortete: LASS MICH IN RUHE! ICH

BIN VEGANER!

Bujaaa. Es musste einfach der Typ in der letzten Reihe sein, der so aussieht, als stände er auf na Beerdigung und der Veganer ist. Und scheinbar auch A-sexuell. Die geilsten Möpse, die schönsten Gesichter, die prallsten Ärsche. Nichts war seiner Blicke wert. Nicht einmal die muskulösen Kerle oder wenigstens die Raver. Und wir nahmen uns Zeit.

Dimida, Dingens, erzählte uns vorher, dass hundert Jahre hier drin kaum einer Sekunde auf der Erde entsprach. Wir feierten etwa zweihundert Jahre... hundervierundneunzig, um genau zu sein, bis wir uns entschieden wieder zurück nach Hause zu gehen. Demidonge, Dingens, war so high, dass ihm alles Freude bereitete was uns Freude bereitete.

Nunja, wir klauten uns genug Drogen zusammen und gingen zurück an Bord. Die Drogen konnten den Abyss nicht verlassen, also ließen wir sie dem Fährmann zurück. Und dann waren wir plötzlich wieder zuhause. Das letzte was wir sahen war die Schlange der Leute, die anstanden um in ihre eigene Hölle gebracht zu werden.

Halleluja. Ihr seid der Hölle entstiegen.

Ne, eher so geklatscht. Wie immer.

Wow und die ganze Zeit über wart ihr nackt, das ist erstaunlich.

Du glaubst es uns wirklich nicht, oder?

Doch, jetzt mittlerweile glaube ich es euch. Diese Geschichte war wieder einmal ein interessanter Einblick in eure Leben, Jungs.

Hahahaha!!!!! Eine Story ist immer dann interessant, wenn jemand dabei nackt war!!!!!!

Was?

Das ist ne allgemein anerkannte Sache. Wenn du eine Geschichte erzählst und erwähnst, dass du dabei nackt warst, hören die Leute genauer hin.

In diesem Fall lesen sie es, aber ja...

Also was jetzt, wart ihr dabei nackt oder nicht?

HAHAHAHAHAHAHA NEEEEEEEE... ERWISCHT!

-.-
Ihr seid doch bescheuert!

Mir reicht es jetzt. Ich geh kiffen.

Du kiffst gerade.

Ja, aber nicht in meinem Chefsessel. BIAAAATCH! Ciao!

Die Kacke ist am dampfen!

Ja, ihr lest richtig!
Die Kacke ist verdammt nochmal am Dampfen! Oder war...
Manchmal tut sie es wohl auch heute noch. Ich weiß doch
auch nicht. Aber damals, Junge, damals war sie schon fast
am Brodeln.
Nähern wir uns mal wieder dem Ende? Richtig! Und wie ihr
es erwartet folgen Blut, Gewalt, Fäkalsprache, schlechte
Witze, Drogenmissbrauch, Darstellungen von sexuellen
Aktivitäten, Monster, Götter, epische Epicness und natürlich
eine Extraportion unseres kranken Humors.

Für alle, die sich denken: „Jaja, die labern doch nur."

!!!!!FICKT EUCH!!!!!

WUUUUSAAA, Hipster Viking, WUUUUSAAA. Reibe all
denn Hass hinfort!

Ich reibe dir gleich eine!
Also, wer fängt an?

Boah, ich habe kein Bock.

Ick aber auch nicht.

Ja, ok ich mache es. Menschenskinder.
Wo soll ich denn anfangen?

Na mit dem Riss...

Riss?

Na der Riss im Himmel, mit den ganzen du weißt schon.

Das sagt mir absolut nichts.

Klar, das habe ich dir schon erzählt.
Da war dieser Riss im Himmel, dessen Aufreißen
ohrenbetäubend Laut war. Die ganze scheiß Erde hat
gebeebt. Nur deswegen haben wir es ja mitbekommen. Wir
waren gerade dabei einen Kater zu überstehen. Es war
grausam. Ich dachte mein Kopf platzt. Finnboy hat gekotzt.
Dann stürmten wir vor die Tür, um uns zu beschweren, bei
wem auch immer...
Wir kamen also aus der Cave und wir wurden geblendet von
einem rot schimmernden Riss im Himmel. Es sah so aus, als
wäre etwas aus ihm herausgebrochen. Als hätte man Ymirs
Schädel mit einem Hammer bearbeitet, bis dieser nachgab.
Alle stürmten aus ihren Häusern und blickten gen Himmel.
Sie hielten sich die Hände über die Augen, um nicht
geblendet zu werden. Finnboy und ich waren natürlich
vorbereitet und setzten unsere Sonnenbrillen auf. Kuh-Boy
und Captain Hammer rannten zurück ins Haus und holten

Zeug zum Grillen heraus. Die beiden waren völlig breit, da sie eine neuartige, hammerförmige Bong ausprobiert hatten, bevor sie wie jeder andere den Himmel reißen hörten.

Die HAMBRO-Hausordnung XXL, hergestellt von der Schmiedeeisernen Gilde. Ein Meisterwerk! Mein Favorit ist allerdings die AMBROS-SG7. Die Füllmenge und dann der plötzliche Kick. Göttlich!

Also ich bin ja Fan der klassischen Tüte. Aber jedem seins. Weißt du denn jetzt, was ich meine?

Ich... ja-ne.

Aber ich habe dir das doch erst letzte Woche erzählt, als wir bei Leos Big Band Orchester waren.

Ich... war abgelenkt von der Musik.

Ich habe es dir auf dem Dach erzählt, als wir mit Leo und dem ganzen Orchester nen Olaf georgelt haben.

WOHA! Wieso einen Olaf georgelt? Das hatten wir schon!

Ja, mir fiel nix besseres ein.
Mhm. Mir auch nicht. Ich meine, es enthält ne Orgel.

Das ist doch genug für ne Orchesterversion.

Ja, von mir aus.

218

Ich... da war ich breit.

Du hast dich nicht mehr unter Kontrolle, Mädchen! Deine Pocket Morty-Spielesucht geht einfach zu weit! Eine Woche Handyverbot!

Aber... aber ich habe doch gerade...
BIST DU BESCHEUERT?

Für alle die es nicht sehen konnten:
    Er griff sich ihr Handy und warf es aus dem Fenster.
    Wir sind hier im neunzehnten Stockwerk.
    Das ist definitiv hin.
    Ich glaube, ich habe gerade den Aufprall gehört.
    Oh scheiße, er hat nen Tankmann am Kopf getroffen.
    Überall Benzin.
    Da wirft jemand ne Zigarre....
    Ich mach das Fenster besser zu. Es stinkt allmählich.

Das darf den Raum hier nicht verlassen. Okay?
Was ist mit den Lesern?

Ach, die zwanzig Mann, die das hier lesen. Davon kennt uns doch niemand wirklich. Alles Groupies, die in einer anderen Dimension leben.

Na gut. Fahre fort.

Ne, ich muss mich erst einmal um unseren Junkie kümmern.

Dann eben ich.
Wir hatten ne geile Grillparty am Start. Von fern und nah kamen Nachbarn und Freunde vorbei zu dem Spektakel. Durch die kahlgeschorenen Hügel vor unserer Tür hatten wir den besten Blick auf den Riss. Ein großer Wetttopf wurde aufgemacht, was wohl zu dem Riss geführt hatte. Hipster Viking sagte, es sei Thor gewesen, der zickig war und unvorsichtig mit seinem Hammer umging. Kuh-Boy war der Meinung dies sei eine riesige Vagina, die bald ein Kind gebar. Er war wirklich, wirklich high. Captain Hammer entschuldigte sich die ganze Zeit über, da er dachte dies sei seine Schuld. Wie er das hätte anstellen können, wusste er aber auch nicht. She-Spider wettete es sei ein riesiges Monster, mit dem es sich Hipster Viking und ich verscherzt hätten. Die alten Weiber redeten den Kindern ein, dass dies ein Portal sei, das kleine Kinder zu sich sog, sollten sie nicht brav sein. Diego lag die ganze Zeit angriffsbereit in der Tür zur Hipster Cave, ihm schien dies nicht zu gefallen. Hipster Viking meinte Diego hätte ihm gesagt, er möge nur kein rotes Licht. Der Troll, der samt der Gilde dazugestoßen war, meinte er habe soetwas schonmal gesehen und mit etwas Kleber bekäme man das wieder repariert. Der Geselle und der Meister überlegten sich wie sie etwas bauen könnten, um dort hochzukommen und etwas hineinzuwerfen. Odd kam gerade aus dem Keller. Scheinbar war er länger als einen Monat in der Drachenhöhle versackt. Als er den Riss sah, schrie er

panisch und lief stürmisch zurück in den Keller. Der Immerhungrige Bart war nicht an dem Riss interessiert, stattdessen lief er alle paar Minuten wieder zum Grill, um sich ein neues Steak geben zu lassen. Noch immer war er sehr hungrig, doch er konnte sich kontrollieren.

Dann knallte es erneut. Doch war dort kein zweiter oder größerer Riss. Nein.
Die Götter selbst waren gekommen, um sich den Riss von näherem anzugucken. Sie schwebten vor dem Riss und begutachteten ihn, unten bei uns wurden neue Wetten abgeschlossen, welcher Gott als erster zu Boden gehen würde.
Da schoss Thor dem Riss seine Blitze entgegen und nichts passierte. Für einen Moment.
Der Riss bebte und dann bebte auch der Boden. Es war, als würde jemand Yggdrasils Stamm schütteln. Alle flogen durch die Gegend. Nichts blieb stehen, kein Stein auf dem anderen.
Dann hörte es plötzlich wieder auf.
Alle stellten sich auf und klopften sich den Schmutz von den Klamotten, danach erhob ein jeder seinen Blick zurück zum Riss. Er schien sich nicht verändert zu haben und noch immer schwebten davor die Götter. Und dann ertönte ein Grollen, wie der Klang eines galoppierenden Heeres.
Leider blieb es nicht bei dem Grollen. Aus dem Riss kamen nun tausende von Reitern hervor. Sofort ertönten sämtliche Rufhörner der Götter und Menschen und die Schlacht begann.

Dort in weiter Ferne erkannte man die Valkyren, die den

Reitern entgegenflogen um sich ihnen in der Schlacht zu stellen. Mjöllnir flog und Blitze tobten über den Himmel und rissen hunderte mit sich. Loki kämpfte an der Seite Odins. Tyr und Heimdall deckten die Flanken, doch nichts konnte den scheinbar unendlichen Ansturm an Truppen abhalten, bis der ganze Himmel verdeckt war.

Wie Tornados schlugen Ströme von Angreifern auf Midgard. Jedes Dorf, jede Stadt, jedes kleine Gehöft wurde gleichzeitig attackiert. Die einfachen Menschen hatten keine Chance.
Auch über uns öffnete sich ein solcher Tornado aus Feinden, doch waren wir nicht irgendwelche einfachen Menschen. Wir waren die Creme de la Creme der Helden und Hipster. Und so schoss Hipster Viking einen hellen, orangenen Strahl gen Himmel und Riss ein Loch in den von Feinden bedeckten Himmel.
Von der linken Flanke näherte sich ein weiterer Tornado und bevor jemand reagieren konnte, sprang Diego los und zerriss die ersten Angreifer, woraufhin Meister, Troll und Geselle ihre Waffen griffen und dem Tiger zur Hilfe eilten.
Dann die rechte Flanke. She-Spider schleuderte ihre Spindeln, während Kuh-Boy, der Immerhungrige Bart und als Nachhut auch Odd, den Feinden entgegen stürmten.
Vom Tal kamen immer mehr und mehr Tornados auf Hipster Viking zu und seine Cappikraft schien langsam zu schwinden, als Captain Hammer seine Berta schnappte und mit Blitzen ganze Wellen von Gegnern zerschmetterte.
Das war der Moment, in dem ich endlich aus der Hipster

Cave zurückkam. Ich musste meine Waffen holen, da ich bis zu diesem Moment nur in einem Handtuch gekleidet war.

Als ich in der Waffenkammer stand und das schwarze Cappi von Hipster Viking sah, dachte ich, was kann es schon schaden dies aufzusetzen. Zum Glück tat ich dies. Hipster Viking war vor Anstrengung schon in die Knie gegangen und der Strahl seines Cappis nahm immer mehr ab. Ich rief ihm zu, er solle dieses Cappi probieren.

Und so tat er es auch. In einem fließenden Übergang wechselte er vom orangenen Cappi zum schwarzen und wir konnten die volle Macht dieses Cappis zum ersten mal sehen.

Über dem Kopf von Hipster Viking bildete sich eine große, schwarze Kugel und je größer diese wurde, umso mehr Gegner verschlang sie. An ihren Rändern tobten lilafarbene Blitze und ihr Wachstum schien nicht zu enden, doch dann durchbohrte ein Wurfspeer Hipster Vikings Schulter und er ging zu Boden.

DAS CASTING

„Also Männer, wenn wir das richtig angehen wollen, brauchen wir einen funktionierenden Schildwall!", brüllte Captain Hammer. Er deutete mit seiner Hand auf einen Stapel Schilde und Übungswaffen. Um sich auf die Feinde vorzubereiten, herrschte striktes Rauch- und Trinkverbot, was sich stark auf die Motivation aller auswirkte.

Die Schmiede der Gilde waren ohne Getränke weit weg von ihrer Bestform, Finnboy sah man nur noch Nadelbinden, She-Spider spann vom Aufstehen bis in die Nacht hinein, nur Hipster Viking schien es unverändert zu gehen. Manche munkelten, er rauche heimlich oder er hätte in seinem Leben schon so viel geraucht, dass er eine ganze Weile ohne auskommen könnte. Die Wahrheit sah allerdings anders aus.

Noch bevor das Konsumverbot im Lager ausgesprochen wurde, hatte Hipster Viking nämlich schon einige Bleche leckerer Haschbrownies gebacken, von denen nun natürlich niemand erfahren durfte.

Zum Training am Schild tauchten dutzende Krieger aus nah und fern auf, es war immerhin eine Ehre an der Seite der Helden der Wintersonnenwenden-Schlacht zu kämpfen. Hipster Viking stand hinter Captain Hammer und brüllte ihm alles nach, was er so von sich gab.

Brüllte der Captain: „Haltung einnehmen!", so wiederholte

Hipster Viking: „VERDAMMT NOCHMAL HALTUNG EINNEHMEN IHR MADEN!", rief Captain Hammer: „PAUSE!" so schallte es: „SETZT EUCH HIN IHR FAULEN SÄCKE! DA HINTEN GIBT ES WASSER UND KUCHEN! UND WEHE, IHR ENTSPANNT EUCH NICHT!"

Irgendwann unterbrach Kuh-Boy das Training: „Ey Cap, Hipster Viking, Finnboy schaut mal, Frischfleisch!", er deutete auf eine lange Schlange, die sich um das Gesamte Lager erstreckte.

„Wollen die alle mit uns kämpfen?", fragte Finnboy.

„Ich denke schon.", erwiderte Captain Hammer.

„ZEIT FÜR EIN CASTING!", brüllte Hipster Viking.

Es ergab keinen Sinn, aber die Gruppe entschied sich für ein Casting, auch wenn Finnboy des öfteren anmerkte, dass jeder Krieger auf ihrer Seite eine Bereicherung wäre.

Wo wäre denn da der Spaß?

Ich denke mir, in eurer Situation hättet ihr nicht immer den Spaßfaktor bevorzugen sollen.

Aber wenn wir aufhören Spaß zu haben, haben die Terroristen gewonnen.

Welche Terroristen?

Was?

Welche Terroristen meinst du?

Wovon redest du?

Möchtest du noch etwas sinnvolles beitragen?

Döner macht wirklich schöner!

Also nicht.
Die Jury dieses sinnfreien Castings bestand aus Hipster
Viking, Captain Hammer, Troll, dem Immerhungrigen Bart
und Odd. Jeder der Juroren hatte scheinbar eine andere
Vorstellung davon wie die Bewerber sein mussten, um das
Casting zu gewinnen, was zu einem wilden durcheinander
führte.
Die ersten zehn Bewerber wurden rausgeworfen, ohne dass
sie sich vorstellen konnten, da Odd meinte man müsse die
anstehenden, schwachen Bewerber so abschrecken. Alle
stimmten zu.
Daraufhin folgten vielerlei Gestalten; von Wikingern über
Zwerge, Trolle, Wölfe, Eichhörnchen, Feen, Elben, Räubern,
Wegelagerer, Bauern, Fischer, Schmiede, bis hin zu Riesen
war alles vertreten, doch nicht jeder konnte die harte Jury
überzeugen.
Eine Gruppe starker und überall berüchtigter Berserker wurde
mit der Mehrheit der Stimmen nicht zugelassen, da Troll
keine zu muskolösen Krieger haben wollte, um selber nicht
zu schwach zu wirken, da der Immerhungrige Bart einmal
von jenen Berserkern gefesselt und allein gelassen wurde und
weil Hipster Viking das nervöse Umhergehopse der Krieger
anstrengend fand.
Eine weitere große Diskussion gab es bei einer Trolldame,
die meinte Troll hätte sie mit einem Wurf Trolle sitzen lassen.
Captain Hammer und Hipster Viking waren der Überzeugung

Troll sollte dazu stehen, jedoch wurden sie von Troll, Odd und dem Immerhungrigen Bart überstimmt.

Der erste Castingteilnehmer, der weiter gelassen wurde war eine Riesin, die ihre Dienste bei der Betreuung der Kinder im Lager anbot. Hipster Viking sollte sich später sehr gut mit ihr anfreunden.

Es war ein langer Tag voller Bewerber und die Anzahl der in der Schlange stehenden schien nicht zu schrumpfen.

Erschöpft und völlig dehydriert beendete die Jury das Casting des ersten Tages.

Neben der Riesin schaffte es eine Gauklertruppe, eine Hand voll Wikinger und ein Rabe in das Team. Der Rabe landete zwischen zwei Teilnehmern und überzeugte Hipster Viking, Troll und den Immerhungrigen Bart sofort mit seinem Gekrächze.

Überall im Lager loderten die Lagerfeuer, überall wurde gelacht und getrunken. Nur unsere Helden hatten sich in den Zölibat begeben. Nicht bedenklich also, dass jene sich früh in ihre Betten verzogen. Ein weiterer Castingtag lag vor ihnen.

An diesem zweiten Tag saß auch Finnboy in der Jury, da er nicht verstand wie es dazu kam, dass die Gauklertruppe ihren Weg in die Truppe geschafft hatte. Zum einen waren diese sehr unhöflich und zum anderen spielten sie die ganze Zeit über dieselben vier Stücke.

Zum Erstaunen aller stand an diesem Morgen ein großes Amphitheater am Rand des Lagers, umrungen von Zelten und römischen Soldaten.

Gemeinsam begaben sich sämtliche lagernde Leute in Richtung des Theaters. Ganz vorne Finnboy, Captain Hammer und Hipster Viking.

„Was bei Odins Bart...?“, stummelte Captain Hammer.
„Scheiße Hipster Viking, das sind diese weintrinkenden Spinner.“, sprach Finnboy.
„Ey, kiek mal. Wenn das mal nicht Centurio Hammero ist, der alte Schlingel.“

Und so war es. In einer Sänfte wurde er aus dem Theater getragen und schon von weitem winkte er Hipster Viking und Finnboy zu. Als sie sich trafen, fing er sofort an zu berichten. "Hipster Viking und Finnboy, ihr tapferen Krieger, wir sind hier, um euch im Kampf gegen den Feind zu helfen. Auch uns attackierten diese Mächte und nur gemeinsam können wir diese Schergen zerschlagen. Der Adler der neunten Legion und all seine Krieger stehen euch zur Verfügung. Als Gastgeschenk errichteten wir über Nacht dieses Amphitheater, als demonstration unseres guten Willen."

"Centurio du alte Hundelunge, komm in meine Arme.", sprach Hipster Viking und umschlung das Captain Hammer Imitat.
Dieser war äußerst verwirrt vom Anblick seines rasierten, römischen Ichs. Hipster Viking und Finnboy berichteten ihm davon, jedoch war es bisher nur ein Scherz für ihn gewesen. Nach einem großen Frühstück und jeder Menge Wein begann dann das Casting erneut, nun im Theater mit Podest für die Jury und einem Live Orchester bestehend aus fünfzig Sklaven allerlei Herkunft. Wieso haben unsere Helden plötzlich doch wieder getrunken?

Du kannst nem Römer, der dir gerade nen Theater und ne Armee geschenkt hat, nicht vor den Kopf hauen, indem du nicht mit ihm anstößt. Wo ist denn nur dein Anstand?

Ach herrje.

Nun wie zu erwarten war, war es ein großes Spektakel. Die Bewerber saßen nun auf den Tribünen und feuerten ihre Mitbewerber an oder manipulierten sie indem sie faules Obst oder Steine nach ihnen warfen.

Dann erfüllte ein ohrenbetäubendes Kreischen das Theater. Alle hielten sich verkrampft die Ohren zu währenddessen landete ein prachtvoller Greif in der Arena. Auf ihm saß ein in einem Ledermantel gekleideter, einäugiger Mann und auf seinen Schultern jeweils ein großer Adler.

Captain Hammer hob an: "Ja, nicht schlecht. Und du bist?"

Der Einäugige antwortete: "Mein Name ist Falk. Ich bin achtundzwanzig Jahre und ja, ich bin hier, um mich für die eure Armee zu qualifizieren."

"Na das werden wir ja sehen.", warf Hipster Viking ein.

"Lieber Falk, bitte zeige uns was du kannst.", beendete Finnboy gespannt die Diskussion.

Es herrschte absolute Stille und alle starrten auf Falk. Dieser verbeugte sich, stellte sich auf den Rücken des Greifen und dann ging es los. Der Greif sprang in die Luft, öffnete seine riesigen Flügel und schoss immer höher hinaus. Dann stützten sich die beiden Adler gen Boden, in beiden Klauen jeweils einen Apfel haltend. Doch kaum konnte die Jury diese erblicken, wurden die Äpfel schon von Pfeilen gespalten und nur wenige Sekunden später führte Falk eine Superheldenlandung durch.

Das Publikum schrie vor Ekstase, auch Troll war aufgesprungen und tanzte wild umher. Odd versteckte sich unter dem Tisch, da er große Angst vor Adlern und allem anderen hatte, das ihn greifen und verspeisen könnte, wenn es wollte. Captain Hammer nickte und kraulte dabei seinen Bart,

Finnboy applaudierte, der Immerhungrige Bart naschte Weintrauben und Hipster Viking starrte mit runterhängender Kinnlade zu Falk.

Nachdem die Menge sich beruhigt hatte, erhob Captain Hammer das Wort.

"Schön, schön. Also als Erstes muss ich anmerken, dass der Name Falk ziemlich einfallslos ist. Ich meine so als Falkner, hallo? Aber Respekt, zufälligerweise kenne ich mich mit dem Handwerk der Falknerei etwas aus und deine Vorstellung hat mich überzeugt. Du hast die Tiere gut um Griff und deine Arbeit mit dem Bogen ist auch nicht zu verachten. Von mir ein klares ja!"

Applaus.

"TROOOOLLL!", brüllte Troll und hob dabei beide Daumen.

"Odd? Was sagst du, mein kleiner Freund?", fragte Cap.

"Ich- ja- ja- nehmt mir nur diese Bestien aus den Augen!", stummelte Odd nervös.

Der Immerhungrige Bart meldete sich zu Wort: "Ja, also ich finde zwar man sollte mit Essen nicht spielen, aber ansonsten war das eine hervorragende Leistung. Tierisch! Von mir auch ein ja."

Hipster Viking starrte immernoch mit offenem Mund voraus, bis Finnboy ihm in die Seite stieß und er seine Meinung kund tat.

"Eh.. Also.. -als Erstes muss ich gestehen, dass ich Greife immer für Fabelwesen gehalten hatte und, wow, das ist einer. Ist es doch oder? Und hast du nur ein Auge? Scheiße, die Geschichte will ich hören. Mit dir will ich chillen, hundertprozentiges JA!"

Nach vielen Tagen lichteten sich die Reihen endlich.

Die Armee von Hipster Viking und Co hatte einige passable

Krieger dazugewonnen.

Am Vormittag fanden nun für die aufgenommenen Krieger Trainingseinheiten statt, geführt von She-Spider. Die Schmiedeeiserne Gilde gab allen Handwerkern Tipps und Tricks mit auf den Weg. Die Riesin namens Miy leitete einen großen Kindergarten, da neben all den tapferen Kriegern und glücklichen überlebenden des ersten Angriffs auch eine Menge Waisen einen Unterschlupf suchten.

Hipster Viking besuchte sie vor und nach den Castings, erzählte ihr und den Kindern Geschichten, speiste und ruhte gemeinsam mit ihnen. Auch Troll hatte Gefallen daran gefunden und besuchte bei jeder Gelegenheit den Kindergarten und führte große Schlachten gegen die kleinen Krieger mit Holzschwertern.

Am ersten Tag des vierten Monats sollten unsere Helden neue treue Weggefährten kennenlernen.

Das Casting ging nun schon wieder einige Stunden und die Hitze der Sommersonne brutzelte der Jury so langsam das Hirn weg, als ein Krieger und eine Spinnerin das Theater betraten.

Odd kniff die Augen zusammen.

"Und was sollt ihr darstellen?", fragte er.

"Mein Name ist Jernet Mangebald und dies ist mein Weib Habren. Wir waren in der Nähe und wollten uns mal anschauen, was hier so los ist und ja, da wir nichts anderes zu tun haben würden wir uns euch gerne anschließen."

"Ach ja? Und was könnt ihr?", krächzte Odd die Empore herunter.

"Also meine Frau kann sehr gut spinnen, also so Handwerk spinnen, spinnen im Sinne von spinnen auch, aber vorallem spinnen."

Die Jury war komplett verwirrt.

"Und was kannst du?", fragte Captain Hammer.

"Ich? Also ich kann kämpfen."

"Kämpfen können viele, was macht dich besonders?", fragte Finnboy.

"Naja..." - Jernet zog ein Schwert aus seinem Gürtel "-ich habe nen Haufen Waffen.", antwortete er breit grinsend.

"Die Schmiedeeiserne Gilde hat auch viele Waffen, also... Was zum Henker?", Hipster Viking traute seinen Augen nicht. "Sag mal, hattest du nicht eben noch nen Breitschwert in der Hand? Wieso ist da jetzt eine Axt?"

Jernet grinste, steckte die Axt in seinen Mantel und warf diesen beiseite. Ein starker Lederpanzer schmückte seinen Oberkörper und ein kleiner grauer Bart wuchs an seinem Kinn, alles in allem war er ein kräftiger Mann, was erstmal nicht das Schlechteste war.

Hipster Viking beobachtete jede Bewegung, die Jernet machte und spähte ausgiebig dessen Waffengurt aus. Jernet hob die Hände, er drehte sich und zeigte seinen Rücken. Dann drehte er sich wieder um und griff sich in den Nacken. Mit einem Zweihänder im Griff hob er seine Arme wieder. Er präsentierte eine meisterlich geschmiedete Waffe und alle Juroren starrten verdutzt auf ihn herab.

"KÄMPFEN!", brüllte Troll und das übrige Publikum bejubelte dies.

"Ja, also dann zeig mal was du kannst im Kampf gegen... sagen wir fünf Feinde.", sprach Odd, hob die Hand und gab somit ein Zeichen für die Krieger.

Tore hoben sich und aus ihnen stürzten grauenvolle Kreaturen. Es schien, als würden ihre Innereien außen sein und eine Art schwarzer Kaugummi würde Arme, Beine und den Rest des Körpers miteinander verbinden und in ihren Händen hielten sie brutalste Klingen, Keulen und Äxte made

bei der Schmiedeeisernen Gilde.
Sofort stürzten sich die Wesen auf Jernet, der mit einem Kurzschwert und einem Schild bewaffnet auf die Angreifer wartete. Das erste Monster rannte auf Jernet zu, woraufhin er sich unter seinem Schild schützte. Im passenden Moment hob er seine Deckung um dem Gegner heftig gegen den Kopf zu schlagen, gefolgt von einem präzisen Stich in das, was das Herz zu sein schien. Eines der Monster warf einen Speer knapp an Jernets Kopf vorbei, woraufhin er mit dem Langbogen einen tödlichen Schuss abfeuerte. Nun kamen sie aus zwei Richtungen auf ihn zu und umkreisten ihn langsam. Drei Feinde gegen sich zu haben ist eine wahrlich unschöne Situation.

Jernet hielt die Feinde im Blick und als der Erste nach vorn hechtete drehte Jernet sich von ihm weg, um ihm dann einen Rabenschnabel in die Schläfe zu schlagen. Das vorletzte Monster stach mit einem drei Meter langem Langschwert auf Jernet ein, der sich gekonnt um die Klinge drehte und in einer Drehung mit einem Katana das Monster horizontalin zwei Hälften teilte.
Das letzte Monster war das größte von allen. Es besaß vier Arme, die mit einem riesigen Schild, einer schweren Axt, einem Sax und einem Speer bewaffnet und bestens koordiniert waren.
"Fünf cent Schnellwette, das Monster gewinnt!", sprach Hipster Viking.
"Geh ich mit.", sprach Cap.
"Troll gewinnen!", sagte Troll.
Damit gewann er Finnboy und Odd für sich und somit waren fünfundzwanzig cent im Topf. Der Immerhungrige Bart enthielt sich der Wette.

Jernet griff an.

Er schleuderte drei riesige Speere auf das Monster, doch dieses blockte ein jeden mit seinem Schild.

Also rannte Jernet auf das Monster hinzu. Nach und nach warf er Wurfsterne, Beile, Messer und allerhand anderen Kram auf das Monster und einige trafen sogar, doch schien dies dem Monster egal zu sein. Mit einer Kriegsaxt schlug Jernet auf das Bein des Monsters, dann blockte er mit einem Rundschild einen mächtigen Hieb des Axtarms.

Hipster Viking brüllte: "WIE IN LOKIS NAMEN MACHT ER DAS?"

Überall steckten Waffen und Geschosse und der Großteil davon kam aus Jernets Händen.

Dieser trennte soeben den Schildarm des Monsters mit einem Kahkuri von der Schulter.

Das Monster schrie auf vor Wut, es lies die Axt fallen, griff sich Jernet und schleuderte ihn gen Boden.

Sichtlich angeschlagen erhob sich Jernet und taumelte langsam rückwärts.

"BUJA! Er gibt auf!", rief Hipster Viking.

"Näh. Guck hin!", antwortete Finnboy.

Hipster Vikings Blick erstarrte, als er neben Jernet eine Balliste erblickte.

Jernet blickte dem Monster entgegen und nahm dabei seinen Helm ab. Mit ausgestrecktem Mittelfinger löste er mit der anderen Hand einen Schuss aus, der das Monster gegen die zwanzig Meter entfernte Wand nagelte.

Erst Ruhe, dann ein Sturm von gejubel.

"JEERNET MANGEBALD, DU BIST IM TEAM!", brüllten die Juroren im Chor obwohl sich Cap und Hipster Viking über die verlorenen fünf cent sehr ärgerten.

Das war ein Fest an jenem Abend.

Die Sirenen und Valkyren singen noch heute davon.

Hey.. wo wart ihr denn die ganze Zeit? Ich dachte wir schreiben zusammen?

Hey, du warst so gut im Flow.

Ja, wir wollten dich nicht stören.

Ach kommt, was habt ihr in der Zeit ausgefressen?

Ausgefressen? Wir?

Ja, IHR! Also was ist es?

Warum denn diese Vorwürfe?

Finnboy, was habt ihr angestellt?

Nichts. Wir waren nur nicht da.

Wo wart ihr denn dann?

Ähm... shoppen.

Shoppen?

Ja. Wir brauchten neue Sachen.

Was für Sachen?

Finnboy...

Also ich habe einen echt guten Scotch ersteigert und..-

-FINNBOY!!!

Und was?

-und Hipster Viking hat sich ein Krokodil gekauft.

VERDAMMT FINNBOY!

Sie hätte es eh erfahren, sobald sie auf Toilette gemusst hätte.

Da ist nen Krokodil in meiner Toilette? Warum ist da ein Krokodil in meiner Toilette?

Also, das Krokodil heißt Schnappi. Es ist nen mittelgroßes Krokodil vom Nil..

WARUM IST DA EIN KROKODIL IN MEINEM KLO?

..Schnappi war mal berühmt, als er klein war. Dann ist er gewachsen und seine Fans wollten nichts mehr von ihm. Er ist in Drogen abgerutscht und jetzt hat er gerade den ersten Entzug hinter sich. Wie konnte ich ihm nicht helfen wollen?

Ich packe jetzt meine Sachen und schlafe ein paar Tage bei meiner Schwester. Sobald ich wieder komme, möchte ich, dass das drogenabhängige Nilkrokodil nicht mehr in meiner

Wohnung lebt. Ist das klar?

Aber es ist Schnappi..

SCHEIß AUF SCHNAPPI!

Von Hydras und anderen nervigen Viechern

Dann lass uns mal weiterschreiben oder was meinst du?

Naja, Madame ist ja noch weg. Sollen wir ohne sie schreiben? Kann sie einfach per Wifi mitmachen?

Die war sowas von nicht begeistert von der Sache, ich denke nicht, dass sie momentan wirklich Bock auf uns hat.

Nun denn, wo machen wir denn weiter?

Kein Plan. Gleich im Finale?

Mhm. Das Buch ist schon ganz schön lang, wa?

Geht. Die Hälfte vom Buch sind leere Zeilen.

Na höre mal, das ist eben unser Stil.

Mit jeder Chatzeile zwischen uns werden es mehr davon.

Und wo fangen wir mit dem Ende an?

Am Anfang?

Na jut. Mach mal.

Wieso denn ich?

Ich weiß nicht wo der Anfang war.

Also gut.

Nun unsere Gefolgschaft war gewachsen. Neben alten Freunden fanden sich auch vollkommen fremde Leute an. Der Berg den wir besiedelten quoll über vor Menschen.

Der Berg hat nen Namen!

Nein. Ach komm schon, das ist bescheuert.

Schreib ihn!

Aber es ist weder originell noch lustig.

Finnboy.................

Na gut. Barad-Dur.

Geht doch. Was ist daran nicht originell?

ES IST GEKLAUT VERDAMMT!

Ach ja? Gut, dads wir das hier in einem Paralleluniversum schreiben. Hier gab es diesen Namen noch nicht in irgendeinem anderen Buch.

Es gibt hier kein Tolkien?

Ja. Ich meine, NEIN! Keine Ahnung. Nun schreib weiter, denk an die leeren Zeilen.

Hey, warte mal das war meine....
Egal, jedenfalls war es voll auf dem Berg. Also hatte ein Teil unserer Leute die umherliegenden Berge erkundet und einen weiteren gefunden, der für eine Stadt geeignet war.
Diesen besiedelten wir also auch und bauten gemeinsam mit den Römern massive Mauern um ihn herum. Dies taten wir natürlich mit Barad-Dur genauso. Die Arbeiten an Befestigungen, Unterkünften und Fallen für eine mögliche Belagerung waren in vollem Gange.
Zwischen Barad-Dur und dem zweiten Berg-

Wie hieß der zweite Berg?

Verdammt Hipster Viking.
Der zweite Berg hieß … Robärt.

HAHAHAHAHAHA Robärt der Berg! Der Hammer oder?

Für euch... der Berg hieß Robärt, weil man eine alte Hexe auf ihm fand, die geistlich verwirrt war und wie besessen

ROOOBÄÄÄRT über die Gipfel brüllte. Warum? Keine Ahnung. Manche meinen, dieser Robärt hätte sich das Gebrüll nicht mehr anhören können und sei eines Nachts geflohen. Andere behaupten es sei ein Zauberspruch, dessen Ende der Hexe nicht mehr einfiel. Die Wahrheit werden wir wohl nie erfahren.

Egal, jedenfalls bauten wir eine unterirdische Verbindung zwischen Barad-Dur und Robärt um uns gegenseitig mit Waffen, Materialien und Essen zu versorgen -und um im Notfall auf die nächste Festung evakuieren zu können. Beim Bau dieser Tunnel halfen die Zwerge, die sich uns angeschlossen hatten. Viele unserer bärtigen Brüder waren in der Wintersonnenwendenschlacht ums Leben gekommen und noch mehr waren so sehr verletzt worden, dass ein Kampf für sie nicht mehr in Frage kam. Ob sie den Angriff unseres unbekannten Feindes überstanden hatten, wusste niemand. Die Zwerge, die nun bei uns waren, waren Siedler und Bauleute die den Auftrag hatten die Berge und Höhlen Midgards nach Rohstoffen und Diamanten zu durchsuchen. Kolonialisten könnte man sagen.

Junge, starke Zwerge die Tag und Nacht an diesem Tunnel arbeiteten.

Die Schmiedeeiserne Gilde hatte gemeinsam mit Jernet riesige Ballisten entwickelt, die jeweils ein fünfköpfiges Team oder einen Troll zur Bedienung benötigte. Keine Ahnung was die damit töten wollten, aber besser haben und nicht brauchen, als brauchen und nicht haben.

Wie mit Kondomen.

Genau.

Die Mauern waren zwölf Meter hoch. Nicht gerade etwas mit dem man Riesen abhalten konnte, aber die hätten es ja auch erst einmal den Berg hinauf schaffen müssen. Um das noch einmal festzuhalten, einen Berg für unsere Verteidigung auszusuchen war eine geniale Idee.

Von einem Berg kann man allerhand Zeug runterwerfen um Gegner aufzuhalten. Da wären klassisch die Pfeile und Steine, brennendes Pech, Fäkalien, aber auch die Gegner, die es bis zur Mauer hinauf geschafft haben. Ein weiterer Vorteil ist der weite Blick, den man über die Länder und ankommenden Feinde um sich herum hat. Magie- und Stolperfallen, Bärenfallen und Fallgruben verteilten wir an jeder sich bietenden Position. Alles in allem waren wir gut auf einen Angriff vorbereitet. Unsere Gegner kamen beim letzten Angriff allerdings aus Tornados vom Himmel gefallen und das gab einigen von uns zu bedenken. Laut Berichten von Flüchtigen jedoch hörten wir, dass die Wesen, die sie angriffen, zu Fuß und auf Pferden kamen. Wir mussten für alles bereit sein. Mit der Hilfe von allen dauerte es keine zwei Monde, bis die Befestigungsanlagen fertiggestellt waren, doch von Feinden war weder etwas zu hören noch zu sehen. Hipster Viking wurde natürlich schnell langweilig und so beschloss er, dass wir uns mal wieder in ein Abenteuer stürzen sollten. Denkbar schlechter Zeitpunkt, werden einige von euch jetzt denken, immerhin konnten die Feinde jeder Zeit auftauchen und angreifen. Hipster Viking wäre aber nicht Hipster Viking, wenn er irgendeinen Unfug bauen wollen würde.

Immer dieses ganze Bedenken und dieses Lagerleben... auf Dauer war da einfach nichts zu tun.

Du hättest trainieren können? Irgendetwas bauen können? Die Waffen polieren?

Trainieren ist was für Leute, die die Götter nicht auf ihrer Seite wissen. Bauen konnte ich nicht, da ihr mir meinen Vorrat ja abgenommen hattet.
Polieren? Die Waffen der Schmiedeeisernen Gilde muss man nicht polieren, die reinigen sich im Blut der Feinde.

Kein Wunder, dass du nur verrostete Waffen besitzt...

Die sind nicht rostig, die sind rustikal!
Außerdem hatten wir doch ne Menge Spaß auf dem Abenteuer. Du hast gesagt es war der Wahnsinn.

Nein, ich sagte es sei Wahnsinn!

Ach und wer stand neben dem toten, mehrköpfigen Drachen und weinte vor Freude?

VOR FREUDE? DAS WAR EINE HYDRA UND SIE HÄTTE NICHT SO VIELE KÖPFE GEHABT, HÄTTEST DU AUF MICH GEHÖRT UND NICHT IM SEKUNDENTAKT KÖPFE ABGESCHLAGEN!

Hat doch funktioniert. Irgendwann waren es einfach zu viele Köpfe für das schwache Herz der Hyrda und Zack tot.

Wir hätten ihr aber auch gleich ins Herz stechen können, das hätte mir einige Verbrennungen und Prellungen erspart...

Woher sollten wir denn wissen, dass das ihr Schwachpunkt ist?

ICH HABE ES GERUFEN! IMMER WIEDER!

Und du denkst ich hätte inmitten eines Kampfes die Zeit mir deine ewigen Vorträge anzuhören? Da war nen Drache, der mich töten wollte.

ES WAR EINE HYDRA!

Jaja, Cholerikboy. Jernet hat es auch gefallen und wir konnten She-Spider und Habren beeindrucken. Warum waren die nochmal dabeigewesen?

...weil du die Hydra in unser Lager gelockt hast.

Ah genau. Eigentlich hast du sie ja gelockt mit deinem Gebrüll. „HIPSTER VIKING! DIE HYDRA!" hast du gebrüllt und so ist dir das Vieh hinterher gelaufen.

Ich bin dir hinterher gerannt, da du ja der Meinung warst abhauen zu müssen, während wir uns an den Schatz schlichen und von einem Kopf entdeckt wurden.

Das klingt irgendwie falsch, so wie du das schreibst...
Die Woche darauf warst du aber total begeistert, als wir den Golem erledigt hatten.
Du sagtest: „Verdammt nochmal, ist das geil!"

Verdammt nochmal, ich bin heil. Ich hatte Todesangst

und habe ganz schön was einstecken müssen. Du hast die Höhle gesprengt, während ich darin war. Ich hätte tot sein können.

Ach quatsch. Ich hatte alles unter Kontrolle. Außerdem meintest du, wir müssen das Ding unter die Erde bringen, ich tat nur wie du es vorgeschlagen hattest. War wohl auch mal wieder falsch?

Du machst mich fertig.

Ach ja? Du machst MICH fertig! Du hast mich diesen Sirenen vorgeworfen!

Ich. Naja, ich wollte doch bloß, dass du auch mal wieder...

Was? Gefressen werde? Ich meine, klar die Stimmen waren bezaubernd und die Mädels waren auch sehr... lustvoll. Aber die wollten mich fressen verdammt. Von all den Fetischen dieser Welt musst du mich nen paar Kannibalenbräuten vorwerfen? Genau deswegen bin ich noch Single! Weil ich tagein, tagaus die Angst haben von einer Braut gefressen zu werden. Es ist wirklich nicht lustig von einem Biss in den Arm geweckt zu werden, um sich dann durch ein dutzend Frauen zu schlagen, deren Antlitz von jugendlicher Schönheit zu bestialischer Bestialität umkippte.

Tut mir leid.

Und was ist mit den Skarabäen gewesen? Die haben auch versucht mich zu fressen. Einer war in mir drin! ER WAR IN MIR DRIN! Ich habe gesehen wie er unter meiner Haut entlang kroch und sich einen Weg zu meinem Hirn fraß. Was hast du dir bei dem Mist eigentlich gedacht?

Da war so ein alter Typ auf dem Markt, der meinte, dass das super Haustiere für Abenteurer wären. Ich wusste ja nicht, dass die Fleisch fressen. Aber wenn du schon damit anfängst, sage ich nur dreiköpfiger Hund!

Was war mit Pummel?

Was war mit Pummel? Pummel wütete einmal durch das ganze Lager und trampelte einige Leute zu Tode! Du kannst doch keinen riesigen, dreiköpfigen Hund mit in die Stadt bringen.

Hey, der war klein und süß, als ich ihn fand. Er war halt verspielt. Hätten nicht so viele Leute mit Keulen gewunken, wäre das nie passiert.

Wie dem auch sei. Wir wollten eigentlich ne richtige Geschichte erzählen, jetzt besteht die Hälfte der letzten Seiten schon wieder, zu großen Teilen, aus Leerzeilen.

Das war doch alles Teil der Geschichte.

Man hätte diese Geschichten aber auch ausführlicher schreiben können, damit die Leser an das Buch gefesselt sind. Jetzt lesen sie nur wie sich zwei Idioten streiten.

Und?

Was und?

Na und jetzt? Sie haben das Buch gekauft oder gestohlen, die wollen das doch lesen. Warum greifen die sich sonst Teil Zwei der Reihe?

Einige Leute beschwerten sich über den Inhalt.

Haters gonna hate. Mir egal.

Puh, so wirklich Lust habe ich eigentlich nicht mehr.

Ja, ohne Madame „ich will kein Krokodil in meinem Bad" ist das irgendwie öde mit dem Schreiben.

Sie sorgt wenigstens dafür, dass wir nicht die ganze Zeit nur untereinander schreiben.

Ja und sie bringt den nötigen Pepp in die Unterhaltungen. Niemand fragt hier nach Details. Keiner, der nicht dabei gewesen ist. Ist als müsste man sich Geschichten über und von einem selbst schreiben.

Sag mal, hast du Schnappi schon.. entsorgt?

Ne, ich werde mal nach ihm gucken.

Nagut. Ja Leute, also ich denke das alles hat keinen Sinn mehr. Wir kommen irgendwie nicht auf den Punkt und ihr sollt ja entertaint werden. Wem ist denn an dieser Geschichte etwas besonderes aufgefallen? Niemanden?

Kleiner Tipp... diese Wesen waren nicht irgendwelche Wesen. Sie hatten alle etwas gemeinsam. War das jetzt ein Spoiler?

SCHNAPPI IST TOT!

Was? Wieso? Was ist passiert?

Ich glaube er hat sich eine Überdosis injiziert.

Ich dachte, er wäre clean?

Konnte ich wissen, dass das Zeug in seiner Tasche auf dem „Krokodil" stand Krokodil war und nicht nur sein Zahnputzzeug?

Schnappi das Krokodil starb an einer Überdosis Krokodil? Ironie des Lebens.

Finnboy, wir müssen seine Leiche loswerden. Wenn jemand mitbekommt, dass hier jemand an Drogen gestorben ist, durchsuchen die all unseren Scheiß. Das dürfen die nicht! Was machen wir denn nun?

Spül ihn das Klo hinunter?

Das Klo hinunter? Finnboy, das ist ein ausgewachsenes Krokodil verdammt!

Ach man eh. Ja ok, hol ein paar Spaten und ich fahre den Wagen vor.
Immer wieder der gleiche Scheiß mit dir...

Der erste Ansturm

Die Belagerung begann an einem nebligen Morgen im
Frühjahr. Noch bevor die Sonne aufging, sogar bevor der
Meister der Schmiedeeisernen Gilde einen Kaffee auf dem
Feuer hatte, ertönten grauenvolle Klänge aus allen
Himmelsrichtungen. Barad-Dur erwachte und ein wildes
durcheinander herrschte zwischen den Bewohnern. Die
Soldaten besetzten die Mauern und Wachtürme des Berges,
die alten und Verletzten begaben sich, zusammen mit den
Kindern, in den Fluchttunnel. Ein jeder wusste was zu tun
war, lange haben sie sich auf diesen Tag vorbereiten können.
Finnboy und She-Spider begleiteten jene, die durch den
Tunnel flüchteten, Captain Hammer übernahm das
Kommando am Haupttor, Odd das über die Mauern, der
Immerhungrige Bart und die Schmiedeeiserne Gilde besetzte
die Fläche auf der die riesigen Ballisten aufgestellt waren, die
sie in Zusammenarbeit mit Jernet entwickelten. Die Riesin
Miy zog einen Panzer aus Gilderit an, der eigens für sie
geschmiedet worden war, sie wollte kämpfen und nicht
sinnlos umher sitzen.
Bögen wurden gespannt, Äxte und Speere verteilt. Im Lager
wurden die großen Teerkessel erhitzt und Katapulte besetzt.
Am Horizont zeigte sich der Feind in Form einer schwarzen
Masse die wie die Ameisen auf den Berg zurannten. Weder

die Tornados, noch andere geflügelte Gegner schienen vertreten und doch waren die Überlebenden von Barad-Dur auf den Himmel fixiert.

Na schau mal wer zurück ist.

Dann geht es jetzt also wirklich los?

Irgendwann müssen wir ja die Schlacht beginnen. Ihr bleibt jetzt gefälligst am Rechner und schreibt mit mir, kein Essen bestellen, Stuhlgang oder andere Ausreden, verstanden?

Wie jetzt, ich darf nicht mal mehr auf Klo?

Nicht bis dieses Kapitel fertig ist! Ihr hättet ja auch ruhig mal ohne mich etwas produktiv sein können.

Wir haben es versucht, aber es ist nicht einfach die Konzentration zu behalten, wenn man mit Hipster Viking allein ist.

Was soll das denn heißen? Jetzt bin ich also Schuld? Du wolltest dich doch streiten.

Das ist mir vollkommen egal. Reißt euch zusammen, verstanden?
Ach und danke, dass das Krokodil weg ist, ich möchte beim nächsten Mal gefragt werden, wenn es Besucher jedweder Art gibt, klar?

Ja, Sir.

Sehr gut, also ab an die Arbeit. Hipster Viking, wie war dieser Morgen aus deiner Sicht?

Aus meiner Sicht? Na also ich wurde wach, als irgendein Idiot vor Aufregung gegen mein Zelt gekotzt hat. Demnach begann mein Tag beschissen und er wurde auch nicht besser. Nachdem ich bei der Gilde keinen Kaffee und von Captain Hammer kein Rührei bekam, suchte ich eine ganze Weile nach Finnboy in der Hoffnung, er würde mir etwas vom Notfall Schnaps geben. Mein Kopf dröhnte immer mehr vom Lärm in der Burg. Ein wirklich schrecklicher Morgen.

Hast du schon mal den Beginn einer Belagerung erlebt? Es ist ermüdent. Überall Hektik und Leute, die meinen es besser als jeder andere zu wissen. „Stellt dort mehr Bogenschützen hin" - „Wir hätten dies und das besser vorbereiten sollen"... Ganz viel wäh wäh wäh.
Naja, nachdem ich mich gesammelt hatte, ging ich auf die Suche nach jemandem, der mir sagen konnte wo eigentlich meine Position war. Bei den Übungen stahl ich mich meistens fort, um sinnvolleres zu machen oder um bei Habren eine neue Rolle magischen Weedgarn zu rauchen. Wie sich zeigte konnte sie aus dem nichts einfach alles spinnen, was man sich so vorstellen konnte.
Einen Rest davon hatte ich zum Glück in meinem Cappi versteckt und so konnte ich auf der Suche nach Cap oder einen der anderen, genüsslich einen rauchen.
Ich erinnere mich die Mauer entlang geschlendert zu sein. Hier war es so voll wie in einem Supermarkt vor Weihnachten, was das Schlendern eher zu einem Drängeln machte. In der Ferne sah ich die Feinde, sie waren vielleicht

noch zwei Stunden Fußmarsch von der Festung entfernt. Was sollte also die ganze Hektik? Nun mussten allesamt stundenlang herumstehen, anstelle gut zu frühstücken und sich noch einmal zu dehnen. Ich sah schon viele Zerrungen vor mir und musste immer wieder schmunzeln bei dem Gedanken daran, wie beim Eintreffen der Feinde alle unserer Verbündeter einen Wadenkrampf erleiden würden.

Irgendwann dann fand ich Cap, wie er auf dem Haupttor stand und die Leute um sich herum mit einer sehr langen Rede motivieren wollte. Ich ging direkt auf ihn zu und rief schon einige Meter von ihm entfernt: „Cap, diggi, hör auf diese Krieger zu bereden. Die feiern sich ja schon so, als hätten sie gewonnen. Die Wahrheit ist doch, dass höchstens die Hälfte von denen diesen Krieg überstehen wird." Ich grinste breit, meinte ich dies doch so scherzhaft wie ich es aussprach, die Krieger um mich herum verstanden die Komik daran scheinbar jedoch nicht.

„Hipster Viking, was tust du hier? Du musst auf deine Position!", sprach Cap ganz entsetzt, als er mich sah.

„Ja, also wenn du mir sagen würdest wo genau ich denn hin muss..."

„Hast du bei den Übungen denn garnicht aufgepasst? Du sollst die Verteilung von Munition und Waffen koordinieren!", antwortete Cap.

„Ich? Koordinieren? Wer hat sich denn den Quatsch ausgedacht?"

„Hipster Viking, einer muss es tun, also geh und tu deinen Job!"

„Näh, ey du da...", ich zeigte auf einen der Gaukler, der sich bewaffnet hatte um das Tor zu verteidigen; „...ja genau du. Ich befördere dich hiermit zum General. Deine Aufgabe ist die Verteilung von Waffeln und Pfeifen!"

Cap lief rot vor Wut an und brüllte: „WAFFEN UND
MUNITION VERDAMMT NOCHMAL!"
„Ah, ja. Natürlich die Verteilung von Waffen und Munition.
Begib dich zu deiner Einheit, ich übernehme deine Position
hier."
Der Gaukler schaute etwas verwirrt von Cap zu mir und
zurück, doch dann nahm er die Aufgabe an und verschwand
zur Versorgungseinheit.
„Ganz schön nebelig in den Tälern, die werden sowas von in
unsere Fallen laufen. Hey sag mal, hast du noch etwas
Rührei übrig oder habt ihr alles gegessen?"
Cap antwortete: „Nun gut, dann kämpfe hier mit mir, aber
wehe dir du verschwindest zwischendurch um irgendeinen
Blödsinn zu veranstalten, dies ist der schwächste Punkt der
Festung, wir brauchen jeden Mann."
„Ich bleibe schon hier, keine Sorge. Was ist mit dem
Rührei?"
„Gibt kein Rührei. Die Suppentöpfe wurden angeschmissen,
ab heute gibt es rationierte Speisen. Die Köche sollten bald
zur Ausgabe vorbeikommen."
„Kein Rührei?" Ich konnte es nicht fassen. Meine Motivation
sank mehr und mehr.
„Nun ich werde dann mal los meine Waffen und so
holen,brauchst du noch was?"

Die Burg wurde belagert und du hieltest es bis zu diesem
Zeitpunkt nicht für nötig dich zu bewaffnen?

Hey, wie gesagt waren die Feinde noch ein ganzes Ende weit
weg und ich trug nicht einmal Hosen. Wo sollte ich mir die
Waffen denn hinstecken?

Keine Hosen? Ist das nicht eigentlich so ein Finnboy-Problem?

Finnboy ist Finne. Die kennen so etwas wie Hosen garnicht.

Wir kennen Hosen, aber wozu welche tragen, wenn man sie zum Saunieren doch wieder ablegen muss?

Nun gut. Finnboy, wie hast du das alles erlebt?

Wir wurden von dem Lärm des Feindes geweckt. Es war kalt und feucht an jenem Morgen, das weiß ich noch genau. She-Spider sprang aus dem Bett und legte ihre Rüstung an, während ich noch mit mir kämpfte aus dem Bett zu kommen. Den Abend zuvor hatte ich mit einigen Römern getrunken und mein Kopf dröhnte ungemein. Die Pflicht stand jedoch über jeder Bequemlichkeit und so bewaffnete auch ich mich. Wie schon erwähnt, war es an mir und She-Spider die Armen, Kranken und die Kinder durch den Tunnel zu transportieren und so machten wir uns schnellstmöglich auf den Weg zum Tunneleingang. Dort angekommen hatten wir eine Liste, auf der wir einen jeden abhakten den wir in den Tunnel schickten. Jedenfalls She-Spider hatte diese Liste, ich bildete zusammen mit Jernet die Vorhut. Niemand wusste, ob die andere Festung auch belagert oder vielleicht sogar schon überrannt wurde, also lauschten wir jedem Ton im Tunnel. Die Zwerge hatten mit diesem Tunnel ein Meisterwerk errichtet. Alle paar hundert Fuß gab es Fallen, die wir nur durch einen Erkennungszauber auf jedem der unseren passieren konnten. Sollte ein Feind den Weg in den Tunnel erreichen, erwarteten ihn Gift,

Pfeile, Flammen, Falltüren und manch andere geniale Falle.

Die Kinder gingen Hand in Hand und sangen Wanderlieder, um sich nicht all zu sehr auf die schrecklichen Geräusche zu konzentrieren, die auch hunderte Meter und dem Boden noch zu vernehmen waren. Viele der verletzten wurden auf Karren von kleinen Kreaturen geschoben. Kaninchen, Hunde, Raubtiere, Biber, Gnome, ein jedes Wesen, das bei uns lebte, unterstütze wo es nur konnte. Ich erinnere mich an einen alten, dementen Mann der auf einer Schubkarre saß, während ein Faun ihn schob. Der Mann rief die ganze Zeit er könne fliegen und dass seine Freunde dies sehen müssen. „Wir müssen zurück nach Hause, das glauben die mir nie!", rief er, hob die Arme und beendete sein Reden mit einem „HUIIII".

Es war ein Gemisch von Gefühlen, die sich im mir breit machten. Zum einen war ich besorgt was vor uns lag, zum anderen war ich auch froh nicht unbedingt auf einer Mauer zwischen hunderter Leute gequetscht zu sein. Ich war besorgt um Troll, Cap, Odd und natürlich Hipster Viking. Ein jeder von ihnen war ein Kämpfer, den ich ein dutzend Berserkern vorziehen würde, doch wusste niemand was unsere Feinde überhaupt waren oder was sie konnten. Es war ein beklemmendes Gefühl in meiner Brust, nicht an ihrer Seite zu stehen.

Dann stieß Jernet mich an: „Ey Finnboy, wenn ich mir von den Kindern noch einmal `Klipp-Klapp´ anhören muss, drehe ich durch. Hast DU nicht irgendwelche lustigen Lieder in petto?"

„Nichts Jugendfreies fürchte ich.", antwortete ich ihm. Dann, wie aus dem nichts fing einer der Verwundeten an:

„Mountain Roads, take me home, to the place I belong....."

Mountain Roads?

Damals gab es eben noch keinen John Denver. Der Mann war sein Ur-Ur-Ur-Urgroßvater.
Also überlebte er das alles?

Ich... hey, hör auf zu spoilern.

Du hast doch... Egal.
Nun die Schmiedeeiserne Gilde saß Füße baumelnd an einer Kante des Berges und begutachtete die Feinde, durch von Hipster Viking mitgebrachte Ferngläser, auf Bewaffnung und Formation. „Ganz schön bunter Haufen.", sprach der Meister. Sie erkannten verschiedene Wesen unter den Angreifern, sogar Menschen konnten sie beobachten.
„Nun, sie scheinen sterblich zu sein. Das ist doch schon mal etwas.", merkte der Geselle an.
„Ich sehe doch keines der Wesen, das uns vor der Hipster Cave angriff."
Die Nachricht, dass sich Menschen und andere Wesen der neun Welten Yggdrasils befanden, verbreitete sich wie ein Lauffeuer unter den Kriegern. Die Reaktionen streckten sich von Begeisterung über verletzliche Feinde, bishin zu der Angst davor, dass die Götter selbst gegen Barad-Dur zogen, im Groll auf die Menschen.
Als Odds Part der Armee von diesen Neuigkeiten erfuhr, fingen die meisten an lauthals loszulachen. Es war ein Mix aus Angst und Erleichterung, der zu diesem Gruppengelächter zu führen schien. Odd erhob die Stimme an

seine Männer: „Leute, wenn dies nur gewöhnliche Soldaten und Kreaturen sind, haben sie kaum eine Chance gegen unsere Festung zu bestehen. Sie werden verrecken unter unseren Pfeilhageln. Keiner dieser Feiglinge wird je diese Mauern erklimmen. WIR werden sie nicht einmal in die Nähe kommen lassen."

Die Männer starrten ihn an, bis der erste seinen Bogen über seinen Kopf hielt und euphorisch losbrüllte.

„Lasst sie uns mit unseren Hörnern begrüßen, Männer", rief Odd und griff zu einem Horn das beinah doppelt so lang war, wie er selbst. Mit einem mächtigen Stoß brachte er sein Horn zum Brüllen. Seine Männer stiegen ein und allesamt bliesen sie in ihre Hörner. Nach ihnen tönte es vom Haupttor zurück und dann von den Wachtürmen. Ein jeder Kämpfer, der ein Horn am Gürtel trug ließ jenes mit voller Wucht brüllen. Es wurde später geschrieben, dass der Laut der Hörner in allen neun Welten zu hören war.

Nach einigen Minuten verstummten die Hörner wieder und doch hallte es noch immer von den umherliegenden Gebirgen zurück.

Die meisten der Feinde ignorierten den Klang der Hörner, doch einige blieben für einen Augenblick stehen und schauten ehrfürchtig der einzunehmenden Festung entgegen. Was sie sahen, waren Männer, Frauen, Klingen, Pfeile, Entschlossenheit und ein oranges Leuchten inmitten all dem. Ein Anblick, der allein wohl manch andere Armee zerschlagen hätte.

Okay ich sage das nur noch einmal... Das war so nicht beabsichtigt. Ich habe etwas in meinem Zelt gesucht und habe mein Cappi eben als Lichtquelle benutzt, um mich besser orientieren zu können.

Klingt doch eigentlich ziemlich episch. Sicher, dass du auf deine Version bestehst?

Hey, wir schreiben hier Geschichtsbücher. Wir müssen schon bei der Wahrheit bleiben.

Da gab es sicherlich schon einige Passagen, die nicht wirklich eins zu eins so geschehen sind.

Was? Niemals. Warum sollten wir lügen? Wir erleben so nen Scheiß halt. Ich würde die Hälfte davon auch gern nur gesponnen haben. Aber der shit ist real.

Wie du meinst.
Machst du gleich weiter?

Ja. Also ich habe es dann, dank des Cappis, geschafft meinen Waffengürtel und die wichtigsten Belagerungsutensilien zu packen und machte mich wieder auf den Weg zurück zu Cap. Mein Kopf dröhnte von diesen Hörnern. Der Feind war noch ewig weit entfernt, was sollte der Scheiß also?
Naja, wie gesagt, ich war auf dem Weg zurück zu Cap. Da ich mir das Gedrängel auf der Mauer nicht noch einmal antun wollte, ging ich quer über den Hof. Da war der Gaukler wieder, umrungen von Leuten die Pfeilbündel wickelten, Leute, die in großen Töpfen Eintopf kochten, einige die Trageliegen für verletzte hatten und Leuten die scheinbar keinen Plan hatten, was sie machen sollten, da die Kommandos ihres Generals scheinbar zu verwirrend waren. Ich war froh nicht mit einem so unkoordinierten Haufen arbeiten zu müssen. Mein Platz war auf der Mauer, in der

ersten Reihe, um zusehen zu können wie unsere Feinde in all die lustigen Fallen tappten, die ich eigenhändig verteilt hatte.

Ich kam bei She-Spider vorbei, die noch immer auf Leute wartete.

„Hey, musst du da nicht hinterher?", fragte ich sie.

„Es fehlen noch zwei alte Zwerge.", antwortete sie.

„Mh, also ich denke, wenn sie jetzt noch nicht da sind, werden sie sich wohl umentschieden haben und mit auf der Mauer stehen."

She-Spider überlegte kurz und nickte dann, sie fiel mir um den Hals und meinte ich solle auf mich aufpassen. Als würde ich das nicht immer machen. Sie griff einen großen Speer made by der Gilde und verschwand in den Tiefen des Tunnels.

Bei Cap angekommen, war es dann so weit.

Die Feinde blieben außerhalb unserer Pfeilschussreichweite stehen und bauten von der einen auf die andere Sekunde große Katapulte und Ballisten. Bevor wir wirklich realisieren konnten, was dort geschah, begann die Bombardierung unserer Festung. Der erste große, brennende Stein schlug in den Wachturm neben dem Haupttor ein und tötete mit einem Schlag zwei dutzend Krieger.

Es blieb keine Zeit für Entsetzen, die nächsten Geschosse schlugen schon in den Berg und die Mauern. „Feuert zurück, brüllte Cap in den Hof und sogleich schleuderten all unsere Katapulte ihre Geschossen in Richtung Feind. Nun, Richtung Feind war nicht schwer. Egal in welche Himmelsrichtung man blickte, bis zum Horizont erstreckten sich die Reihen der Feinde. Wie Maden in einem verwesenden Kadavar quetschten die Feinde sich auf den Hügeln, in den Tälern und *überall sonst. Trotz des Nebels erkannte man sie gut, doch war keine Zeit für Beobachtungen, alle paar Sekunden duckten wir uns wegen einschlagender Projektile. Zu diesem Punkt hielten die Schutzzauber, die in jeden einzelnen Stein der Mauer geritzt wurden, die Mauer noch zusammen. Bei der Menge an Einschlägen war es jedoch nur eine Frage der Zeit bis auch die Zauber versagen würden. Unsere Katapulte trafen nur vereinzelt Feinde und so stellten wir den Beschuss wieder ein, um Munition zu sparen.*

Stunden und Tage vergingen wie im Fluge. Vier Tage lang hielten unsere Mauern dem Dauerbeschuss stand, bis der Feind plötzlich aufhörte uns zu beschießen.

Erst freuten die Krieger und wir uns über eine Pause, doch nur wenig später setzten sich die feindlichen Fußsoldaten in Bewegung.

Sie kamen in Schussweite unserer Bögen und wir ließen sie alles spüren, was wir auf Lager hatten.

Die Schlacht hatte begonnen.

Verbranntes Fleisch

Eine weitere Woche verging und der Ansturm von Feinden
schien nicht zu enden. Es war kaum möglich unter dem Lärm
und der ständigen Angst zu schlafen und so fielen viele der
Krieger an Hipster Vikings Seite vor Erschöpfung um, viele
von ihnen starben sofort.
Noch hatte kein Feind die Mauern der Burg erklommen, doch
waren viele der Verteidiger gefallen. Wenige davon starben
durch die Geschosse oder durch Feindeshand. Erschöpfung,
Hunger und der abfallende Glaube an einen guten Ausgang
dieser Schlacht erledigte die meisten von ihnen.
Zu allem Übel ging so langsam die Munition für Katapulte
und Bögen aus. Man hatte damit gerechnet sich einige Zeit
verteidigen zu müssen, doch rechnete niemand mit diesem
dauerhaft anhaltenden Ansturm von Feinden. Es war als
würde der Feind keine Verluste scheuen.
Nach und nach schoben die Massen sich vorwärts, bis ein
Pfeil sie durchlöcherte oder sie einfach von dem Wesen hinter
sich niedergetrampelt wurden. Die Masse an Feinden schien
kein Ende zu nehmen.
Cap und Hipster Viking schauten auf den angeifenden Mob
hinunter und versuchten eine möglichst effektive Möglichkeit
zu finden viele von den Feinden zu zertrümmern. Sie
überlegten Berge zu sprengen, den Boden aufreißen zu

lassen; es waren verzweifelte Zeiten und die Fantasie ging mit ihnen durch. Jede noch so absurde Idee musste besprochen werden, irgendetwas musste die Reihen der Feinde doch lichten können.

„Was wäre, wenn wir nen Drachen hätten, der Game of Thrones-mäßig über die Leute da fliegt und sie lebendig brutzelt?", schlug Hipster Viking vor.

Cap kraulte sich den Bart und überlegte kurz bevor er antwortete: „Und wo willst du jetzt einen großen feuerspeienden Drachen herbekommen?"

„Hätte ich meine Couch, könnte ich irgendwohin und einen mitschleppen. Die Frage wäre nur wie wir ihn motivieren die da unten anzugreifen und nicht uns."

Cap strich sich erneut durch den Bart, kniff die Augen zusammen und dachte über das Drachenproblem nach. Einige Jahre zuvor war er in einen Drachenhort gestolpert. Es war keineswegs ein Spaziergang, doch er verließ den Hort mit dem Wissen, Drachen seine Freunde nennen zu können.

„Ich kenne da einige Drachen, ist allerdings ne ganz schöne Reise von hier aus, unmöglich an den Feinden vorbeizukommen. Wenn ich doch eine Möglichkeit hätte an Ihnen vorbei zu kommen."

Hipster Viking antwortete: „Naja, was ist, wenn du einfach mitten durchgehst ohne gesehen zu werden?" Captain Hammer schaute ihn verdutzt an: „Hast du da mal hinunter geschaut? Wie soll das denn gehen?" - „Ich hol da mal eben was.", sprach Hipster Viking und rannte zu seinem Zelt.

Da machte ich gerade die ersten Schritte aus dem Tunnel hinauf, als Hipster Viking wie ein Blitz an mir vorbeischoss. Erst danach bemerkte ich den Gestank, die Beschädigungen durch die feindlichen Katapulte und die

Berge von Toten, die auf dem Hof verteilt lagen, doch konnte ich keinen einzigen toten Feind erkennen. Ich weiß noch wie ich mich wunderte, warum so viele gefallen waren, war doch kaum einer sichtlich verletzt. Dann machte ich mich zum Haupttor auf, um mir bei Cap eine Übersicht der Geschehnisse zu verschaffen. Ich stieg die steinernen Treppen zur Mauer hinauf, auf dessen Stufen Krieger lagen und schliefen. Einer von ihnen zitterte am ganzen Leib und so legte ich ihm eine Flagge über, die neben ihm hing. Als ich die oberste Stufe erreichte und von der Mauer herab sah, erschauderte es mich. Noch immer war das Land bis zum Horizont von Feinden übersäht, noch immer stürmten die Feinde. Keine Befestigungen oder Lagerorte waren zu erkennen, es schien keinerlei Pausen gegeben zu haben und so wurde es mir dann auch berichtet. Cap saß gerade auf einem Campinghocker, den Hipster Viking aus irgendeinem unserer Abenteuer mitgebracht hatte.

Er war sichtlich erschöpft, auch wenn kein Tropfen Blut auf seiner Rüstung zu sehen war.
„Wo ist er hin?", fragte ich Cap, der nur mit seinen Schultern zuckte.
Ich schaute mich um und was ich sah waren Verzweifelung, Erschöpfung und Schmerz.
Viele der Bogenschützen hatten Verbände um die Finger gewickelt, da ihre Finger bluteten und eiterten vom tagelangen Spannen und Schießen. Der große Wachturm neben dem Haupttor war in sich zusammengestürzt, aus der Ferne konnte ich Raben sehen, die in den Trümmern scheinbar nach verwesendem Fleisch suchten. Raben, wohin man auch blickte und dann dieser stechende

Geruch. Dort unten lagen unzählige Feinde, die immer breiter getreten wurden und dessen Ausdünstungen die Luft füllten.
Dann kam Hipster Viking die Treppen hinaufgestürmt, in seiner Hand hielt er viele Cappis. Captain Hammer und ich schauten ihn fragend an und er begann sofort von seinem Plan zu berichten.

Ja, also jedes meiner Cappis hat eine spezielle Fähigkeit und eine von ihnen konnte uns sicher weiterhelfen, also breitete ich sie vor den beiden aus und fing an ein jedes zu erklären.
„Also mit dem blauen hier ist es mir möglich unter Wasser zu atmen, das lilafarbene macht einen resistent gegen Gifte, dieses schwarz-weiß-gestreifte passt dich deiner Umgebung an, wie ein Chamäleon es tut, das pinke da... nein das brauchen wir wirklich nicht, grün lässt dich mit Bäumen und sowas reden, braun macht dich politisch unkorrekt und etwas dümmlich. Und das hier.. das lässt dich zu so na Art Rauch aufsteigen und durch die Gegend fliegen.“
In der Hand hielt ich ein Aschgraues Cappi. Finnboy und Cap schauten mich an, Cap griff nach dem Cappi. „Also hiermit kann ich mich in Rauch auflösen und einfach dorthin fliegen, wo ich möchte?“ - „Japp. Du solltest allerdings Stürme meiden, die bringen dich leicht ab vom Kurs.“,antwortete ich ihm. „Und wie funktioniert das?“, fragte Cap. „Also du setzt es auf und dann stellst du dir vor wo du hin möchtest und dann puff, weg biste.“
Cap begutachtete das Cappi, setzte es sich kurz darauf über seinen Helm und verrauchte.
Finnboy starrte mich an: „Was soll das, wo ist er denn jetzt hin?“, fragte er mich.
Ich grinste und antwortete: „Dracaris!“

Und das hast du sofort verstanden?

Klar, klassische Game of Thrones Drachenanspielung. Ich machte mir natürlich etwas Sorgen, ob Drachen die ganze Sache nicht nur verschlimmern würden, aber die beiden werden sich dabei schon was gedacht haben, sagte ich mir. Nun zumindest hoffte ich, dass Cap sich darüber ernsthaft Gedanken gemacht hatte, Hipster Viking hatte sicher nur gedacht es wäre episch. Dieser saß übrigens keine fünf Sekunden später auf dem Campinghocker, hatte sich das grüne Cappi aufgezogen und unterhielt sich mit einem Stück Moos über den Klimawandel. Bei jedem anderen hätte ich aufgrund der Situation gedacht er sei geisteskrank, doch mit Hipster Viking macht man des öfteren solch merkwürdige Momente durch.
„Sage mal Diggi, hast du eigentlich auch ein Cappi durch das du dich mit Steinen unterhalten kannst?", fragte ich ihn. Er unterbrach seinen Monolog, schaute mich an und antwortete: „Ja hab ich, aber Steine sind ganz schöne Miesepeter."
„Kann ich mir das mal leihen?" - „Ja klar, das ist das Marmorcappi da."
Ich griff das benannte Cappi, welches scheinbar wirklich aus Mamor gefertigt war, jedenfalls hatte es den Tragekomfort und das Gewicht von echtem Mamor.
Kaum hatte ich das Cappi aufgesetzt, übertönte lautes Gebrüll alle anderen Geräusche um mich herum.
„Verpisst euch endlich ihr nervigen Fleischklumpen!" - „Früher war alles besser, da herrschte hier noch Ruhe und Ordnung!" - „AFFEN. ARSCHLÖCHER. MADEN!"

Aus allen Ecken des Tals schrien die Steine. Ich wendete mich an einen Felsvorsprung, der in unsere Mauer eingebaut war. „Hallo Herr... Stein. Ich, ähm, bin Finnboy."

Der Stein schwieg kurz und wendete sich an einen Kieselstein der auf dem Boden lag.

„Ey Asmodeus, der haarige Nacktaffe scheint mich anzusprechen. Was ist nur los mit den Leuten von heute? Wissen die nicht, dass wir uns nicht mit ihnen unterhalten können? Verpiss dich du Eiweißklumpen!"

Ich fühlte mich beleidigt und so schlug ich gegen den Felsvorsprung, während ich ihn anbrüllte. „Sei mal nicht so frech du Fels, oder ich hole meine Spitzhacke."

Etwas eingeschüchtert sprach der Fels wieder:
„Asmodeus, ich glaube der versteht mich wirklich." - „Ja ich verstehe dich! Hättest du mal einen Moment zum Reden?"

„Ich, ähm, beeeeep dieser Stein ist momentan leider nicht verfügbar, bitte wenden Sie sich an den Kundensupport."

In dem Moment begriff ich, was Hipster Viking meinte.

„Also pass auf, ich höre das Gebrüll deiner Freunde und Verwandten, denkst du nicht, es ist an der Zeit euch gegen diese Belästigungen zu wehren?"

Der Stein schwieg.

„Ihr könntet euch doch absprechen und den Gegner überrollen oder so.."

Ich gab mein bestes ihn zu überzeugen, dann antwortete der Stein.

„Alter, wir sind Steine. Das einzige was wir können, ist meckern. Ich kann nicht mal den Krähen etwas anhaben, die ständig auf mich kacken."

In dem Moment konzentrierte ich mich auf die Steine die

am ehemaligen Wachturm lagen.

„VERPISS DICH DU SCHEIßVIEH!" - „Oh guck mich an, ich hab Flügel. Niemand mag dich, also verschwinde!" - „ALBERT! Oh mein Gott Albert, wo bist du?" - „HIER UNTEN! Irgendein Fleischsack hat seinen Harz über mich verteilt, das ist so ekelig."

„Warum kannst du überhaupt mit mir reden? Bin ich etwa von den Göttern verflucht worden, um mit euch Wesen zu kommunizieren? Oh bitte Götter, habt Gnade mit einem alten Stein!", warf der Felsvorsprung ein.

„Ich, nein. Das Cappi auf meinem Kopf lässt mich mit dir reden.", antwortete ich auf seine Frage.

„Welch Teufelswerk. Ja also, könntest du das lassen? Ich will hier in Ruhe rumbrüllen."

Irgendwie amüsierte der Stein mich, obwohl er mich gleichermaßen auch nervte.

„Könnt ihr euch nun verteidigen oder nicht?"

„WIR SIND STEINE! Was soll ich denn machen? Die Idioten in die Flucht starren?"

Da hatte er einen wirklich guten Punkt gemacht.

„Wir können von euch geworfen, zerschlagen, angepasst und irgendwo wieder falsch zusammengesetzt werden; wir können von Tieren und Wesen jeder Art als Sitzmöglichkeit genutzt, bepisst und beschissen werden, was wir aber nicht können ist so ziemlich alles andere. Es tut mir leid, aber Steine werden euch nicht weiter helfen, solang ihr es auch versucht meine Schwestern zu benutzen, um in die Zukunft zu sehen oder Krankheiten abzuhalten oder was auch immer. Wir sind Steine. Wir wurden irgendwann mal fallen gelassen und seitdem liegen wir da und können nichts anderes machen, als uns zu beschweren."

In diesem Moment wurde der Stein von einem lauten Knall übertönt. Ich setzte das Cappi ab und rannte wieder hoch zu Hipster Viking. Sie hatten es geschafft die magischen Barrieren vor dem Aufstieg zu zerschmettern. Nun stürmten sie den Berg hinauf. All unsere Bögen war gespannt und Pfeile flogen dicht an dicht auf die anstürmende Masse, doch waren nicht mehr viele dieser Pfeile vorhanden. Hipster Viking und ich schauten uns an, ich legte meine Hand auf seine Schulter, wir nickten und sprangen über die Mauer und dem Feind entgegen.

Wie sagt Cap immer? Klug wars nicht, aber geil.

Warum habt ihr eure Position aufgegeben?

Naja es war ein enger Pfad, der hoch zum Haupttor führte, die Überzahl der Feinde konnte ihnen dort keinen Vorteil bieten und wir hatten das Warten satt.

Du warst doch eben erst zu der Schlacht gestoßen.

Nun, ich habe fast zwei Wochen unter der Erde damit verbracht Kinder und Pflegebedürftige zu versorgen und zu beschützen, aber da war nichts zu beschützen. Nach einer Woche erreichten wir Robärt und dort herrschte Frieden. Ich hielt es keine ganze Nacht aus zu wissen, dass meine Freunde kämpfen mussten und ich nicht bei ihnen war, also machte ich mich wieder zurück und die nächsten Tage waren noch langweiliger, da ich niemanden hatte mit dem ich reden konnte. Ich wollte endlich kämpfen.

Und mir war einfach nur langweilig. Warum also nicht ein paar Ärsche aufreißen?

Und wie lief es?

Ach zuerst ganz passabel. Wir kloppten uns einige Stunden und schlugen eine Welle nach der anderen zu Mus, doch dann machte sich die Erschöpfung langsam breit. Zum Glück tauchten dann die Jungs von der Schmiedeeisernen Gilde, Odd und Kuh-Boy auf um uns beiseite zu stehen. Sie waren wohl neidisch darauf, dass wir die Ersten waren, die sich mit diesem Haufen Idioten kloppen durften. Wir konnten uns also etwas zurückziehen und eine Verschnaufpause einlegen. Doch all dies schien dem Feind nichts auszumachen. Egal wie viele Schädel wir spalteten, egal wie viele Leben wir beendeten, der Ansturm brach nicht ab.

Ja aber dann, nach einigen Runden sahen wir Rauchschwaden hinter dem Horizont aufsteigen.

Der Himmel wurde schwarz vor Rauch. Als hätte jemand den Lichtschalter ausgeschalten.

Um uns herum schien die Welt zu brennen, bis wir kaum noch weiter als bis zur Schulter unseres Vordermanns sehen konnten.

Ein paar mal trat ich Kuh-Boy in den Hintern, weil ich ihn nicht erkannte.

Dann schnitt sich ein rotes Leuchten durch den schwarzen Rauch.

„DRACARIS!", brüllte Hipster Viking und just in diesem Moment schossen Flammen über die Gegner direkt vor uns, gefolgt von einer schuppigen Schwanzspitze, die mehrere dutzend der brennenden und schreienden Feinde von der Treppe fegte.
Captain Hammer hatte es geschafft. Er war mit den Drachen zurückgekehrt und wie sich herausstellte gab es davon einen betrachtlichen Haufen. Überall um uns herum schossen Flammen vom Himmel. Durch die Rauchschwaden konnte man selten einen der Drachen erkennen, doch das Feuer, das sie spieen, leuchtete heller als die Sonne es jemals hatte.
Der Geruch von faulenden Kadavern wurde vom Geruch von brennendem Fleisch überdeckt.

Das muss schrecklich gewesen sein.
War eigentlich ziemlich episch. Abgesehen von den an Schwäche verstorbenen Waffenbrüdern, dem Gestank und der Angst aus Versehen auch als flammbiertes Steak zu enden, war es sogar sehr episch.

Die Grausamkeit war kaum zu übertreffen und doch war der Anblick von Feuer, das aus dem nichts kam und auf unsere Feinde regnete, wirklich ziemlich befriedigend.

Also habt ihr gewonnen?

Gewonnen? Nein, die Freude hielt nur kurz an.

Wieso? Waren die Feinde plötzlich feuerresistent? Ihr hattet eine Gruppe Drachen auf eurer Seite, was konnte da denn noch schiefgehen?

Nicht was, sondern wer.

Ich verstehe nicht.

Naja, es lief ganz gut so. Die Gegner wurden gebrutzelt und wir konnten uns ausruhen, aber dann mit einem Mal hörte das Feuerspeien auf und die Drachen stürzten vom Himmel.

Was war geschehen?

Erinnerst du dich an unsere Ausflüge in andere Welten?

Ja natürlich, das haben wir in den ersten Kapiteln ja zu stehen.

Naja, scheinbar hatten wir uns nicht nur Freunde gemacht auf unseren Reisen. Der ein oder andere hegte wohl einen kleinen bis göttlichen Groll gegen uns.

Göttlichen?

Ja, göttlichen.

Nun sagt schon, welchem Gott hattet ihr diesen Schlamassel zu verdanken?

Oh so einigen, allen voran jedoch diesem Spinner Zeus und seine Geschwister.

Aber ihr halft ihnen doch oder nicht?

Naja, der Auftrag bestand eigentlich darin Björn und Olaf zu fangen und zum Olymp zu schleifen, nicht sie in irgendeiner Gosse hinzurichten.

Das wart doch aber garnicht ihr!

Nein, aber es war unsere Aufgabe und zu allem Übel ergab sich später, dass dieser Zeus irgendeine Art Pakt mit den beiden hatte.

Also töteten die Götter die Drachen?

Nicht die Götter, das war Zeus ganz allein. Er schleuderte seinen Herrscherblitz und erwischte sie alle mit einem Mal.

Und Drachen überstehen soetwas nicht?

Nun, sie waren zunächst betäubt, aber noch bevor sie sich wieder aufrappeln konnten, wurden sie von den Feinden zerlegt. Es war schrecklich. Einige der Drachen wachten auf und bemerkten, wie an ihnen umhergeschnitten und gehackt wurde. Einige wehrten sich, doch waren den Massen einfach nicht gewachsen. Zwischen all dem Lärm und dem Gestank hörten wir die qualvollen Geräusche der Drachen, die bei lebendigem Leib geschlachtet wurden.
Die Reihen waren gelichtet, doch noch immer waren unzählige Feinde übrig, die anfingen Wege durch den brennenden Irrgarten aus Leichen zu suchen.
Habren und einige weitere Magierinnen erneuerten währenddessen die magischen Barrieren, die Köche verteilten fleißig die letzten Rationen, die sich auf der

Festung befanden.

»Wir müssen die Festung aufgeben und uns durch die Tunnel zurückziehen!«, sprach Cap, der kaum eine Sekunde vorher aus einer Rauchwolke erschien. Man sah tiefe Trauer in seinen Augen, hatte er doch die Drachen zur Schlachtbank geführt.

»Cap hat recht.«, warf ich ein.

Ein tiefer Schrei hallte aus Captain Hammers Horn, ein Zeichen zum Rückzug und so eilten alle zu den Tunneln. Es würde noch einige Zeit beanspruchen die Feuerbarrieren zu durchschreiten, also hatten wir einen guten Vorsprung. Wir passierten fünfundzwanzig Fallen bevor die Feinde in den Tunnel drangen.

Die Schmiedeeiserne Gilde bildete die Vorhut. Hipster Viking, Cap und ich bildeten die Nachhut. Von Odd und Kuh-Boy war keine Spur zu sehen.

Die erste Falle schlug zu, in einem Tunnelabschnitt von fünfzig Metern schossen Bolzen aus den Wänden und töteten einige hundert Feinde auf einen Streich.

Alle paar Fallen blieb Habren stehen und sponn Netze aus Blitzen, Säuren und allerhand anderen tödlichen Sachen. Nun lagen Tage der Flucht vor uns, doch den Gesichtern der Krieger war anzusehen, dass sie einen solch langen Marsch nicht überstehen würden.

Steine fielen von der Tunneldecke, wie konnte das sein? Die Tunnel verliefen unter einem Gebirge. Etliche Meter härtester Stein umrang den von Zwergen gebauten Schacht. Keine Macht der neun Welten könnte von außen einen solchen Schaden anrichten, den man hier drinnen merken sollte.

Eine weitere Falle löste aus und ein heller Schein tat sich weit hinter uns auf. Der Napalm Sprüher nehme ich an, womit sie bei Falle fünfzehn wären, zehn Kilometer hinter uns.

Die ersten Krieger fielen nieder vor Erschöpfung. Nur zwei Kilometer von hier lag eine Kammer, die die Scharen von Feinden für ein oder zwei Tage aufhalten sollte. Die magischen Barrieren und Fallen dort waren einer längeren Belagerung gewachsen. Es gab mehrere dieser Kammern, um während des Rückzugs Verschnaufpausen zu haben, doch mussten wir die Erste davon ersteinmal erreichen. Cap und Hipster Viking hielten an, ich dann ein paar Meter weiter auch.

Wir schauten uns abwechselnd an und nickten dann nur, da wir völlig außer Atem waren. Cap packte Bertha, ich griff nach meinen Birkenzweigen und Hipster Viking drehte sein Cappi auf HIP.

Du meinst wohl eher, Cap hockte auf seinem Amboss, den er aus welchen Gründen auch immer mit sich mitschleppte, du hast gesabbert und dir unser Notfass Met und den Reiseschinken hintergeknallt und ich...

Du hast geröchelt, als hätte man dir die Lunge zerrissen und dir währenddessen ne Tüte angemacht.

Wenn ich mich richtig erinnere habt ihr beide mitgeraucht, mein Freund. Hat es geschadet? Jain. Mir ging es besser, du wurdest extrem hippelig und Cap fiel in ein fünfminütiges Koma. Im Endeffekt hat jeder bekommen, was er gebraucht hat.

Ich war mir kurze Zeit nicht sicher, ob Cap überhaupt noch aufwachen würde. Er ist ein alter Mann, du kannst ihm do- *batsssch* -AUA!

275

Kein Problem Cap! ;)

Ihr bliebt also zurück, um eure Egos zu vergleichen, wie
immer, wenn ihr es könnt.
Wie überlebt ihr die ganze Scheiße eigentlich immer?

*WHOAAAAA! Du hast Scheiße geschrieben.... Ich bin
überrascht und etwas erregt gleichermaßen. Aber um deine
Frage zu beantworten: Komm schon. Du kennst uns doch.
Wir kamen da raus wie immer, mit mächtige-*

GLÜCK! Verdammt viel Glück!

-n Eiern!!!

**Wir hatten verdammt nochmal Glück. Nicht, dass wir es
mit ihnen nicht aufnehmen konnten, doch ihre Masse
machte es uns wirklich nicht einfach. Hipster Viking hatte
sein gesamtes Cappisortiment am Gürtel und nutzte eins
nach dem anderen. Cap hatte noch immer das aschgraue
Cappi auf, er verschwand und tauchte dann in Mitten der
Gegner auf wo er Bertha um sich herumschleuderte und
ein dutzend Feinde mit einem Streich niederschlug.
Um mich herum rutschten die schwitzenden Feinde, da
ich mit der Macht des Saunierstocks den Tunnel zu einer
großen, feuchten Sauna machte. Ich hörte Hipster Viking
brüllen: »Ihr Mistviecher, raus aus meinem Tunnel! Diese
Überfremdung kotzt mich an! Wo kommen wir denn da
hin? Ihr wollt unsere Frauen und unsere Jobs? Zu meiner
Zeit hätte es sowas nicht gegeben!«
Er trug das braune Cappi und schlug mit blanken
Fäusten auf eine Gruppe Satyre ein. Satyre in Midgard,**

ein sonderbarer Anblick. Cap tauchte plötzlich hinter Hipster Viking auf und riss ihm das braune Cappi vom Kopf. »Wie wäre es, wenn du unsere Gegner blendest, anstelle sie zu beleidigen wie ein Zurückgebliebener Troll?«

Hipster Viking verstand, setzte das orangene Cappi auf und schrie, »ROLLER!!!«

Oranges Licht, heller als die Sonne schlug den Feinden entgegen. Die ersten Reihen erstarrten zu Stein, die nächsten wurden wie von Geisterhand zurückgeschleudert und noch aus weiter Ferne konnte man die Feinde schreien hören.

Wir rannten so schnell wir konnten. Es waren nur noch zwei Kilometer vor uns bis zu der schützenden Halle. Noch schien das Cappi und hielt die Feinde vor dem Vormarsch auf, doch das würde nicht lange halten. Captain Hammer verpuffte wieder zu Rauch und flog vor zur Halle, um die Tore hinter uns zu schließen. Hipster Viking und ich rannten wie von Bienen gestochen, wussten wir doch beide, dass die Feinde nur wenige hundert Meter von uns entfernt waren und unter ihnen Wesen, deren Geschwindigkeit unseren Vorsprung in den Schatten stellen würden.

Warte mal. Warum sind die Feinde versteinert? Seit wann geht denn das?

Oh, ich hatte wohl etwas von Medusas Gift auf den Schirm bekommen als wir... du weißt schon. Das Cappi hat das Gift absorbiert und seitdem kann es auch versteinern.

Geiles Gimmick, wenn du mich fragst.

Jedenfalls schafften wir es. Wir erreichten die Halle und Captain Hammer schlug die Tore hinter uns zu. Drinnen ruhten sich die Krieger aus und aßen vom Eintopf, der hier eingelagert war. Wir setzten uns ans Feuer und schliefen gemeinsam ein.

Schnarchend lagen wir dort, während Geräusche von sterbenden Feinden durch das Tor drangen. Einfach himmlisch. Doch unser Schlaf währte nicht lange. Nach fünf Stunden weckte man uns auf und weiter ging die Hetzjagd. So vergingen drei Tage. Immerwieder spurteten wir von Halle zu Halle, ruhten einige Zeit und zogen dann weiter. Als Finnboy das letzte Mal hier durchging, machten sie nur vier Zwischenstopps, wir brauchten schon acht für die erste Hälfte. Bewaffnet und Gerüstet war es nicht so einfach lange Strecken zu laufen.

Wir waren kurz vor der mittleren, großen Halle. Nachdem wir sie betreten würden, würde sich ein Labyrinth hinter uns auftun. Mehrere Kilometer lange Gänge, voller Fallen und Irrwegen. Eine geniale Erfindung der Schmiedeeisernen Gilde in Zusammenarbeit mit den Zwergen. Natürlich waren auch mehr Barrieren und sowas davor und somit war dies der sicherste Raum auf der gesamten Strecke. Unsere Schildbrüder rannten, während Cap, Finnboy und ich wieder einmal den Ansturm an Gegnern zurückhielten; als aus dem dunklen ein machtvolles Brüllen kam. Finnboy und ich kämpften weiter, während Cap sich umdrehte um zu sehen, was dort lauerte. Grüne Augen blitzten auf, Augen groß wie Schilde. Ein Schnurren.

Ihrem Herren stehts treu, kam Svartfaxi aus den Schatten hervor, Diego folgte ihr.

Oh ja Leute, CATPOWER!

Ein Mantikor schaffte es an uns vorbei und sprang auf Cap

zu, als Svartfaxi fauchend hervorgesprungen kam, um diesen mit einem gewaltigen Tatzenschlag zu zerteilen. Diego sprang an meine Seite und wir kämpften gemeinsam gegen Greife, Werwölfe und Harpyien. Es sah so niedlich aus wie Diego diesen Biestern die Flügel ausbiss.

Svartfaxi hatte sich in die Menge gestürtzt und rollte sich, beißend und kratzend von einer Seite zur anderen. Wir konnten zur Halle rennen.

Dort angekommen erwartete uns jedoch ein unerwarteter Anblick. All die Alten, die Frauen, die Kinder, auch sie waren hier. Dies konnte nichts gutes heißen.

Als wir Jernet trafen berichtete er, wovor es uns graute, sie griffen auch Festung Robärt an und nun waren wir hier unten eingekesselt. Die Fallen des Raums sollten beide Seiten für einige Tage aufhalten, doch irgendwann würden sie die Tore zertrümmern und dann hieße es an zwei Fronten kämpfen.

Verbranntes Fleisch 2

Die Tunnel bebten.
Gefangen in ihrem letzten Zufluchtsort blieb den
Überlebenden nichts anderes als zu warten.
Sie warteten auf ihre wohl letzte Schlacht, denn trotz der
Fallen würden tausende von Feinden bis zu den Toren
gelangen. So saßen nun alle an den Feuerstellen, schärften
ihre Klingen und bereiteten sich vor. Gemeinsam saßen
Finnboy, Hipster Viking, Cap und Jernet in einer Runde und
polierten ihre Waffen. Cap wischte mit einem fettigen Lappen
über Bertha, Hipster Viking drehte sich einen Vorrat an
Tüten, Finnboy trainierte den Bizeps frei nach dem Motto
„You gotta look sharp when you die" und Jernet schärfte sein
Schwert, steckte es in seinen Umhang und zog ein anderes
hervor. Hipster Viking hielt Inne. „Wie viele Waffen hast du
da eigentlich? Du ziehst jedes mal etwas anderes hervor." -
„Mhm? Das ist ein Talent welches ich mir über die Jahre
angeeignet habe. Man kann nie zu viele Waffen bei sich
tragen!" Völlig unbeeindruckt griff Jernet erneut in seinen
Mantel und zog eine Saufeder hervor. „Ja, aber wie zum
Henker verstaust du all den Kram und bewegst dich dann
auch noch?" Jernet zuckte mit den Schultern.
„Als ich so jung war wie ihr, habe ich halt nicht nur Gras
geraucht. Ich habe mich für die schönen Dinge im Leben

interessiert; Weiber und Wummen!" Cap sah auf: „Was bei den Göttern ist eine Wumme?" Jernet griff in seine Brusttasche und zog eine Glock heraus. „Und was kann das Ding?", fragte Cap. Jernet grinste, er stand auf, griff an den Schlitten und lud die Waffe durch. „Ich dachte du fragst gar nicht mehr."

Prompt wurden Bierkrüge auf einem Tisch platziert und Jernet zeigte den anderen was eine solche Wumme alles kann. Präzise schoss er mit nur fünf Schuss sechs Krüge kaputt. Alle staunten und nun griff sich Hipster Viking die Pistole. Noch bevor er anlegte schoss er zwei Kugeln in Richtung Decke. „Two shots, no kill", brüllte Jernet lachend in Hipster Vikings Ohr.

Cap trat nun hervor und erhob das Wort. „Sag mal warum erzählst du denn erst jetzt von deiner Wunderwaffe? Hast du noch mehr davon?" Erneut grinste Jernet über beide Wangen. Wenige Minuten später waren gut zwei dutzend Männer mit Gewehren bewaffnet.

Da die Feinde immer näher rückten war es Zeit die Halle für ein letztes Gefecht vorzubereiten. Dazu bauten die Überlebenden Barrikaden aus allem was sich anbot. Erneut bebte der Fels, stärker denn je. Die Feinde waren nah. Nun versammelten sich die Krieger in der Mitte der Halle für ein letztes Schlachtgebet.

Ihr Asen hört der Schlachten klang
Walhalla ruft heut Nacht
Viele sind schon hingegangen
Zur Halle voller Pracht

Widar, stärkster aller Söhne
gib kraft dem Lindenholz
Magni, härte unsere Brünnen
Mache deinen Vater stolz !?
Vali, führe unsre Klingen
Ohne Rast ins Feindesheer
Modi, lass den Krieg vergehen
lass uns schaun das neue Meer

Wie ihr dem Ragnarök entgeht
Gewinner größter Schlacht
Jeder der im Kampf bald steht
Soll leben durch die Nacht

Ein Donnern, ein Beben, plötzlich zersprang die Decke der
Halle und Sonnenschein blendete all jene die seit Tagen unter
der Erde lebten. Erschrocken rissen sie die Arme nach oben
um ihre Augen zu schützen. Hipster Viking und Finnboy
trugen jedoch Sonnenbrillen und waren somit bestens auf
diese Situation vorbereitet. „Scheiße wer sind die denn?",
fragte Hipster Viking Finnboy. „Oh fuck...", erwiderte dieser.
Der Himmel war voller fliegender Gestalten und von den
Rändern schauten Bogenschützen herab, doch bevor Finnboy
erklären konnte um wen es sich dabei handelte, stieß Jernet
ihn beiseite hob eine Uzi in die Luft und eröffnete das Feuer.
Federn und deren Träger fielen vom Himmel in die Höhle
herab. Alle schossen nun in den Himmel, bis eine der
Gestalten mit gewaltiger Stimme das Kämpfen unterbrach.
„HALTET EEEIIIN!!!", brüllte der weißbärtige Greis und so
geschah es.
Langsam sank er herab und sprach weiter. „Niemand soll

mehr sterben für die Taten zweier Schurken." - „Die sind
Tod!", rief Hipster Viking. „Die wurden in einer schmutzigen
Gasse kalt gemacht, könntet ihr bitte wieder gehen? Ich
schwitze schon von dem ewigen rumgefuchtel."
Der Alte wirkte erbost und antwortete mit pochender
Halsschlagader: „Ihr, Hipster Viking, Ihr seid das Problem!
Euch und Finnboy wollen wir, kein anderes Lebewesen!" Er
hob den Arm und in seiner Hand bildete sich ein riesiger, hell
leuchtender Blitz der wuchs und wuchs.
„Und warum habt ihr dann so viele abschlachten lassen?",
fragte Finnboy, der mit verschränkten Armen dastand,
während Hipster Viking vor Panik im Kreis sprang.
„GENUUUUG!", schrie der weißhaarige und schleuderte
seinen Blitz auf Hipster Viking und Finnboy. Es schlug ein...

...WIE DER BLITZ!

Badum tss...

*Also wirklich. Es schlug ein wie, naja, wie so ein Blitz eben
einschlägt. Grelles Licht, viel Lärm, es wird warm und dann
wird es feucht.*

Das mit dem feucht trifft nicht auf jeden von uns zu.

*Egal. Jedenfalls tat der Blitz uns nichts. Wir waren
unversehrt. Finnboy grinste breit und der Alte schaute
ungläubig auf uns herab. So ziemlich jeder der nicht
geblendet war starrte uns an.
„Wie geht das? Wie könnt ihr...", der Alte war verwirrt doch
Finnboy klärte ihn auf.
„Ey Bitch, wir haben Blitzableiter, Bitch!"*

Nee, sowas habe ich bestimmt nicht gesagt.

Ich erzähl aber die Geschichte, Bitch!
Er erzählte ihm also wie er sich auf Konflikte mit
Wettergöttern vorbereitet hatte indem er in all unsere Kleider
Blitzableiter baute. In ruhigen Minuten bastelte er gerne
neue Gadgets für uns und unsere Abenteuer und würde ich
ihm immer zuhören, hätte ich das sicherlich auch gewusst
und mir nicht in meine Hose gemacht. Aber was solls,
jedenfalls gefiel das dem Greis alles überhaupt nicht und ich
fragte ihn, was denn eigentlich sein verdammtes Problem sei.
Seine Antwort wurde von
Finnboy bestätigt. Ich hätte einen Götterschwur abgelegt
meinte er, das ich Björn und Olaf im Olymp abliefern sollte
aber das nicht tat. Aber was hätte ich denn da machen
sollen? Die waren Tod und Tod bringen die ja keinem was,
ausser den Ratten die sich an ihnen satt fressen konnten.
Aber dann schaute er Finnboy an und sprach zu ihm.
Finnboy hatte sich wohl um die ein oder andere Tochter
dieses Zeus „gekümmert" in der Zeit die wir in Olympus
verbrachten. Ich war also nicht der einzige der etwas zurück
ließ.

Um das aufzuklären... Es gab eine Sauna im Olymp und
ich bin Finne. Wie konnte ich dem Widerstehen? Und
naja, da waren eben einige Damen drin; ich hab die ja
garnicht gesehen vor lauter Dampf. Die haben mich aber
gesehen und ich war wohl der einzige dort der nicht über
zwei Ecken mit allen anderen verwandt war. Da gab es
auch dieses Vinum Zeug und wir hatten ewig keine
Frauen mehr gesehen... Ich war schwach.

Kein Ding Finnboy, lief doch gut.

Lief doch gut? Zeus? Das ganze Gemetzel?

Achso ja, da war ja was.

Du hast gerade noch darüber geschrieben!

Ich? Achso ja, ich sehe es. Ja ich hab den Faden verloren, haben wir noch Kekse im Haus?

Ja, in der Schublade in der Wohnzimmertafel. Willst du nicht weiter schreiben?

Schreiben? Ne, mach ma. Ich such mir jetzt ne Kuh.

Eine Kuh? Wo.... Ah verstehe, zu Keksen gehört Milch.

Und die will er sich jetzt frisch melken?

Frisch melken? Meistens steht er ne halbe Stunde lang neben der Kuh und redet auf sie ein, dass es doch viel einfacher wäre wenn sie einfach drücken würde. Einmal hat er sich in eine Kuh verliebt, er meinte er und sie wären Seelenverbundene und manchmal glaube ich er hatte Recht.

Und was macht er mit den Keksen?

Ach die sind schon leer wenn er bei der Kuh angekommen ist. Wenn er im Keksmodus ist, hält so eine Packung nur wenige Augenblicke.

Wow, wie kann man so wenig Selbstkontrolle haben?

Sprach die, die Schokoladenbarren inhaliert.

Ähm.
Wollen wir nicht zurück zur Geschichte?

Von mir aus..
Also da waren wir nun, umzingelt von tödlichen Schärgen
und ihren Bossen. Die griechischen Götter hatten
scheinbar einen Haufen Leute im Multiversum gefunden,
die Bock drauf hatten Hipster Viking und mich zu
bezwingen. Mal wieder eine Situation die auf uns zurück
ging.
Das die Leute uns noch mochten und nicht vertrieben
grenzte an ein Wunder.
Nun ich kann nicht genau sagen wer alles beteiligt war,
identifizieren konnte ich lediglich Zeus, Ares, Aphrodite,
Herkules aber auch Fortuna, Merkur, Pluto, Hathor, Uto
und Shiva.
Wir hatten es uns mit so ziemlich jeder mächtigen
Gottheit verscherzt, wer weiß wie viele ich nicht gesehen
habe. Hipster Viking war sich dem Ernst der Lage
durchaus bewusst und so fing er an uns zu rechtfertigen.
Die Worte: aus versehen, Zufall, Unglück und Drache,
waren auffällig oft vertreten. Im Endeffekt hatte er mit
jedem Wort recht, wir stießen schon oft auf Situationen
die uns in weiterer Schlamassel führten, jedoch
interessierte das in diesem Moment scheinbar niemanden.
Immer wenn Hipster Viking wieder besonders stark
herumzappelte um seine Geschichten zu

veranschaulichen nahm ich einen kleinen Schluck der letzten Flasche von Mimirs Met, doch er schien nicht zu wirken denn alles was mir einfiel war auf die Knie zu fallen und um unsere Leben zu flehen.

Es gab keinen Ausweg. Um uns herum lauerten tausende Wesen die uns die Haut über die Ohren ziehen wollten. Dann geschah ein Wunder. Ein verdammtes Wunder!

Es ertönten laute Hörner, die Erde bebte und die Hörner mischten sich mit Schreien, bis alles auf einen Schlag hin wieder ruhig wurde. Nicht nur wir sondern auch die Götter über uns schauten sich verwirrt um. Von den Bogenschützen an der oberen Höhlenkammer war nichts mehr zu sehen und da rief Shiva plötzlich all die Truppen seien verschwunden.

Der alte Greis schaute, sichtlich erbost, zu uns herab und brüllte: "WAS HABT IHR NUN WIEDER ANGESTELLT?"

Wir schauten uns abwechselnd an, doch ein jeder zuckte mit den Schultern, da antwortete Hipster Viking: "Jo Zebra oder wie auch immer dein Name noch gleich war, das nennt sich Karma, bitch!"

Nun war ich mir sicher, was auch immer dort geschehen sollte, ich werde sterben wegen und mit diesem Trottel.

Erst in diesem Moment? Dir ist es nicht schon früher aufgefallen?

Doch, aber in diesem Moment war ich mir wirklich sicher. Aus irgendeinem Grund fielen die Götter dann vom Himmel und schlugen wie Meteoren in den Boden zwischen uns. Die meisten sprangen beiseite, nur zwei von uns waren nicht schnell genug und wurden in

Blutpudding verwandelt.

Zeus war der einzige der verschont blieb und er wurde immer wütender und wütender. Dann erhoben sich aus den Kratern Götter, nur waren es nicht die die am Himmel fehlten. Es waren unsere, die nordischen Götter. Dort standen Thor, Heimdall, Tyr, Loki, Hel und Freya. Die creme de la creme Asgards.

Der Himmel warf Blitze auf die Erde herab, im Sekundentakt schepperte es und dann erschien ein Reiter auf einem achtbeinigen Ross. Odin selbst trat hervor. Auch er war ein alter, weißbärtiger Greis doch hatte er mit der Augenklappe eine weitaus intensivere Ausstrahlung als Zeus, wie man sah als die beiden sich unten bei uns gegenüber standen.

Sie starrten sich gegenseitig an bis Odin sich etwas in den Bart stammelte.

"Wie bitte?", fragte Zeus.

 "Ich hab gesagt verpiss dich oder ich hau dich windelweich, Opa!"

Hipster Viking brüllte laut:

"WOOOOOOOOOOOOOOAAAAH" und wir stiegen mit ein. Ganz schön nicer Diss. Und das von einem gleichaltrigen. Odin war eben ein besonders krasser Pimpo.

Die beiden Gottväter starrten sich grimmig an. Odin, auf seinen Speer gestützt, fuchtelte mit einer Hand vor sich her und befahl Zeus sich in seine Welt zurück zu ziehen oder man würde seine Kinder zerteilen und an jedes Wesen Midgards verfüttern.

„HA! Wir haben eure Armee zerschlagen und in ein Loch gedrängt, was erlaubt ihr euch Forderungen für einen Abzug zu stellen?“

Zeus grinste und schaute sich um bis sich einige Krieger, seine Kinder in Ketten haltend, aus den Reihen drängten. Seine Mundwinkel sanken langsam herab und wütend drehte er sich zurück zu Odin.

„Lass meine Kinder frei oder ich versohle dir deinen schrumpeligen, alten Hintern!"
Dann fing Odin an zu lachen und wir alle stiegen in das Gelächter mit ein.
Zeus brüllte: „Schweigt still!" immer wieder, doch das gelächter wurde nur lauter und lauter.
Zwischen all dem lachen hörte ich wie Hipster Viking anfing etwas zu brüllen.
Zuerst war ich mir nicht ganz klar was es war doch dann stiegen immer mehr und mehr Krieger mit ein. „Kloppt euch! Kloppt euch! Kloppt euch!", ertönte im Chor.
Tyr, Gott des Krieges, trat hervor, erhob seine Arme und der Chor verstummte.
Zeus humpelte im Kreis und war sichtlich nervös.
„Na komm doch, lass es uns tun. Ich hau dir deine fauligen Zähne aus dem Kiefer und dann nehme ich mir jeden anderen hier im Raum vor, der es wagt gegen mich anzutreten."
Ein „Mega Geil" ertönte an meiner Seite. Hipster Viking klopfte mir auf die Schulter und flüsterte etwas doch ich war zu gehyped auf den Kampf um ihm zuzuhören.

Die alten Säcke machten sich warm und schnell hatte sich ein Wetttopf gebildet.
Die Stimmung war angeheizt und selbst die gefangenen Götter schienen sich auf den Kampf zu freuen.
Dann ertönte eine Glocke, so laut das wir uns die Ohren

zuhalten mussten.

Kári, Herrscherin der Winde, trat in die Mitte und sprach mit einer Stimme die einem Orkan glich. Ich stopfte mir schnell etwas in die Ohren um irgendetwas von ihrer Ansprache zu verstehen, doch leider vergebens. Einzig die Götter schienen sie zu verstehen und brüllten vor Freude.

Zeus und Odin traten in die Mitte, gekleidet in ihren prächtigen Rüstungen und bewaffnet mit den wohl herausragendsten Waffen ihrer Welten. Beide bewegten sich sehr langsam aufeinander zu bis Odin stoppte, seinen Helm abnahm und Zeus entgegen rief: „Dich trägen Greis mach ich auch ohne Rüstung platt!"

Niemand wollte seinen Augen trauen doch sehr unbeholfen legte Odin seine Rüstung ab.

Die Armschienen waren schnell am Boden, doch wie als er anfing sich den Harnisch zu öffnen schien die Zeit eingefroren zu sein. Minutenlang kämpfte er mit den Verschlüssen und weitere damit ihn über den Kopf zu ziehen. Als er es dann endlich geschafft hatte stand dort ein, bis auf die Unterhose, nackter faltiger Mann mit mehr Haaren am Rücken als an einem Biber.

Einigen Leuten fielen die Kinnladen nach unten, andere lachten in ihr Fäustchen und dann brüllte Zeus er bräuchte auch keine Rüstung und keine Waffen um Odin zu besiegen.

Es ging wieder von vorne los.

Odin fing schon langsam an zu klappern, als Zeus fertig war sich zu entkleiden und nun standen sie beide dort. Nackt bis auf die Schlüpfer. Es war ein gleichermaßen faszinierender und grauenhaft peinlicher Moment für alle Anwesenden.

Endlich konnte der Kampf beginnen und schon sprang
Zeus mit geballter Faust nach vorne.
Ein rechter Schwinger, dann ein Haken gefolgt von einem
sehr tiefen Tritt. Nur traf keiner dieser Versuche das Ziel.
Zeus stand noch gut einen Meter von Odin entfernt.
„Das kann ja lustig werden.", säufzte Captain Hammer
und ein Raunen ging durch die Menge.
Es wurde von Sekunde zu Sekunde peinlicher, nach und
nach setzten die alten Götter ihre Schläge doch immer
wieder stolperten sie, streichelten sich fast durchs Gesicht
oder holten so tief Luft das der Staub in der Halle
aufwirbelt.
So vergingen Stunden.

Stunden? Sie konnten sich kaum auf den Beinen halten aber
stundenlang kämpfen?

Ich weiß ja auch nicht, muss diese göttliche Kraft oder so
gewesen sein.
Nun trotz des langen und wirklich aussergewöhnlich
ereignisarmen Kampf, war die Stimmung am kochen.

Überall jubelten Krieger und tranken ihre letzten Met
Reserven.
Nur wenige schafften es sich während der Zeit eine Mütze
Schlaf zu gönnen.
Die wenigen die es schafften schnarchten laut im Chor
und fügten dem Gejubel einen angenehmen Bass hinzu.

Plötzlich schien sich der Kampf dem Ende zu neigen
nachdem Odin es schaffte Zeus an der Unterhose zu
packen und ihn einige male um sich herum schleuderte.

Zeus lag auf dem Boden und japste. Mit zitternden Armen versuchte er sich nach oben zu drücken doch gelang es ihm nicht. Doch auch Odin war zu Boden gegangen. Er hockte und hielt sich den Kopf fest, scheinbar hatte er selbst einen ordentlichen Drehwurm und kämpfte mit dem Gleichgewicht.

Thor stampfte nach vorn um seinem Vater aufzuhelfen doch einige Krieger waren dagegen und stellten sich vor ihm auf.

"Ich bin Thor Odinsson, lasst mich vorbei ihr Narren oder ihr werdet es bereuen.", sprach er.

"Wir wissen wer du bist!" - "Weißt du wie vielen Göttern wir heute schon den Arsch versohlt haben?" - "Ich habe einen Drachen getötet, mit meinen bloßen Händen. Der war so groß wie ein Berg!" - "Die alten Säcke müssen selber wieder hoch kommen oder der Kampf kann nciht gewertet werden!"

Ein durcheinander aus Zwischenrufen an den Donnergott entfachte sich, bis die von einem lauten "SEHT!" unterbrochen wurden. Alle drehten sich zum Kampfring und erblickten zwei alte Männer die sich in den Armen lagen und lachten vor Freude.

Jeder andere im Raum war sichtlich verwirrt.

"Und wie werten wir die Scheiße jetzt aus?", rief ein Kobold vom anderen Ende der Halle.

Da erhoben sich die Gottväter und hielten eine Ansprache.

"Es war uns beiden ein Fest mal wieder mit jemandem kämpfen zu können der keinerlei Rücksicht auf Verluste nimmt. Nicht solche Weicheier wie diese Armee die hier vor uns steht.", sprach Zeus und die Masse fing an mit Essensresten und Steinen nach ihm zu werfen, doch eine magische Aura schien alles schon wenige Meter vor dem Einschlag abzufangen.

"Zeus und ich haben entschlossen das kämpfen zu beenden und uns dem wahren Problem aller Dinge anzunehmen."

Ein Raunen ging durch die Menge. Was zum Teufel sollte das "wahre Problem" denn überhaupt sein?

"Es gibt eine Macht, älter und mächtiger als die Götterrassen. Eine Macht die vor Äonen von unseren Urvätern gebändigt werden konnte. Sie teilten die Macht und banden sie an Gegenstände. Gegenstände die nicht gefunden werden sollten und zwischen der Zeit und dem Raum versteckt wurden. Seit einiger Zeit habe ich es befürchtet, doch Zeus und ich sind uns einig, es kann nicht anders sein. Einer dieser Gegenstände wurde aus dem Nichts gestohlen und befindet sich hier unter uns."

Als Odin verstummte überkam mich ein wirklich ungutes Gefühl, ich schaute mich panisch nach Hipster Viking um doch ich konnte ihn nicht erspähen.

Dann sprach er erneut: "Diese Gegenstände, diese Artefakte beinhalten Mächte die kein Lebewesen bändigen kann und doch hat es einer geschafft viele Jahre damit zu leben, obwohl er es direkt an seinem Körper trug."

In diesem Moment hatte ich mit dem Leben abgeschlossen, ich wusste nie was es war, doch diese Beschreibung passte einfach zu gut. Woher hatte er es? Warum hat es uns schon so oft den Arsch gerettet, obwohl ein Ausweg unmöglich war?

"HIPSTER VIKING hat das Artefakt an sich genommen und riskiert damit die Zerstörung allen seins. Tritt hervor, stelle dich und übergib was du genommen hast,

Dieb!"
Alle durchkämmten mit ihren Augen die Halle, doch
niemand schien ihn zu sehen.
Wir suchten nach ihm, ich und unsere engsten Freunde
um ihn zu schützen, doch die meisten um ihn an die
Götter zu übergeben. Ich lief in Thor hinein, er packte
mich am Kragen und hielt mich in die Luft. "Hier ist sein
Partner!"

Er trug mich in die Mitte des Rings und schmiss mich
hart auf den Boden.
"Sprich wo ist er? Wo ist Hipster Viking?", brüllte der
blonde Hühne auf mich herab.
Im selben Moment landeten zwei Raben auf Odins
Schulter und dieser schaute erschrocken drein.
"Hipster Viking ist nicht mehr hier. Er hat Midgard
verlassen. Wer auch immer ihn findet und uns aushändigt
soll das reichste Wesen aller Welten werden, doch gebt
acht. Das Artefakt darf nicht beschädigt werden. Seine
Zerstörung hätte ein übles Nachspiel mit sich."
Und schon stürmten die Massen los.
Er hatte mir etwas geflüstert, doch ich hatte ihn nicht
verstanden. Wo war er hin?
Ich musste ihn finden!

Das Ende

Dieses Buch widme ich Tobias Karrasch, dem Immerhungrigen Bart. Ich hoffe du wurdest von einem großen Buffet erwartet, dort wo du nun bist.
Ich vermisse unsere Gespräche über Musik und den Klang deines Lachens am Lagerfeuer.

Ich vermisse dich.
Wir alle vermissen dich.

Vielen Dank an Lilo, die dieses Cover designt hat.
Mehr von Ihrer Kunst findet ihr hier:

irononeko.tat

Finnboy will return

Malseite